CW01431789

Nicolas Gogol

Le fantastique par l'absurde

Recueil de cinq nouvelles :

Le journal d'un fou
Le nez
Le manteau
Le portrait
La perspective Nevski

Edition originale optimisée pour une lecture
agréable avec texte aéré et annotations.

TABLE DES MATIÈRES

Le journal d'un fou

Le 3 octobre

Il m'est arrivé aujourd'hui une aventure étrange. Je me suis levé assez tard, et quand Mavra m'a apporté mes bottes cirées, je lui ai demandé l'heure. Quand elle m'a dit qu'il était dix heures bien sonnées, je me suis dépêché de m'habiller. J'avoue que je ne serais jamais allé au ministère, si j'avais su d'avance quelle mine revêche ferait notre chef de section. Voilà déjà un bout de temps qu'il me dit : « Comment se fait-il que tu aies toujours un pareil brouillamini dans la cervelle, frère ? Certains jours, tu te démènes comme un possédé, tu fais un tel gâchis que le diable lui-même n'y retrouverait pas son bien, tu écris un titre en petites lettres, tu n'indiques ni la date ni le numéro. » Le vilain oiseau ! Il est sûrement jaloux de moi, parce que je travaille dans le cabinet du directeur et que je taille les plumes de Son Excellence… Bref, je ne serais pas allé au ministère, si je n'avais pas eu l'espoir de voir le caissier et de soutirer à ce juif fût-ce la plus petite avance sur ma paie. Quel être encore que celui-ci ! Le Jugement Dernier sera là avant qu'il vous fasse jamais une avance sur votre mois, Seigneur ! Tu peux supplier, te mettre en quatre, même si tu es dans la misère, il ne te donnera rien, le vieux démon ! Et quand on pense que, chez lui, sa cuisinière lui donne des gifles ! Tout le monde sait cela.

Je ne vois pas l'intérêt qu'il y a à travailler dans un ministère. Cela ne rapporte absolument rien. À la régence de la province, à la chambre civile ou à la chambre des finances, c'est une autre paire de manches : on en voit là-bas qui sont blottis dans les coins à griffonner. Ils portent des vestons malpropres, ils ont une trogne telle qu'on a envie de cracher, mais il faut voir les villas qu'ils habitent ! Pas question de leur offrir des tasses de porcelaine dorée, ils vous répondront : « Ça c'est cadeau pour un docteur », mais une paire de trotteurs, une calèche, ou un manteau de castor dans les trois cents roubles, cela oui, on peut y aller ! À les voir, ils ont une mine paisible, et ils s'expriment d'une manière si raffinée : « Veuillez me permettre de tailler votre plume avec mon canif » ; et ensuite ils étrillent si bien le solliciteur qu'il ne lui reste plus que sa chemise. Il est vrai que chez nous, par contre, le service est distingué : partout une propreté telle qu'on n'en verra jamais de semblable à la régence de la province : des tables d'acajou, et tous les chefs se disent « vous ». Oui, j'en conviens, si ce n'était la distinction du service, il y a longtemps que j'aurais quitté le ministère.

J'avais mis ma vieille capote et emporté mon parapluie car il pleuvait à verse. Personne dans les rues : je n'ai rencontré que des femmes qui se protégeaient avec le pan de leur robe, des marchands russes sous leur parapluie et des cochers. Comme noble, il y avait juste un fonctionnaire comme moi qui traînait. Je l'ai aperçu au carrefour. Dès que je l'ai vu, je me suis dit : « Hé ! hé ! mon cher, tu ne te rends pas au ministère, tu presses le pas derrière celle qui court là-bas et tu regardes ses jambes. » Quels fripons nous sommes, nous autres, fonctionnaires ! Ma parole, nous rendrions des points à n'importe quel officier ! Qu'une dame en chapeau montre seulement le bout de son nez, et nous passons infailliblement à l'attaque !

Tandis que je réfléchissais ainsi, j'ai aperçu une calèche qui s'arrêtait devant le magasin dont je longeais la devanture. Je l'ai reconnue sur-le-champ : c'était la calèche de notre directeur. « Mais il n'a que faire dans ce magasin, me suis-je dit, c'est sans doute sa fille.» Je me suis effacé contre la muraille. Le valet a ouvert la portière et elle s'est envolée de la voiture comme un oiseau. Elle a jeté un coup d'œil à droite, à gauche, j'ai distingué dans un éclair ses yeux, ses sourcils... Seigneur mon Dieu ! j'étais perdu, perdu ! Quelle idée de sortir par une pluie pareille ! Allez soutenir maintenant que les femmes n'ont pas la passion de tous ces chiffons. Elle ne m'a pas reconnu et d'ailleurs je m'efforçais de me dissimuler du mieux que je pouvais car ma capote était très sale et, qui plus est, d'une coupe démodée. Aujourd'hui, on porte des manteaux à grand col, tandis que j'en avais deux petits l'un sur l'autre ; et puis, c'est du drap mal décati.

Sa petite chienne qui n'avait pas réussi à franchir le seuil du magasin, était restée dans la rue. Je connais cette petite chienne. Elle s'appelle Medji. Il ne s'était pas écoulé une minute que j'ai entendu soudain une voix fluette : « Bonjour, Medji ! » En voilà bien d'une autre ! Qui disait cela ? J'ai regardé autour de moi et j'ai vu deux dames qui passaient sous un parapluie : l'une vieille, l'autre toute jeune ; mais elles m'avaient déjà dépassé et, à côté de moi, la voix a retenti de nouveau : « Tu n'as pas honte, Medji ! » Quelle diablerie ! je vois Medji flairer le chien qui suivait les dames. «Hé ! hé ! me suis-je dit, mais est-ce que je ne serais pas saoul ! » Pourtant cela m'arrive rarement. « Non, Fidèle, tu te trompes (j'ai vu de mes yeux Medji prononcer ces mots), j'ai été, ouah ! ouah ! j'ai été, ouah ! ouah ! ouah ! très malade. » Voyez-moi un peu ce chien ! J'avoue que j'ai été stupéfait en l'entendant parler comme les hommes. Mais plus tard, après avoir bien réfléchi à tout cela, j'ai cessé de m'étonner.

En effet, on a déjà observé ici-bas un grand nombre d'exemples analogues. Il paraît qu'en Angleterre on a vu sortir de l'eau un poisson qui a dit deux mots dans une langue si étrange que depuis trois ans déjà les savants se penchent sur le problème sans avoir encore rien découvert. J'ai lu aussi dans les journaux que deux vaches étaient entrées dans une boutique pour acheter une livre de thé. Mais je reconnais que j'ai été beaucoup plus surpris, quand Medji a dit : « Je t'ai écrit, Fidèle ; sans doute Centaure ne t'a-t-il pas apporté ma lettre ! » Je veux bien qu'on me supprime ma paie, si de ma vie j'ai entendu dire qu'un chien pouvait écrire ! Un noble seul peut écrire correctement. Bien sûr, il y a aussi des commis de magasin et même des serfs qui sont capables de gribouiller de temps à autre en noir sur blanc : mais leur écriture est le plus souvent machinale ; ni virgules, ni points, ni style.

Je fus donc étonné. J'avoue que, depuis quelque temps, il m'arrive parfois d'entendre et de voir des choses que personne n'a jamais vues, ni entendues. « Allons, me suis-je dit, je vais suivre cette chienne et je saurai qui elle est et ce qu'elle pense. » J'ai ouvert mon parapluie et emboîté le pas aux deux dames. Elles ont pris la rue aux Pois, tourné à la rue des Bourgeois, puis à la rue des Menuisiers dans la direction du pont de Kokouchkine et se sont arrêtées devant une grande maison.

« Je connais cette maison, ai-je pensé, c'est la maison Zverkov. » C'est une véritable caserne ! Il y vit toutes espèces de gens : des cuisiniers, des voyageurs ! Et les fonctionnaires de mon espèce y sont entassés les uns sur les autres comme des chiens ! J'y ai aussi un ami qui joue gentiment de la trompette. Les dames sont donc montées au quatrième étage. « C'est bon, me suis-je dit, pour aujourd'hui, j'en reste là, mais je retiens l'endroit et ne manquerai pas d'en profiter à l'occasion.»

4 octobre

C'est aujourd'hui mercredi, aussi me suis-je rendu dans le cabinet de notre chef. J'ai fait exprès d'arriver en avance ; je me suis installé et je lui ai taillé toutes ses plumes.

Notre directeur est certainement un homme très intelligent. Tout son cabinet est garni de bibliothèques pleines de livres. J'ai lu les titres de certains d'entre eux : tout cela, c'est de l'instruction, mais une instruction qui n'est pas à la portée d'hommes de mon acabit : toujours de l'allemand ou du français. Et quand on le regarde : quelle gravité brille dans ses yeux ! Je ne l'ai jamais entendu prononcer une parole inutile. C'est tout juste si, quand on lui remet un papier, il vous demande :

« Quel temps fait-il ?

– Humide, Votre Excellence ! »

Ah ! il n'est pas de la même pâte que nous. C'est un homme d'État. Je remarque, toutefois, qu'il a pour moi une affection particulière. Si sa fille, elle aussi... Eh ! canaillerie... C'est bon, c'est bon... Je me tais !

J'ai lu l'Abeille du Nord. Quels imbéciles que ces Français ! Qu'est-ce qu'ils veulent donc ? Ma parole, je les ferais tous arrêter et passer aux verges ! J'ai lu aussi dans le journal le compte rendu d'un bal, décrit avec grâce par un propriétaire de Koursk. Les propriétaires de Koursk écrivent bien. Après cela, j'ai vu qu'il était midi et demi passé et que notre chef ne sortait toujours pas de sa chambre. Mais vers une heure et demie il s'est produit un incident qu'aucune plume ne peut dépeindre. La porte s'est ouverte : j'ai cru que c'était le directeur et me suis levé aussitôt, mes papiers à la main. Or c'était elle, elle-même ! Saints du paradis, comme elle était bien habillée ! Elle portait une robe blanche comme du duvet de cygne : une splendeur ! Et le coup d'œil qu'elle m'a jeté ! Un soleil, par Dieu, un vrai soleil ! Elle m'a adressé un petit salut, et m'a dit : « Papa n'est pas là ? » Aïe ! Aïe ! Aïe ! quelle voix ! un canari, aussi vrai que je suis là, un canari ! « Votre Excellence, ai-je voulu dire, ne me punissez pas, mais si c'est là votre bon plaisir, châtiez-moi de votre auguste petite main. » Oui, mais, le diable m'emporte, ma langue s'est embarrassée, et je lui ai répondu seulement : « N... non. »

Elle a posé son regard sur moi, puis sur les livres et a laissé tomber son mouchoir. Je me suis précipité, ai glissé sur ce maudit parquet et peu s'en est fallu que je me décolle le nez ; mais je me suis rattrapé et j'ai ramassé le mouchoir. Saints anges, quel mouchoir ! en batiste la plus fine... de l'ambre, il n'y a pas d'autre mot ! Sans mentir, il sentait le généralat ! Elle m'a remercié d'un léger sourire qui a à peine entrouvert ses douces lèvres et elle a quitté la pièce.

Je suis resté là encore une heure. Soudain, un valet est venu me dire : « Rentrez chez vous, Auxence Ivanovitch, le maître est déjà parti ! » Je ne peux pas souffrir la société des valets : ils sont toujours à se vautrer dans les antichambres et ils ne daigneraient même pas vous faire un signe de tête. Et si ce n'était que cela ! Un jour, une de ces brutes s'est avisée de m'offrir du tabac, sans bouger de sa place ! Sais-tu bien, esclave stupide, que je suis un fonctionnaire de noble origine ? Quoi qu'il en soit, j'ai pris mon chapeau, j'ai endossé moi-même ma capote, car ces messieurs ne vous la tendent jamais, et je suis sorti.

Chez moi, je suis resté couché sur mon lit, presque toute la journée. Puis j'ai recopié de très jolis vers :

Une heure passée loin de ma mie

Me dure autant qu'une année.

Si je dois haïr ma vie,

La mort m'est plus douce, ai-je clamé

C'est sans doute Pouchkine qui a écrit cela.

Sur le soir, enveloppé dans ma capote, je suis allé jusqu'au perron de Son Excellence et j'ai fait le guet un long moment : si elle sortait pour monter en voiture je pourrais la regarder encore une petite fois... mais non elle ne s'est pas montrée.

6 octobre

Notre chef de section est déchaîné. Quand je suis arrivé au ministère, il m'a fait appeler et a commencé ainsi :

« Dis-moi, je te prie, ce que tu fais.

– Comment cela ? Je ne fais rien, ai-je répondu.

– Allons, réfléchis bien. Tu as passé la quarantaine, n'est-ce pas ? Il serait temps de rassembler tes esprits. Qu'est-ce que tu t'imagines ? Crois-tu que je ne suis pas au courant de toutes tes gamineries ? Voilà que tu tournes autour de la fille du directeur maintenant ? Mais regarde-toi, songe une minute à ce que tu es ! Un zéro, rien de plus. Et tu n'as pas un sou vaillant. Regarde-toi un peu dans la glace, tu ne manques pas de prétention ! »

Sapristi ! Sa figure, à lui, tient de la fiole d'apothicaire ; il a sur le sommet du crâne une touffe de cheveux bouclée en toupet, il la fait tenir en l'air, l'enduit d'une espèce de pommade à la rose, et il se figure qu'il n'y a qu'à lui que tout est permis ! Je comprends fort bien pourquoi il m'en veut. Il est jaloux ; il a peut-être été surpris des marques de bienveillance toutes particulières qu'on m'a octroyées. Mais je crache sur lui ! La belle affaire qu'un conseiller aulique[1] ! Il accroche une chaîne d'or à sa montre, il se commande des bottes à trente roubles... et après ?... que le diable le patafiole ! Et moi, est-ce que mon père était roturier, tailleur, ou sous-officier ? Je suis noble. Je peux monter en grade, moi aussi. Pourquoi pas ? Je n'ai que quarante-deux ans : à notre époque, c'est l'âge où l'on commence à peine sa carrière. Attends, ami ! Nous aussi, nous deviendrons colonel, et même peut-être quelque chose de mieux, si Dieu le permet. Nous nous ferons une réputation encore plus flatteuse que la tienne. Alors, tu t'es fourré dans la tête qu'il n'existait pas un seul homme convenable en dehors de toi ? Qu'on me donne seulement un habit de chez Routch, que je mette une cravate comme la tienne, et tu ne m'arriveras pas à la cheville. Je n'ai pas d'argent, c'est là le malheur.

8 novembre

Je suis allé au théâtre. On jouait Philatka, le nigaud russe. J'ai beaucoup ri. Il y avait aussi un vaudeville avec des vers amusants sur les avoués, et en particulier sur un enregistreur de collège ; ces vers étaient vraiment très libres et j'ai été étonné que la censure les ait laissés passer ; quant aux marchands, on dit franchement qu'ils trompent les gens et que leurs fils s'adonnent à la débauche et se faufilent parmi les nobles. Il y a aussi un couplet fort comique sur les journalistes ; on y dit qu'ils aiment déblatérer sur tout, et l'auteur demande la protection du public. Les écrivains sortent aujourd'hui des pièces bien divertissantes. J'aime aller au théâtre. Dès que j'ai un sou en poche, je ne peux pas me retenir d'y aller. Eh bien, parmi mes pareils, les fonctionnaires, il y a de véritables cochons qui ne mettraient pas le pied au théâtre pour un empire : les rustres ! C'est à peine s'ils se dérangeraient si on leur donnait un billet gratis ! Il y avait une actrice qui chantait à ravir. J'ai pensé à l'autre... Eh ! canaillerie !... C'est bon, c'est bon... je me tais.

9 novembre

À huit heures, je suis allé au ministère. Notre chef de section a fait mine de ne pas remarquer mon arrivée. De mon côté, j'ai fait comme s'il n'y avait rien eu entre nous. J'ai revu et vérifié les paperasses. Je suis sorti à quatre heures. J'ai passé devant l'appartement du directeur, mais il n'y avait personne en vue. Après le dîner, je suis resté étendu sur mon lit presque tout l'après-midi.

11 novembre

Aujourd'hui, je me suis installé dans le cabinet du directeur et j'ai taillé pour lui vingt-trois plumes, et, pour elle..., ah !... pour « Son » Excellence, quatre plumes. Il aime beaucoup avoir un grand nombre de plumes à sa disposition. Oh ! c'est un cerveau, pour sûr ! Il n'ouvre pas la bouche, mais je suppose qu'il soupèse tout dans sa tête. Je voudrais savoir à quoi il pense le plus souvent, ce qui se trame dans cette cervelle. J'aimerais observer de plus près la vie de ces messieurs. Toutes ces équivoques, ces manèges de courtisans, comment ils se conduisent, ce qu'ils font dans leur monde... Voilà ce que je désirerais apprendre ! J'ai essayé plusieurs fois d'engager la conversation avec Son Excellence, mais, sacrebleu, ma langue m'a refusé tout service : j'ai juste dit qu'il faisait froid ou chaud dehors, et je n'ai positivement rien pu sortir d'autre ! J'aimerais jeter un coup d'œil dans son salon, dont la porte est quelquefois ouverte, et dans la pièce qui est derrière. Ah ! quel riche mobilier ! quels beaux miroirs ! quelle fine porcelaine ! J'aimerais entrer une seconde là-bas, dans le coin où demeure « Son » Excellence ; voilà où je désirerais pénétrer : dans son boudoir.

Comment sont disposés tous ces vases et tous ces flacons, ces fleurs qu'on a peur de flétrir avec son haleine, ses vêtements en désordre, plus semblables à de l'air qu'à des vêtements ? Je voudrais jeter un coup d'œil dans sa chambre à coucher... Là, j'imagine des prodiges, un paradis tel qu'il ne s'en trouve même pas de pareil dans les cieux. Regarder l'escabeau où elle pose son petit pied au saut du lit, la voir gainer ce petit pied d'un bas léger blanc comme neige... Aïe ! aïe ! aïe !... c'est bon c'est bon... Je me tais. Aujourd'hui, par ailleurs, j'ai eu comme une illumination : je me suis rappelé cette conversation que j'ai surprise entre deux chiens sur la Perspective Nevski. « C'est bon, me suis-je dit, maintenant, je saurai tout. Il faut intercepter la correspondance qu'entretiennent ces sales cabots. Alors, j'apprendrai sûrement quelque chose J'avoue qu'une fois même, j'ai appelé Medji et lui ai dit : « Écoute, Medji, nous sommes seuls, tu le vois ; si tu veux, je peux aussi fermer la porte, ainsi personne ne nous verra. Dis-moi tout ce que tu sais de ta maîtresse. Que fait-elle ? Qui est-elle ? Je te jure de ne rien dire à personne. » Mais ce rusé animal a serré sa queue entre ses jambes, s'est ramassé de plus belle et a gagné la porte comme s'il n'avait rien entendu. Il y a longtemps que je soupçonne que le chien est beaucoup plus intelligent que l'homme. Je suis même persuadé qu'il peut parler mais qu'il y a en lui une espèce d'obstination. C'est un remarquable politique : il observe tout, les moindres pas de l'homme. Oui, coûte que coûte, j'irai dès demain à la maison Zverkov ; j'interrogerai Fidèle et, si j'en trouve le moyen, je saisirai toutes les lettres que lui a écrites Medji.

12 novembre

À deux heures de l'après-midi, je suis sorti de chez moi, dans l'intention bien arrêtée de trouver Fidèle et de l'interroger. Je ne peux pas supporter cette odeur de chou qui se dégage de toutes les petites boutiques de la rue des Bourgeois ; de plus, il vous parvenait de chaque porte cochère une telle puanteur que je me suis sauvé à toutes jambes en me bouchant le nez. Et puis, ces coquins d'artisans laissent échapper de leurs ateliers une si grande quantité de suie et de fumée qu'il est décidément impossible de se promener par ici. Arrivé au cinquième étage, j'ai sonné. Une jeune fille m'a ouvert la porte : pas mal faite, avec des petites taches de rousseur. Je l'ai reconnue : c'était celle-là même qui marchait à côté de la vieille. Elle a rougi légèrement, et j'ai tout de suite vu de quoi il retournait : « Toi, ma belle, tu as envie d'un fiancé. » « Vous désirez ? m'a-t-elle dit. – J'ai besoin de parler à votre chienne. » Que cette fille était sotte ! J'ai compris immédiatement qu'elle était sotte ! À ce moment, la chienne a accouru en aboyant ; j'ai voulu l'attraper, mais cet ignoble animal a manqué refermer ses mâchoires sur mon nez ! J'ai malgré tout aperçu sa corbeille dans un coin. Hé ! voilà ce qu'il me faut ! Je m'en suis approché.

J'ai retourné la paille du panier et, à mon extrême satisfaction, en ai retiré une mince liasse de petits papiers. Cette sale chienne, en voyant cela, m'a tout d'abord mordu au mollet, puis, quand elle a senti que j'avais pris les lettres, elle s'est mise à glapir et à me faire des caresses : « Non, ma chère, adieu ! » et je suis parti bien vite. Je crois que la jeune fille m'a pris pour un fou car elle a semblé extrêmement effrayée. Rentré chez moi, j'ai voulu sur l'heure me mettre au travail et déchiffrer ces lettres, car je n'y vois pas très bien à la lumière de la bougie. Mais Mavra s'était avisée de laver le plancher. Ces idiotes de Finnoises ont toujours des idées de propreté au mauvais moment ! Alors, je suis parti faire un tour et méditer sur l'événement. Ce coup-ci, enfin, je vais savoir toutes ses actions et ses pensées tous ses mobiles, je vais enfin démêler tout cela. Ce sont ces lettres qui vont m'en donner la clef. Les chiens sont des gens intelligents, au fait de toutes les relations politiques, et sans doute vais-je trouver tout là-dedans : le portrait et les moindres actions de cet homme. Et il y sera bien fait aussi une petite allusion à celle qui...

c'est bon, je me tais ! Je suis rentré chez moi à la fin de l'après-midi. Je suis resté couché sur mon lit une bonne partie de la soirée.

13 novembre

Eh bien, voyons : cette lettre est calligraphiée assez lisiblement. Pourtant, il y a un je ne sais quoi de canin dans ces caractères. Lisons : « Chère Fidèle, Je ne peux décidément pas m'habituer à ce nom bourgeois. Comme s'ils ne pouvaient pas t'en donner un plus élégant ! Fidèle, Rose, comme c'est vulgaire ! Mais laissons cela. Je suis très contente que nous ayons décidé de nous écrire. » Cette lettre est écrite très correctement. La ponctuation et les accents sont toujours à leur place. À parler franchement, notre chef de section lui-même n'écrit pas aussi bien, quoiqu'il nous rebatte les oreilles de l'université où il a fait ses études. Voyons la suite : « Il me semble que partager ses pensées, ses sentiments et ses impressions avec autrui est un des plus grands bonheurs sur cette terre. » Hum ! Cette réflexion est puisée dans un ouvrage traduit de l'allemand. J'en ai oublié le titre. « Je dis cela par expérience, quoique je n'aie pas couru le monde au-delà de la porte cochère de notre maison.

Ma vie ne s'écoule-t-elle pas dans le bien-être ? Ma maîtresse, que papa appelle Sophie, m'aime à la folie. » Aïe ! aïe !... C'est bon, c'est bon, je me tais. « Papa lui aussi me caresse très souvent. Je bois du thé et du café avec de la crème. Ah ! ma chère, je dois te dire que je ne trouve aucun agrément à ces énormes os rongés que dévore à la cuisine notre Centaure. Il n'y a que les os de gibier qui sont savoureux, surtout quand personne n'en a encore sucé la moelle. J'aime beaucoup qu'on mélange plusieurs sauces, mais sans câpres et sans herbes potagères ; je ne sais rien de pire que l'habitude de donner aux chiens des boulettes de pain. Un quelconque monsieur assis à table et dont les mains ont tripoté toutes sortes de saletés se met à pétrir de la mie de pain avec ces mêmes mains, vous appelle et vous fourre sa boulette dans la gueule ! Et c'est impoli de refuser, alors on la mange : avec dégoût, mais on la mange tout de même... » Le diable sait ce que cela veut dire ! Quelle absurdité ! Comme s'il n'y avait pas de sujets plus intéressants à traiter ! Voyons la page suivante. Peut-être y trouverons-nous quelque chose de plus sensé.

« … Je me ferai un plaisir de te tenir au courant de tous les événements qui se produisent chez nous. Je t'ai déjà donné quelques détails sur le personnage principal que Sophie appelle Papa. C'est un homme très étrange. » Ah ! enfin ! Oui, je sais : ils ont des vues politiques sur tous les sujets. Voyons ce qui concerne Papa : « …un homme très étrange. Il se tait le plus souvent Il ouvre rarement la bouche, mais, il y a huit jours il n'arrêtait pas de répéter tout seul : "Est-ce qu'on me le donnera, oui ou non ?" Il prenait une feuille de papier à la main, en pliait une autre, vide, et disait : "Est-ce qu'on me le donnera, oui ou non ?" Un jour même, il s'est tourné vers moi et m'a demandé : "Qu'en penses-tu, Medji ? Est-ce qu'on me le donnera, oui ou non ?" Je n'y ai compris goutte ; j'ai reniflé ses bottes et me suis éloignée. Puis, ma chère, une semaine plus tard, Papa est rentré tout joyeux. Toute la matinée, des messieurs en uniforme sont venus le féliciter. À table, il était plus gai que jamais et ne tarissait pas d'anecdotes. Après le dîner, il m'a soulevée jusqu'à son cou et m'a dit : "Regarde, Medji ? Qu'est-ce que c'est que cela ?" J'ai vu un ruban. Je l'ai reniflé mais ne lui ai trouvé aucun arôme ; enfin, je lui ai donné un coup de langue, sans me faire voir… c'était un peu salé. » Hum ! Il me semble que cette chienne est par trop… Elle mérite le fouet ! Ainsi, notre homme est un ambitieux ! Il faut en prendre bonne note.

« … Adieu, ma chère ! Je me sauve, etc. etc. je terminerai ma lettre demain. « Bonjour ! nous voici de nouveau réunies. Aujourd'hui, ma maîtresse Sophie… » Ah ! Voyons ce que fait Sophie ! Eh, canaillerie ! C'est bon… c'est bon… poursuivons. « … ma maîtresse Sophie était dans tous ses états. Elle se préparait à partir au bal et je me suis réjouie de pouvoir t'écrire en son absence. Ma Sophie est toujours ravie d'aller au bal, quoiqu'elle se mette toujours très en colère en faisant sa toilette. Je ne comprends nullement, ma chère, le plaisir d'aller au bal. Sophie revient vers six heures du matin et, presque chaque fois, je devine à son pauvre visage pâle, qu'on ne lui a rien donné à manger là-bas, la malheureuse enfant ! Je ne pourrais jamais vivre ainsi, je l'avoue. Si on ne me donnait pas de ces gelinottes en sauce, ou une aile de poulet… je ne sais ce que je deviendrais. La bouillie à la sauce est bonne aussi. Mais les carottes, les navets, ou les artichauts… ce n'est jamais bon… » Style extrêmement inégal. On voit tout de suite que ce n'est pas un homme qui a écrit cela. Cela commence comme il faut, puis cela finit à la manière chien.

Regardons encore un de ces billets. C'est un peu longuet. Hum ! la date n'est même pas indiquée ! « Ah ! ma chère, comme l'approche du printemps se fait sentir !

Mon cœur bat à tout propos, comme s'il attendait quelque chose. Mes oreilles bourdonnent sans cesse. Parfois, je reste plusieurs minutes de suite, une patte en l'air, à écouter aux portes. Je ne te cacherai pas que j'ai beaucoup de galants. Souvent je les observe, assise derrière la fenêtre. Ah ! si tu savais quels monstres on voit parmi eux ! Il y a un mâtin taillé à la hache, effroyablement bête, sa bêtise est écrite sur son visage ; il se promène dans la rue avec des airs supérieurs et il s'imagine qu'il est un personnage considérable, il croit qu'on n'a d'yeux que pour lui, ma parole ! Il n'en est rien ! Je ne fais pas plus attention à lui que si je ne le voyais pas. Et cet horrible dogue qui stationne devant ma fenêtre ! S'il se dressait sur ses pattes de derrière (ce qu'il est certainement incapable de faire, le rustre !), il dépasserait de toute la tête le Papa de ma Sophie, qui est déjà d'une taille et d'une corpulence respectables. Ce malotru est visiblement d'une impudence sans pareille.

J'ai grogné une ou deux fois après lui, mais c'est le cadet de ses soucis ! Il ne sourcille même pas ! Il fixe ma croisée, les oreilles basses, la langue pendante… un vrai paysan ! Mais tu penses bien, ma chère, que mon cœur ne reste pas indifférent à toutes les sollicitations… loin de là !… Si tu voyais ce cavalier qui escalade la clôture de la maison voisine, et qui a nom Trésor ! Ah ! ma chère, la jolie frimousse que la sienne ! » Pouah ! Au diable !… Quelle abomination ! Et comment peut-on remplir une lettre de semblables inepties ! Qu'on m'amène un homme ! Je veux voir un homme ; je réclame une nourriture dont mon âme se repaisse et se délecte ; tandis que ces niaiseries… Tournons la page, ce sera peut-être mieux : « … Sophie cousait, assise près d'un guéridon. Je regardais par la fenêtre, car j'aime surveiller les passants. Tout à coup, un valet est entré et a annoncé : « Tieplov ! – Introduis-le ! » s'est écriée Sophie et elle s'est jetée vers moi pour m'embrasser. « Ah ! Medji, Medji, si tu savais qui c'est : Il est brun, gentilhomme de la chambre, et il a des yeux noirs et étincelants comme la braise ! » Et Sophie s'est sauvée dans ses appartements. Une minute plus tard, est entré un jeune gentilhomme de la chambre avec des favoris noirs ; il s'est approché de la glace, a rectifié sa coiffure et a fait le tour de la pièce.

J'ai poussé un petit grognement et me suis tapie dans mon coin. Sophie est arrivée peu après et a répondu joyeusement à sa révérence ; moi, je continuais tranquillement à regarder par la fenêtre comme si de rien n'était ; mais j'ai penché légèrement la tête et me suis efforcée de comprendre de quoi ils s'entretenaient. Ah ! ma chère, quelles sottises ils disaient ! Ils racontaient qu'une dame, au milieu d'une danse, avait exécuté telle figure au lieu de telle autre ; ou qu'un certain Bobov, qui ressemblait à s'y méprendre à une cigogne avec son jabot, avait failli tomber. Qu'une dame Lidina s'imaginait avoir les yeux bleus, alors qu'elle les avait verts... et tout à l'avenant. Il ferait beau voir comparer ce gentilhomme à Trésor ! me suis-je dit en moi-même. Ciel ! quelle différence ! Premièrement, ce monsieur a un visage large et absolument plat avec de favoris autour, comme s'il l'avait enveloppé d'un fichu noir ; tandis que Trésor a des traits fins et une tache blanche juste sur le front.

Quant à la taille de Trésor, il n'est même pas besoin de la comparer à celle du gentilhomme de la chambre. Et les yeux, les manières, l'allure sont tout à fait autres. Oh ! quelle différence ! Je ne sais pas, ma chère, ce qu'elle trouve à son Tieplov. Pourquoi en est-elle tellement entichée ?... » Il me semble aussi qu'il y a là quelque chose qui cloche. Il est impossible que Tieplov ait pu la charmer à ce point. Voyons plus loin : « Si ce jeune homme trouve grâce à ses yeux, je ne vois pas pourquoi il n'en irait pas bientôt de même de ce fonctionnaire qui travaille dans le cabinet de Papa. Ah ! ma chère, si tu voyais cet avorton !... » Qui cela peut-il être ?... « Il a un nom de famille très bizarre. Il reste assis toute la journée à tailler des plumes. Ses cheveux ressemblent à du foin. Papa l'emploie toujours pour faire les commissions... » On dirait que c'est à moi que ce vilain chien fait allusion. Où prend-il que mes cheveux ressemblent à du foin ? « Sophie ne peut se retenir de rire quand elle le regarde. » Tu mens, maudit cabot ! L'abominable langage ! Comme si je ne savais pas que c'est là l'ouvrage de la jalousie ! Comme si je ne savais pas de qui c'est le fait. Ce sont les menées de mon chef de section. Cet homme m'a juré une haine implacable et il s'acharne à me faire tort à chaque pas. Lisons encore une de ces lettres. Peut-être tout cela va-t-il s'éclairer de soi-même. « Ma chère Fidèle, Tu m'excuseras d'être restée si longtemps sans t'écrire. J ai vécu dans une parfaite ivresse. C'est avec raison qu'un écrivain a dit que l'amour était une seconde vie. Et puis, il y a maintenant de grands changements chez nous. Le gentilhomme de la chambre vient nous voir tous les jours. Sophie l'aime à la folie. Papa est très gai. J'ai même entendu dire à notre Grégoire, qui parle presque toujours tout seul en balayant les parquets, que le mariage aurait lieu bientôt, car Papa veut absolument voir Sophie mariée soit à un général, soit à un gentilhomme de la chambre, soit à un colonel...

» Malédiction ! Je ne peux pas en lire davantage... C'est toujours un gentilhomme de la chambre ou un général. Tout ce qu'il y a de meilleur au monde échoit toujours aux gentilshommes de la chambre ou aux généraux. On se procure une modeste aisance, on croit l'atteindre, et un gentilhomme de la chambre ou un général vous l'arrache sous le nez. Nom d'un chien ! Ce n'était pas pour obtenir sa main et autres choses de ce genre que je voulais devenir général. Non, si je voulais être général c'était pour les voir s'empresser autour de moi, se livrer à tous ces manèges et équivoques de courtisans, et leur dire ensuite : « Vous deux, je vous crache dessus ! » Sapristi ! comme c'est vexant ! J'ai déchiré en petits morceaux les lettres de cette chienne stupide !

3 décembre

C'est impossible, cela ne tient pas debout. Ce mariage ne se fera pas ! Il est gentilhomme de la chambre, et après ? Ce n'est qu'une distinction : ce n'est pas une chose visible qu'on puisse prendre dans ses mains. Ce n'est pas parce qu'il est gentilhomme de la chambre qu'il lui viendra un troisième œil au milieu du front. Son nez n'est pas en or, que je sache, mais tout pareil au mien, au nez de n'importe qui ; il lui sert à priser, et non à manger, à éternuer, et non à tousser. J'ai déjà plusieurs fois essayé de démêler l'origine de toutes ces différences. Pourquoi suis-je conseiller titulaire, et à quel propos ? Peut-être que je suis comte ou général et que j'ai seulement l'air comme ça d'être un conseiller titulaire ? Peut-être que j'ignore moi-même qui je suis. Il y en a de nombreux exemples dans l'histoire : un homme ordinaire, sans parler d'un noble, un simple bourgeois ou un paysan, découvre subitement qu'il est un grand seigneur, ou un baron ou quelque chose d'approchant. Si un si illustre personnage peut sortir d'un moujik, que sera-ce s'il s'agit d'un noble ! Si, par exemple, je descendais dans la rue en uniforme de général : une épaulette sur l'épaule droite, une autre sur l'épaule gauche et un ruban bleu ciel en écharpe ? Sur quel ton chanterait alors madame ? Et que dirait Papa, notre directeur ? Oh ! c'est un grand ambitieux ! Un franc-maçon, sans aucun doute ; bien qu'il fasse semblant d'être ceci et cela, j'ai tout de suite deviné qu'il était franc-maçon : quand il tend la main à quelqu'un, il n'avance que deux doigts. Est-ce que je ne peux pas, à l'instant même..., être promu général-gouverneur ou intendant, ou quelque chose de ce genre ? Je voudrais savoir pourquoi je suis conseiller titulaire ? Pourquoi précisément conseiller titulaire ?

5 décembre

Aujourd'hui, j'ai lu les journaux toute la matinée. Il se passe de drôles de choses en Espagne. Je ne comprends même pas très bien. On dit que le trône est vacant, que les dignitaires sont embarrassés pour choisir un héritier, et que cela provoque des émeutes. Cela me paraît tout à fait étrange. Comment le trône peut-il être vacant ? On dit qu'une certaine doña doit monter sur le trône. Une doña ne peut pas monter sur le trône. En aucune façon. Sur le trône, il faut un roi. Mais ils disent qu'il n'y a pas de roi ; il est impossible qu'il n'y ait pas de roi. Un État ne peut exister sans roi. Il y en a un, mais on ignore où il se trouve. Il est même peut-être là-bas, mais des raisons de famille ou des craintes du côté des puissances voisines, à savoir la France et les autres pays, l'obligent à se cacher ; ou peut-être y a-t-il là d'autres motifs.

8 décembre

J'étais tout à fait décidé à me rendre au ministère, mais différentes raisons et réflexions m'en ont empêché. Les affaires d'Espagne ne peuvent toujours pas me sortir de l'esprit. Comment se peut-il qu'une doña devienne reine ? On ne le permettra pas. Et d'abord, l'Angleterre s'y opposera. Et puis, il y a la situation politique de toute l'Europe : l'empereur d'Autriche, notre empereur... J'avoue que ces événements m'ont tellement abattu, ébranlé que je n'ai absolument rien pu faire de toute la journée. Mavra m'a fait remarquer que j'étais très distrait à table. En effet, j'ai, par distraction sans doute, jeté deux assiettes sur le plancher : elles ont aussitôt volé en éclats. Après le dîner, je suis allé me promener aux montagnes russes. Je n'ai rien pu en tirer d'instructif. Je suis demeuré sur mon lit le reste du temps, à réfléchir aux affaires d'Espagne

An 2000. 43e jour d'avril

Aujourd'hui est un jour de grande solennité ! L'Espagne a un roi. On l'a trouvé. Ce roi, c'est moi Ce n'est qu'aujourd'hui que je l'ai appris. J'avoue que j'ai été brusquement comme inondé de lumière. Je ne comprends pas comment j'ai pu penser, m'imaginer que j'étais conseiller titulaire. Comment cette pensée extravagante a-t-elle pu pénétrer dans mon cerveau ? Il est encore heureux que personne n'ait songé alors à me faire enfermer dans une maison de santé. Maintenant, tout m'est révélé. Maintenant, tout est clair... Avant, je ne comprenais pas, avant, tout était devant moi dans une espèce de brouillard. Tout ceci vient, je crois, de ce que les gens se figurent que le cerveau de l'homme est logé dans son crâne ; pas du tout : il est apporté par un vent qui souffle de la mer Caspienne.

J'ai tout de suite révélé à Mavra qui j'étais. Quand elle a appris qu'elle avait devant elle le roi d'Espagne, elle s'est frappé les mains l'une contre l'autre et a failli mourir de frayeur. Cette sotte n'avait encore jamais vu de roi d'Espagne ! Je me suis malgré tout efforcé de la tranquilliser et de l'assurer, en termes gracieux, de ma bienveillance ; je lui ai dit que je ne lui gardais pas la moindre rancune d'avoir quelquefois mal ciré mes bottes. Ces gens sont ignorants. On ne peut pas les entretenir de sujets élevés. Elle a pris peur parce qu'elle était convaincue que tous les rois d'Espagne ressemblent à Philippe II ! Mais je lui ai expliqué qu'il n'y avait rien de commun entre Philippe et moi. Je ne suis pas allé au ministère. Le diable les emporte ! Non, mes amis, maintenant vous ne m'y prendrez plus ; je ne vais pas continuer à recopier vos sales paperasses !

86e jour de Martobre. Entre le jour et la nuit

Aujourd'hui, l'huissier est venu me dire de me rendre au ministère, car il y avait plus de trois semaines que je n'assurais plus mon service. Je suis allé au ministère pour rire. Notre chef de section pensait que j'allais lui faire des révérences et lui adresser des excuses, mais je l'ai regardé d un air indifférent, ni trop courroucé ni trop bienveillant, et je me suis assis à ma place, comme si je ne remarquais rien... J'ai regardé toute cette vermine administrative et me suis dit : « Si vous saviez qui est assis parmi vous, que se passerait-il ? » Seigneur Dieu ! quel tohu-bohu cela soulèverait ! Le chef de section lui-même me ferait un salut jusqu'à la ceinture, comme il fait maintenant pour le directeur. O

n a placé des papiers devant moi, afin que j'en fasse un résumé. Mais je ne les ai même pas effleurés du bout des doigts. Quelques minutes plus tard, tout le monde s'est mis à s'agiter. On avait dit que le directeur allait venir. Beaucoup de fonctionnaires ont couru, à qui se présenterait le plus vite devant lui. Mais je n'ai pas bougé. Quand il a traversé notre bureau, tous ont boutonné leurs habits ; moi, j'ai fait comme si de rien n'était ! Qu'est-ce que c'est qu'un directeur ? Que je me lève devant lui ? Jamais ! Quel directeur est-ce là ? C'est un bouchon, pas un directeur. Un bouchon ordinaire, un simple bouchon, rien de plus.

Comme ceux qui servent à boucher les bouteilles. Ce qui m'a amusé plus que tout, c'est quand ils m'ont glissé des papiers, pour que je les signe. Ils s'imaginaient que j'allais écrire tout en bas de la feuille : chef de bureau un tel. Allons donc ! J'ai gribouillé, bien en vue, là où signe le directeur du département : « Ferdinand VIII. » Il fallait voir le silence respectueux qui a régné alors ! Mais j'ai fait seulement un petit geste de la main, en disant : « Je ne veux aucun témoignage de soumission ! » et je suis sorti. Du bureau, je me suis rendu tout droit à l'appartement du directeur. Il n'était pas chez lui. Le valet a voulu m'empêcher d'entrer, mais je lui ai dit deux mots : les bras lui en sont tombés. J'ai gagné directement le cabinet de toilette. Elle était assise devant son miroir : elle s'est levée brusquement et a fait un pas en arrière. Mais je ne lui ai pas dit que j'étais le roi d'Espagne. Je lui ai dit seulement qu'elle ne pouvait même pas s'imaginer le bonheur qui l'attendait, et que nous serions réunis, malgré les machinations de nos ennemis. Je n'ai rien voulu ajouter de plus et j'ai quitté la pièce. Oh ! quelle créature rusée que la femme ! C'est seulement maintenant que j'ai compris ce qu'est la femme. Jusqu'à présent, personne ne savait de qui elle est amoureuse : je suis le premier à l'avoir découvert. La femme est amoureuse du diable. Oui, sans plaisanter. Les physiciens écrivent des absurdités, qu'elle est ceci, cela... Elle n'aime que le diable. Voyez là-bas, celle qui braque ses jumelles de la loge du second rang. Vous croyez qu'elle regarde ce personnage bedonnant décoré d'une plaque ? Vous n'y êtes pas, elle regarde le diable qui se tient debout derrière lui. Tenez, le voilà qui se dissimule sous son habit.

Il lui fait signe du doigt ! Et elle l'épousera. Elle l'épousera ! Et tous ceux que vous voyez là, tous ces pères de famille gradés, tous ces hommes qui font des pirouettes dans toutes les directions et qui prennent la Cour d'assaut, en disant qu'ils sont patriotes, et patati et patata : des fermes, des fermes, voilà ce que veulent ces patriotes ! Leur père, leur mère, Dieu lui-même ils le vendraient pour de l'argent, les ambitieux, les Judas ! Et cette ambition illimitée provient de ce qu'ils ont sous la luette une vésicule qui contient un vermisseau de la grosseur d'une tête d'épingle ; c'est un barbier de la rue aux Pois qui fait tout cela. J'ai oublié son nom ; mais on sait de source certaine qu'il veut, avec l'aide d'une sage-femme, répandre le mahométisme dans le monde entier, et on dit que c'est pour cela que la plus grande partie du peuple français confesse la foi de Mahomet.

Pas de date. Ce jour-là était sans date

Je me suis promené incognito sur la Perspective Nevski. Sa Majesté l'Empereur a passé en voiture. Toute la ville a ôté ses bonnets et j'ai fait de même ; pourtant, je n'ai nullement laissé voir que j'étais le roi d'Espagne. J'ai jugé inconvenant de me faire connaître aussitôt devant tout le monde ; car il faut avant tout que je me présente à la Cour. Ce qui m'a arrêté, c'est que je n'ai pas encore le costume national espagnol. Si je pouvais au moins me procurer une cape. Je voulais en commander une à un tailleur, mais ce sont de véritables ânes ; de plus, ils négligent totalement leur travail : ils se sont lancé dans la spéculation et, le plus souvent, ils pavent les chaussées. J'ai eu l'idée de me faire une cape dans mon uniforme neuf que je n'ai porté que deux fois en tout et pour tout. Mais pour que ces vauriens ne me la massacrent pas, j'ai décidé de la faire moi-même, en fermant la porte à clef pour n'être vu de personne. Je l'ai tailladé de bout en bout avec mes ciseaux, car la coupe doit être tout autre.

J'ai oublié la date. Il n'y a pas eu de mois non plus. C'était le diable sait quoi

Ma cape est achevée et cousue. Mavra a poussé un cri quand je l'ai mise. Pourtant, je ne me décide pas encore à me présenter à la Cour. La députation d'Espagne n'est toujours pas là. Sans députés, ce n'est pas convenable. Cela enlèverait tout poids à ma dignité. Je les attends d'un instant à l'autre.

Le 1er

Cette lenteur des députés m'étonne prodigieusement. Quelles sont les raisons qui ont pu les retarder ? La France, peut-être ? Oui, c'est la nation la moins bien disposée. Je suis allé demander à la poste si les députés espagnols n'étaient pas arrivés, mais le directeur qui est parfaitement stupide, ne sait rien. Il m'a dit : « Non, il n'y a aucun député espagnol, mais si vous voulez écrire des lettres, nous les prendrons au cours fixé. » Qu'il aille se faire pendre ! Qu'est-ce qu'une lettre ? Une absurdité. Ce sont les apothicaires qui écrivent des lettres...

Madrid, 30 février

Voilà, je suis en Espagne ; cela s'est fait si rapidement que j'ai à peine eu le temps de m'y reconnaître. Ce matin, les députés espagnols se sont présentés chez moi, et je suis monté en voiture avec eux. Cette extraordinaire précipitation m'a paru étrange. Nous avons marché à tel train que nous avions atteint la frontière d'Espagne une demi-heure plus tard. D'ailleurs, il est vrai que maintenant il y a des chemins de fer dans toute l'Europe et que les bateaux à vapeur vont extrêmement vite. Curieux pays que l'Espagne : quand nous sommes entrés dans la première pièce, j'y ai aperçu une foule d'hommes à la tête rasée. Mais j'ai deviné que cela devait être ou des grands, ou des soldats, car ils se rasent la tête. Ce qui m'a paru extrêmement bizarre, c'est la conduite du chancelier d'Empire : il m'a pris par le bras, m'a poussé dans une petite chambre, et m'a dit : « Reste là, et si tu racontes que tu es le roi Ferdinand, je te ferai passer cette envie. » Sachant que ce n'était qu'une épreuve, j'ai répondu négativement. Alors le chancelier m'a donné deux coups de bâton sur le dos, si douloureux que j'ai failli pousser un cri, mais je me suis dominé, me rappelant que c'était un rite de la chevalerie, lors de l'entrée en charge d'un haut dignitaire : en Espagne, ils observent encore les coutumes de la chevalerie. Resté seul, j'ai voulu m'occuper des affaires de l'État.

J'ai découvert que la Chine et l'Espagne ne sont qu'une seule et même terre et que c'est seulement par ignorance qu'on les considère comme des pays différents. Je conseille à tout le monde d'écrire « Espagne » sur un papier ; cela donnera : « Chine. » Mais j'ai été profondément affligé d'un événement qui doit se produire demain. Demain, à sept heures, s'accomplira un étrange phénomène : la terre s'assiéra sur la lune. Le célèbre chimiste anglais Wellington lui-même en parle. J'avoue que j'ai ressenti une vive inquiétude, lorsque je me suis imaginé la délicatesse et la fragilité extraordinaire de la lune. On sait que la lune se fait habituellement à Hambourg, et d'une façon abominable. Je m'étonne que l'Angleterre n'y fasse pas attention.

C'est un tonnelier boiteux qui la fabrique et il est clair que cet imbécile n'a aucune notion de la lune. Il y met un câble goudronné et une mesure d'huile d'olive ; il se répand alors sur toute la terre une telle puanteur qu'il faut se boucher le nez. De là vient que la lune elle-même est une sphère si délicate et que les hommes ne peuvent y vivre. Pour l'instant elle n'est habitée que par des nez. Et voilà pourquoi nous ne pouvons voir nos nez : ils se trouvent tous dans la lune. Quand j'ai pensé que la terre, matière pesante, pouvait réduire nos nez en poudre en s'asseyant dessus, j'ai été saisi d'une angoisse telle que j'ai enfilé mes bas et mes chaussures et me suis rendu en hâte dans la salle du conseil d'État pour donner ordre à la police d'empêcher la terre de s'asseoir sur la lune. Les grands à tête rasée que j'avais aperçus en nombre dans la salle du conseil d'État sont des gens très intelligents. Quand je leur ai dit : « Messieurs, sauvons la lune, car la terre veut s'asseoir dessus», ils se sont tous précipités à l'instant pour exécuter ma volonté souveraine et beaucoup ont grimpé aux murs pour attraper la lune ; mais à ce moment est entré le grand chancelier. En le voyant, tous se sont enfuis. Comme je suis le roi, je suis resté seul. Mais le chancelier, à ma stupéfaction, m'a donné un coup de bâton et m'a reconduit de force dans ma chambre. Si grand est le pouvoir des coutumes populaires en Espagne !

Janvier de la même année, qui a succédé à février

Je ne peux arriver à comprendre quel pays est l'Espagne. Les usages populaires et les règles de l'étiquette de la Cour y sont tout à fait extraordinaires. Je ne comprends pas, décidément je n'y comprends rien. Aujourd'hui, on m'a tondu, bien que j'aie crié de toutes mes forces que je ne voulais pas être moine. Mais je ne peux même plus me rappeler ce qu'il est advenu de moi lorsqu'ils ont commencé à me verser de l'eau froide sur le crâne. Je n'avais encore jamais enduré un pareil enfer. Pour un peu je devenais enragé, et c'est à peine s'ils ont pu me retenir. Je ne comprends pas du tout la signification de cette étrange coutume.

C'est un usage stupide, absurde. La légèreté des rois qui ne l'ont pas encore aboli, me semble inconcevable. Je suppose, selon toute vraisemblance, que je suis tombé entre les mains de l'Inquisition, et celui que j'ai pris pour le chancelier est sans doute le Grand Inquisiteur en personne. Mais je ne peux toujours pas comprendre comment il est possible qu'un roi soit soumis à l'Inquisition. Il est vrai que c'est possible de la part de la France et surtout de Polignac. Oh ! ce coquin de Polignac ! Il a juré de me faire du mal jusqu'à ma mort. Il me harcèle et me persécute. Mais, je sais, mon ami, que c'est l'Anglais qui te mène. L'Anglais est un grand politique. Il essaie de se faufiler partout. Tout le monde sait que, quand l'Angleterre prise, la France éternue.

Le 25

Aujourd'hui, le Grand Inquisiteur est venu dans ma chambre, mais je m'étais caché sous ma chaise en entendant son pas. Voyant que je n'étais pas là, il s'est mis à m'appeler. Tout d'abord, il a crié : « Poprichtchine ! » mais je n'ai pipé mot. Ensuite : « Auxence Ivanov ! Conseiller titulaire ! Gentilhomme ! » J'ai gardé le silence. « Ferdinand VIII ! » J'ai voulu sortir la tête, mais je me suis dit : « Non, frère, tu ne me donneras pas le change ! Nous te connaissons : tu vas encore me verser de l'eau froide sur la tête. » Enfin, il m'a vu et m'a fait sortir de dessous la chaise à coups de bâton. Ce maudit bâton vous fait un mal horrible. Mais la révélation que je viens d'avoir m'a dédommagé de tout cela : j'ai découvert que tous les coqs ont une Espagne ; elle se trouve sous leurs plumes. Le Grand Inquisiteur est sorti de chez moi furibond en me menaçant de je ne sais quel châtiment. Mais j'ai méprisé totalement sa malice impuissante, car je sais qu'il agit comme une machine, comme un instrument de l'Anglais.

Jo 34e ur Ms nnaée. 349 reirvéF

Non, je n'ai plus la force d'endurer cela ! Mon Dieu ! que font-ils de moi ! Ils me versent de l'eau froide sur la tête. Ils ne m'écoutent pas, ne me voient pas, ne m'entendent pas. Que leur ai-je fait ? Pourquoi me tourmentent-ils ? Que veulent-ils de moi, malheureux ? Que puis-je leur donner ?

Je n'ai rien. Je suis à bout, je ne peux plus supporter leurs tortures ; ma tête brûle, et tout tourne devant moi. Sauvez-moi ! Emmenez-moi ! Donnez-moi une troïka de coursiers rapides comme la bourrasque ! Monte en selle, postillon, tinte, ma clochette ! Coursiers, foncez vers les nues et emportez-moi loin de ce monde ! Plus loin, plus loin, qu'on ne voie rien, plus rien. Là-bas, le ciel tournoie devant mes yeux : une petite étoile scintille dans les profondeurs ; une forêt vogue avec ses arbres sombres, accompagnée de la lune ; un brouillard gris s'étire sous mes pieds ; une corde résonne dans le brouillard ; d'un côté la mer, de l'autre l'Italie ; tout là-bas, on distingue même les izbas russes. Est-ce ma maison, cette tache bleue dans le lointain ?

Est-ce ma mère qui est assise devant la fenêtre ? Maman ! Sauve ton malheureux fils ! Laisse tomber une petite larme sur sa tête douloureuse !

Regarde comme on le tourmente ! Serre le pauvre orphelin contre ta poitrine ! Il n'a pas sa place sur la terre ! On le pourchasse ! Maman ! Prends en pitié ton petit enfant malade !... Hé, savez-vous que le dey d'Alger a une verrue juste en dessous du nez ?

---

[1] Qui a rapport, qui appartient à la Cour, à l'entourage d'un souverain.

Le nez

Chapitre 1

Ce jour-là, 25 mars dernier, Pétersbourg fut le théâtre d'une aventure des plus étranges. Le barbier Ivan Yakovlévitch, domicilié avenue de l'Ascension (son nom de famille est perdu et son enseigne ne porte que l'inscription : On pratique aussi les saignées, au-dessous d'un monsieur à la joue barbouillée de savon), le barbier Ivan Yakovlévitch se réveilla d'assez bonne heure et perçut une odeur de pain chaud. S'étant mis sur son séant, il vit que son épouse – personne plutôt respectable et qui prisait fort le café – défournait des pains tout frais cuits.

« Aujourd'hui, Prascovie Ossipovna, je ne prendrai pas de café, déclara Ivan Yakovlévitch ; je préfère grignoter un bon pain chaud avec de la ciboule. »

À la vérité, Ivan Yakovlévitch aurait bien voulu et pain et café, mais il jugeait impossible de demander les deux choses à la fois, Prascovie Ossipovna ne tolérant pas de semblables caprices.

« Tant mieux, se dit la respectable épouse en jetant un pain sur la table. Que mon nigaud s'empiffre de pain ! Il me restera davantage de café. »

Respectueux des convenances, Ivan Yakovlévitch passa son habit par-dessus sa chemise et se mit en devoir de déjeuner. Il posa devant lui une pincée de sel, nettoya deux oignons, prit son couteau et, la mine grave, coupa son pain en deux. Il aperçut alors, à sa grande surprise, un objet blanchâtre au beau milieu ; il le tâta précautionneusement du couteau, le palpa du doigt… « Qu'est-ce que cela peut bien être ? » se dit-il en éprouvant de la résistance.

Il fourra alors ses doigts dans le pain et en retira… un nez ! Les bras lui en tombèrent. Il se frotta les yeux, palpa l'objet de nouveau : un nez, c'était bien un nez, et même, semblait-il, un nez de connaissance ! L'effroi se peignit sur les traits d'Ivan Yakovlévitch. Mais cet effroi n'était rien, comparé à l'indignation qui s'empara de sa respectable épouse.

« Où as-tu bien pu couper ce nez, bougre d'animal ? s'exclama-t-elle. Ivrogne ! filou ! coquin ! Je vais aller de ce pas te dénoncer à la police, brigand que tu es ! J'ai déjà entendu dire à trois personnes qu'en leur faisant la barbe tu tirailles le nez des gens à le leur arracher ! »

Cependant Ivan Yakovlévitch était plus mort que vif : il venait de reconnaître le nez de M. Kovaliov, assesseur de collège, qu'il avait l'honneur de raser le mercredi et le dimanche.

« Minute, Prascovie Ossipovna ! Je m'en vais l'envelopper dans un chiffon et le poser dans ce coin, en attendant ; je l'emporterai plus tard.

– Il ne manquait plus que cela ! Crois-tu, par hasard, que je vais garder ici un nez coupé ? Espèce de vieux croûton ! tu ne sais plus que repasser ton rasoir ! Tu ne seras bientôt plus capable de raser les gens comme il faut ! Ah ! le maudit coureur, ah ! la brute, ah ! le malappris ! Et il faudrait encore que je réponde pour lui à la police ! Emporte-le tout de suite, saligaud ! Emporte-le où tu voudras, et que je n'en entende plus parler ! »

Ivan Yakovlévitch demeurait pétrifié de surprise. Il avait beau réfléchir, il ne savait que penser.

« Comment diantre cela est-il arrivé ? proféra-t-il enfin en se grattant derrière l'oreille. Étais-je plein quand je suis rentré hier soir ? Je ne m'en souviens plus... Et puis, vraiment, l'aventure tient de l'invraisemblable... Qu'est-ce que ce nez est venu faire dans ce pain ? Non, je n'y comprends goutte ! »

Ivan Yakovlévitch se tut. À la pensée que les gens de police pourraient le trouver en possession de ce nez et l'accuser d'un crime, il perdit définitivement ses esprits. Il crut voir apparaître une épée, un collet rouge vif brodé d'argent..., et se prit à trembler de tout le corps. Enfin, il enfila son pantalon et ses bottes, enveloppa le nez dans un chiffon et se précipita dehors, accompagné des imprécations de Prascovie Ossipovna.

Il avait l'intention de jeter son paquet dans un trou de borne sous quelque portail, ou de le laisser choir comme par hasard au coin d'une venelle. Par malheur, il se heurtait sans cesse à des personnes de connaissance, qui lui demandaient dès l'abord : « Où cours-tu comme ça ? » ou bien : « Qui t'en vas-tu barbifier de si bonne heure ? » Il ne parvenait pas à saisir l'instant propice. Une fois pourtant, il crut s'être débarrassé de son paquet, mais un garde de ville le lui désigna du bout de sa hallebarde en disant :

« Eh, là-bas, le particulier, faudrait voir à relever ça, hein ? »

Force fut bien à Ivan Yakovlévitch de ramasser le nez et de le fourrer dans sa poche. Le désespoir le gagnait, car les boutiques s'ouvraient et les passants se faisaient de plus en plus nombreux.

Il décida de gagner le pont Saint-Isaac dans l'espoir de jeter à la Néva son encombrant fardeau.

Mais je me repens de n'avoir donné aucun détail sur Ivan Yakovlévitch, personnage fort honorable sous beaucoup de rapports.

Comme tout artisan russe qui se respecte, Ivan Yakovlévitch était un ivrogne fieffé ; et bien qu'il rasât tous les jours le menton d'autrui, le sien demeurait éternellement broussailleux. La couleur de son habit – Ivan Yakovlévitch ne portait jamais de surtout – rappelait celle des chevaux rouans : à vrai dire, cet habit était noir, mais entièrement pommelé de taches grises et brunâtres ; le col luisait ; trois bouts de fil pendaient à la place des boutons absents. Quand il se confiait aux soins de notre barbier, l'assesseur de collège Kovaliov avait coutume de lui dire : « Sapristi, Ivan Yakovlévitch, que tes mains sentent mauvais ! – Pourquoi voulez-vous qu'elles sentent mauvais ? répliquait Ivan Yakovlévitch. – Je n'en sais rien, mon cher, toujours est-il qu'elles puent ! » rétorquait l'assesseur de collège. Alors, Ivan Yakovlévitch prenait une prise, et, pour se venger, savonnait impitoyablement les joues, le nez, le cou, les oreilles, toutes les parties du patient que son blaireau pouvait atteindre...

Cependant, ce respectable citoyen avait déjà gagné le pont Saint-Isaac. Il commença par inspecter les alentours, puis il se pencha sur le parapet comme pour voir s'il y avait toujours beaucoup de poissons, et se débarrassa discrètement du chiffon fatal. Aussitôt, Ivan Yakovlévitch se crut délivré d'un poids de cent livres ; il esquissa même un sourire. Au lieu d'aller rafraîchir des mentons de bureaucrates, il résolut d'aller prendre un verre de punch dans un établissement dont l'enseigne indiquait : Ici, l'on sert du thé et à manger. Il y portait déjà ses pas quand, soudain, il aperçut au bout du pont un exempt de police à l'extérieur imposant : larges favoris, tricorne, épée au côté. Il perdit contenance, tandis que l'exempt l'appelait du doigt et disait :

« Approche, mon brave ! »

Ivan Yakovlévitch, qui connaissait les usages, retira sa casquette et accourut à pas rapides.

« Je souhaite le bonjour à Votre Seigneurie !

– Laisse là ma seigneurie et dis-moi plutôt ce que tu faisais sur le pont.

– Par ma foi, monsieur, en allant raser mes pratiques, je me suis arrêté pour voir comme l'eau coule vite.

– Ne m'en conte pas, réponds-moi franchement.

– Je suis prêt à raser gratis Votre Grâce deux ou trois fois par semaine, répliqua Ivan Yakovlévitch.

– Trêve de sornettes, l'ami ! J'ai déjà trois de tes pareils qui s'estiment fort honorés de me barbifier. Voyons, dis-moi ce que tu faisais sur le pont ? »

Ivan Yakovlévitch pâlit... Mais la suite de l'aventure se perd dans un brouillard si épais que personne n'a jamais pu le percer.

Chapitre 2

L'assesseur de collège Kovaliov se réveilla d'assez bonne heure en murmurant : « Brrr ! » suivant une habitude qu'il aurait été bien en peine d'expliquer. Il s'étira et se fit donner un miroir dans l'intention d'examiner un petit bouton qui, la veille au soir, lui avait poussé sur le nez. À son immense stupéfaction, il s'aperçut que la place que son nez devait occuper ne présentait plus qu'une surface lisse ! Tout alarmé, Kovaliov se fit apporter de l'eau et se frotta les yeux avec un essuie-mains : le nez avait bel et bien disparu ! Il se palpa, se pinça même pour se convaincre qu'il ne dormait point : mais non, il paraissait bien éveillé. Kovaliov sauta à bas du lit, s'ébroua : toujours pas de nez !... Il s'habilla séance tenante et se rendit tout droit chez le maître de police.

Il me paraît nécessaire de dire quelques mots de Kovaliov, afin que le lecteur sache à quel genre d'individu ce personnage appartenait. Les assesseurs de collège à qui les parchemins universitaires confèrent de droit ce titre ne sauraient se comparer à ceux qui l'ont obtenu au Caucase. Ce sont deux catégories bien différentes. Les premiers... Mais la Russie est un pays si étrange que si l'on parle d'un assesseur de collège, tous les autres, de Riga au Kamtchatka, croiront qu'il s'agit d'eux. Et il en va de même pour tous les autres grades... Kovaliov était assesseur de collège caucasien. Comme il l'était depuis à peine deux ans, Kovaliov s'en montrait encore très fier. Même, pour se donner plus de poids, il se faisait toujours appeler : Monsieur le Major[1]. « Écoute, ma brave femme, avait-il accoutumé de dire quand une vendeuse de plastrons de chemises lui offrait ses services ; écoute, ma bonne, viens me trouver chez moi ; j'habite avenue des Jardins ; tu n'auras qu'à demander le logis du major Kovaliov, tout le monde te l'indiquera. » Si, d'aventure, il rencontrait parmi ces vendeuses un joli minois, il lui passait en outre des instructions secrètes en ayant soin d'ajouter : « Tu n'oublieras pas, mon petit cœur, de demander le logis du major Kovaliov ! » Nous ferons comme lui et dorénavant nous donnerons du major à cet assesseur de collège. Le major Kovaliov avait l'habitude d'aller faire les cent pas sur la Perspective. Son col et son plastron étaient toujours admirablement empesés. Il portait des favoris comme en portent encore aujourd'hui les géomètres, les architectes, les médecins-majors, d'autres personnes encore exerçant les fonctions les plus diverses[2], en général tous les individus qui étalent des joues rebondies et jouent au boston avec dextérité. Ces favoris descendent jusqu'au milieu de la joue, et, de là, gagnent en droite ligne le nez. Le major Kovaliov portait en breloque un grand nombre de cachets en cornaline, où se trouvaient gravés, soit des armoiries, soit le nom des jours : lundi, mercredi, jeudi, etc. Le major Kovaliov était venu à Pétersbourg pour y chercher quelque emploi en rapport avec son grade : une charge de vice-gouverneur, voire une place d'inspecteur dans une administration importante. Le major Kovaliov eût volontiers pris femme, à condition que la dot se montât à deux cent mille roubles. Le lecteur peut maintenant se figurer l'état du major quand, à la place d'un nez point trop laid, il ne trouva plus qu'une bête de surface lisse.

Par un fait exprès aucun fiacre ne se montrait dans la rue ; il dut faire le chemin à pied, enveloppé dans son manteau, et le visage enfoui dans son mouchoir, comme s'il saignait du nez. « Eh ! se dit-il, j'ai sans doute été victime d'une hallucination. Mon nez n'a pas pu se perdre sans rime ni raison, que diable ! » Et il entra aussitôt dans un café afin de se regarder dans une glace. Le café était heureusement vide ; les garçons balayaient les salles et rangeaient les chaises ; d'aucuns, les yeux bouffis de sommeil, apportaient des plateaux chargés de petits pâtés chauds ; les journaux de la veille, maculés de café, jonchaient les tables et les chaises. « Dieu merci, » il n'y a personne, je vais pouvoir me regarder ! » se dit Kovaliov en s'approchant d'une glace. Mais après un timide coup d'œil : « Pouah, l'horreur ! murmura-t-il, en crachant de dépit. S'il y avait au moins quelque chose en place de nez ; mais non, rien, rien, rien ! » Il sortit du café en se pinçant les lèvres et bien résolu, contre sa coutume, à n'adresser ni regard, ni sourire à personne. Soudain il s'arrêta, cloué sur place : un événement incompréhensible se passait sous ses yeux : un landau venait de s'arrêter devant la porte d'une maison ; la portière s'ouvrit ; un personnage en uniforme sauta tout courbé de la voiture et grimpa l'escalier quatre à quatre. Quels ne furent pas la surprise et l'effroi de Kovaliov en reconnaissant dans ce personnage... son propre nez ! À ce spectacle extraordinaire il crut qu'une révolution s'était produite dans son appareil visuel ; il sentit ses jambes flageoler, mais décida pourtant d'attendre coûte que coûte le retour du personnage. Il demeura donc là tremblant comme dans un accès de fièvre. Au bout de deux minutes, le Nez réapparut ; il portait un uniforme brodé d'or, à grand col droit, un pantalon de chamois et une épée au côté. Son bicorne à plumes laissait inférer qu'il avait rang de conseiller d'État. Il faisait à coup sûr une tournée de visites.

Il regarda de côté et d'autre, héla sa voiture, y prit place et disparut. Le pauvre Kovaliov tout pantois ne savait que penser de cet étrange incident. Comment diantre son nez, hier encore ornement de son visage et incapable de se mouvoir, pas plus à pied qu'en voiture, portait-il aujourd'hui l'uniforme ? Il courut derrière la voiture qui, heureusement pour lui, s'arrêta bientôt devant le Bazar[3]. Kovaliov s'y précipita à travers une rangée de vieilles mendiantes, dont le visage entièrement emmitouflé, sauf deux ouvertures pour les yeux, provoquait d'ordinaire ses quolibets. Il n'y avait pas encore grand monde. Kovaliov se sentait si déprimé qu'il ne savait à quoi se résoudre. Ses yeux cherchaient le monsieur dans tous les coins ; ils le découvrirent enfin, arrêté devant une boutique. Le visage dissimulé dans son grand col droit, le Nez se plongeait tout entier dans l'examen des marchandises. « Comment faire pour l'aborder ? songeait Kovaliov. Tout, le bicorne, l'uniforme, indique le conseiller d'État. Que décider ? » Il tourna autour du personnage en toussotant. Mais le Nez ne bougea pas. « Monsieur, dit enfin Kovaliov en s'armant de courage, monsieur...

– Que désirez-vous ? demanda le Nez en se retournant.

– Je suis surpris, monsieur ; vous devriez, il me semble, un peu mieux connaître votre place... Mais puisque je vous retrouve... Avouez que...
– Mille pardons, je ne parviens pas à comprendre ce que vous voulez dire ; expliquez-vous. » « Comment lui expliquer ? » songea Kovaliov qui, s'enhardissant, reprit : « Évidemment, je... Mais enfin, monsieur, je suis major. Et je ne saurais, convenez-en, me promener sans nez. Que pareille aventure arrive à une vendeuse d'oranges pelées du pont de l'Ascension, passe encore ! Mais moi, monsieur, je suis en passe d'obtenir... Et puis, je suis reçu dans de nombreuses maisons ; je compte parmi mes connaissances Mme la conseillère Tchékhtariov,

et bien d'autres dames… Je ne sais vraiment… Excusez, monsieur (ici, le major Kovaliov haussa les épaules), mais à parler franc, si l'on envisage la chose selon les règles de l'honneur et du devoir… Bref, vous conviendrez…

– Je n'y comprends goutte, répéta le Nez ; expliquez-vous plus clairement. – Monsieur, répliqua Kovaliov d'un ton fort digne, je ne sais quel sens donner à vos paroles… L'affaire est pourtant bien claire… Enfin, monsieur, n'êtes-vous pas mon propre nez ? » Le Nez considéra le major avec un léger froncement de sourcils. « Vous vous trompez, monsieur, je n'appartiens qu'à moi-même. D'étroites relations ne sauraient d'ailleurs exister entre nous. À en juger par les boutons de votre uniforme, nous appartenons à des administrations différentes. »

Sur ce, le Nez tourna le dos à Kovaliov, qui perdit contenance et ne sut plus ni que faire ni que penser. À ce moment, un agréable froufrou se fit entendre ; deux dames arrivaient : l'une, d'un certain âge, couverte de dentelles ; l'autre, toute menue, moulée dans une robe blanche et dont le chapeau jaune paille avait la légèreté d'un soufflé. Un grand flandrin de heiduque, dont le visage s'ornait d'énormes favoris et la livrée d'une bonne douzaine de collets, s'arrêta derrière elles et ouvrit sa tabatière. Kovaliov redressa le col de batiste de sa chemise, mit en ordre ses cachets suspendus à une chaînette d'or et, souriant à la ronde, concentra toute son attention sur la jeune personne aérienne, qui, s'inclinant un peu, comme une fleur printanière, porta à son front une main blanche aux doigts diaphanes. Le sourire de Kovaliov s'épanouit davantage encore quand il aperçut sous le chapeau un petit menton rond, d'une blancheur éclatante, et une moitié de joue fraîche pareille à une rose de mai.

Mais il recula aussitôt à la façon d'un homme qui se brûle : il venait de se souvenir qu'il n'avait pas de nez ! Il se retourna pour déclarer sans ambages au monsieur en uniforme qu'il usurpait le titre de conseiller d'État, puisqu'il n'était en réalité que son fripon de nez. Cependant le Nez avait eu déjà le temps de s'éclipser et poursuivait, sans doute, le cours de ses visites. Ce nouveau contretemps plongea Kovaliov dans le désespoir. Revenu sur ses pas, il s'immobilisa un instant sous la colonnade, et promena ses regards de tous côtés, à la recherche de son nez. Il se rappelait fort bien que son coquin portait un chapeau à plumes et un uniforme brodé d'or ; toutefois, il n'avait remarqué ni la coupe du manteau, ni la couleur de la voiture, ni la robe des chevaux, ni même la livrée du valet de pied, si valet de pied il y avait. Les équipages se croisaient si nombreux et roulaient à si belle allure qu'il était difficile d'en distinguer un parmi les autres ; et d'ailleurs, comment l'arrêter ? Par cette belle journée ensoleillée, la Perspective était noire de monde : du pont de la Police au pont Anitchkov, le flot des dames s'écoulait le long du trottoir comme une cascade de fleurs. Kovaliov reconnut un conseiller aulique auquel il donnait volontiers du lieutenant-colonel, surtout en présence d'un tiers. Il aperçut son grand ami Yaryjkine, chef de bureau au Sénat, qui perdait toujours lorsqu'il demandait huit au boston.

Il vit aussi de loin un autre major, qui avait également décroché son grade au Caucase et lui faisait signe de venir le rejoindre… « Saperlipopette ! maugréa Kovaliov en sautant dans un fiacre. Cocher, au galop ! chez le maître de police ! » « Monsieur, le maître de police est-il visible ? s'écria-t-il en pénétrant dans l'antichambre de ce haut fonctionnaire.

– Non, répondit l'huissier, Monsieur vient de sortir. –Il ne manquait plus que ça !

– Une minute plus tôt et vous l'auriez trouvé », crut devoir ajouter le suisse. Kovaliov, le visage toujours enfoui dans son mouchoir, se rejeta dans son fiacre en criant d'une voix désespérée : « Marche !

– Où cela ? demanda le cocher.

– Droit devant toi !

– Droit devant moi ? Mais nous sommes à un carrefour ; faut-il prendre à droite ou à gauche ? » Cette question contraignit Kovaliov à réfléchir. La situation lui commandait de s'adresser à la préfecture de police. Bien que l'affaire ne fût pas précisément de son ressort, cette administration était à même de prendre plus rapidement qu'une autre les mesures nécessaires. Il ne fallait pas songer à demander satisfaction au directeur du département auquel le Nez s'était prétendu attaché ; les réponses de cet effronté montraient qu'il ne respectait rien ni personne ; qui l'empêchait en l'occurrence de mentir comme il l'avait fait en prétendant ignorer le major ? Kovaliov allait donc donner au cocher l'adresse de la préfecture de police ; mais il se fit soudain la réflexion qu'un sacripant capable de se conduire dès la première rencontre d'une manière aussi indigne pouvait, si on lui en laissait le temps, gagner le large en douceur ; les recherches dureraient un mois entier, si tant est qu'elles aboutissent jamais. Enfin, le ciel daigna l'inspirer. Il résolut de recourir à la presse et de publier dans les journaux une description détaillée de son nez ; tous ceux qui rencontreraient le fugitif pourraient ainsi le lui ramener ou, tout au moins, lui indiquer le logis du fripon.

Il se fit aussitôt conduire à un bureau d'annonces et, tout le long du chemin, ne cessa de bourrer de coups de poing le dos du cocher. « Plus vite, animal ! Plus vite, scélérat ! – Eh là ! monsieur », disait le pauvre diable en hochant la tête et en stimulant des guides son méchant bidet dont le poil était aussi long que celui d'un épagneul. Le fiacre finit par s'arrêter ; Kovaliov hors d'haleine se précipita dans une petite salle où un employé grisonnant, vêtu d'un vieux frac fort usé et portant des lunettes, comptait, la plume entre les lèvres, de la monnaie de billon. « À qui faut-il s'adresser pour une annonce ? s'écria dès l'abord Kovaliov. Ah ! pardon, bonjour, monsieur !

– J'ai bien l'honneur…, répondit l'employé grisonnant, qui leva un instant les yeux pour les reporter aussitôt sur ses piles de monnaie. – Je désirerais faire insérer…

– Si vous voulez bien attendre », dit l'employé en inscrivant un chiffre de la main droite, tandis que de la gauche il faisait glisser deux boules sur son boulier. Un domestique de grande maison, à en juger par sa livrée galonnée et sa tenue assez décente, se tenait devant l'employé, un papier à la main. Il crut bon de faire montre de son savoir-vivre. « Vous pouvez m'en croire, monsieur, le toutou ne vaut pas quatre-vingts kopeks ; je n'en donnerais pas dix liards, quant à moi ; mais la comtesse l'adore, oui, monsieur, c'est le mot : elle l'adore. Voilà pourquoi elle promet cent roubles à qui le lui rapportera. Que voulez-vous, tous les goûts sont dans la nature ! À mon avis, quand on se pique d'être amateur, on se doit d'avoir soit un caniche, soit un chien couchant. Payez-le cinq cents, payez-le mille roubles, mais que cette bête-là vous fasse honneur ! » Le brave employé prêtait l'oreille à ces discours avec une mine de circonstance, tout en comptant les lettres de l'annonce en question. Billets à la main, un grand nombre de commis, concierges et commères attendaient leur tour. Dans tous ces billets on cédait quelque chose : un cocher d'une sobriété parfaite ; une calèche presque neuve, ramenée de Paris en 1814 ; une fille de dix-neuf ans, blanchisseuse de son métier, mais également apte à d'autres travaux ; un solide drojki auquel il ne manquait qu'un ressort ; un jeune cheval fougueux, gris pommelé, âgé de dix-sept ans ; des graines de navet et de radis récemment reçues de Londres ; une maison de campagne et ses dépendances, soit deux boxes à chevaux et un emplacement fort commode pour y planter sapins ou bouleaux ; un lot de vieilles semelles vendues aux enchères tous les jours de huit heures du matin à trois heures de relevée.

Toute cette compagnie assemblée dans une pièce aussi exiguë en rendait l'atmosphère particulièrement lourde. Cependant le major Kovaliov ne s'en trouvait point incommodé : il tenait son mouchoir sur son visage, et d'ailleurs son nez se promenait... Dieu sait où. « Permettez, monsieur, je suis très pressé, fit-il enfin, pris d'impatience. – Tout de suite, tout de suite !... Deux roubles quarante-trois kopeks... Tout de suite !... Un rouble soixante-quatre kopeks, disait le grison en jetant leurs billets à la tête des concierges et des commères... Vous désirez ? reprit-il en s'adressant, cette fois, à Kovaliov.

– Je voudrais..., déclara celui-ci. Voyez-vous, je ne sais s'il s'agit d'une canaillerie ou d'une friponnerie... Je voudrais seulement faire savoir que quiconque me ramènera mon coquin recevra une honnête récompense.

– Votre nom, si vous le permettez ?

– Mon nom ? Impossible ! Vous comprenez, j'ai beaucoup de connaissances : Mme la conseillère Tchékhtariov, Mme Podtotchine, Pélagie Grigorievna, une veuve d'officier supérieur... Les voyez-vous apprenant tout à coup... Que Dieu m'en préserve !... Écrivez tout simplement : un assesseur de collège, ou mieux encore, un monsieur ayant rang de major... – Et le fugitif est l'un de vos serfs ? – Un serf !

Il s'agit bien de cela ! Non, le fugitif n'est autre que… mon nez. – Vous dites ? Quel nom bizarre ! Et ce monsieur « Monnez » vous a emporté une forte somme ?

– Eh non ! vous faites erreur ! Mon nez, monsieur, mon propre nez a pris la poudre d'escampette. C'est le diable, sans doute, qui m'a joué ce beau tour !

– Comment diantre cela est-il arrivé ? Je ne comprends pas très bien !
– Je ne saurais vous le dire ; toujours est-il que ce monsieur roule carrosse et se fait passer pour conseiller d'État. Je vous prie donc d'annoncer que quiconque mettra la main dessus ait à me le remettre dans le plus bref délai possible. Voyons, monsieur, je vous le demande, que puis-je faire sans cet organe apparent ? S'il ne s'agissait que d'un orteil, je fourrerais mon pied dans ma botte et personne n'en remarquerait l'absence.

Mais, vous comprenez, je vais tous les jeudis chez Mme la conseillère Tchékhtariov ; Mme Podtotchine, Pélagie Grigorievna, une veuve d'officier supérieur et sa charmante fille sont aussi de mes amies… Jugez-en vous-même… Impossible maintenant de me présenter décemment chez elles !… » L'employé se prit à réfléchir ; du moins la contraction de ses lèvres permettait de le supposer. « Non, déclara-t-il après un long silence. Aucun journal ne voudra insérer une pareille annonce.

– Pourquoi cela ?

– Parce que cela nuirait à leur réputation… Vous comprenez, si chacun se met à déclarer que son nez a pris la clef des champs… On reproche déjà aux journaux d'imprimer tant de sornettes…

– Permettez, il ne s'agit pas de sornettes…

– Vous avez beau dire. Pas plus tard que la semaine dernière, là où vous êtes, il y avait un fonctionnaire désireux de faire passer une annonce… Cette annonce qui, je m'en souviens, se montait à deux roubles soixante-treize, signalait la disparition d'un caniche noir. Rien de plus innocent, n'est-ce pas ? Eh bien, monsieur, vous me croirez si vous voulez, c'était un libelle : le caniche désignait le trésorier de je ne sais plus quelle administration.

– Mais, dans mon annonce à moi, il ne s'agit pas de caniche ; il ne s'agit que de mon propre nez, comme qui dirait de moi-même !

– Non, je vous assure, c'est impossible !

– Mais puisque mon nez a réellement disparu !

– Alors consultez un médecin. Certains sont, dit-on, fort habiles à poser tous les nez qu'on désire. À ce que je vois, monsieur, vous êtes d'humeur gaie ; vous devez aimer les farces de société.

– Je vous jure que je dis vrai. Si vous ne me croyez pas, je puis vous faire voir.

– Inutile ! objecta l'employé en prenant une prise. Après tout, si cela ne vous dérange pas », reprit-il, cédant à la curiosité. Le major se découvrit le visage. « C'est ma foi vrai ! s'écria l'employé. Quelle étrange aventure ! La place est lisse et plate comme une crêpe au sortir de la poêle !

– Refuserez-vous encore d'accepter mon annonce ? Impossible de rester comme ça, vous le voyez bien ! Je vous serai extrêmement reconnaissant et me félicite que cette aventure m'ait procuré le plaisir de votre connaissance. » Le major, on le voit, s'était résolu à baisser un peu le ton : une fois n'est pas coutume... « Évidemment, acquiesça l'employé, cela peut se faire ; mais, à mon sens, pareille annonce ne vous servira de rien. Mieux vaudrait soumettre le cas à un habile écrivain : il le présentera comme un jeu bizarre de la nature et publiera son article dans l'Abeille du Nord (ici l'employé huma une nouvelle prise) au grand profit de la jeunesse (ici l'employé s'essuya le nez) ou, simplement, à la grande satisfaction des curieux. » Le major avait perdu tout espoir. Ses yeux tombèrent sur une annonce de spectacle, au bas d'une page de journal. Au nom d'une charmante actrice il s'apprêtait à sourire, voire à chercher dans sa poche un billet de cinq roubles, car il était d'avis que les officiers supérieurs ne doivent se montrer qu'aux fauteuils. Mais, hélas ! le souvenir de son nez absent lui revint… L'employé lui-même parut touché de la situation embarrassée de Kovaliov. Désireux de lui alléger sa peine, il jugea convenable de lui témoigner un peu de sympathie. « Je suis vraiment désolé de ce qui vous arrive. Puis-je vous offrir une prise ? Cela calme les maux de tête et dissipe les humeurs noires ; c'est même excellent contre les hémorroïdes. » Tout en parlant, l'employé tendait à Kovaliov sa tabatière, non sans en avoir adroitement fait sauter le couvercle, qu'agrémentait le portrait d'une dame en chapeau.

Cette offre innocente mit le comble à la fureur du major. « Eh quoi ! s'exclama-t-il, vous avez le front de plaisanter ! Vous ne voyez donc pas qu'il me manque justement l'organe avec lequel on prise ! Le diable soit de votre sale tabac ! Je suis dans un état à refuser le meilleur « râpé » ! » Sur ces mots, Kovaliov quitta, fort irrité, le bureau d'annonces et s'en fut tout droit chez le commissaire du quartier. Il le trouva en train de s'étirer, de bâiller en marmonnant : « Ah ! quelle bonne petite sieste je viens de faire ! » Le major n'aurait su arriver plus mal à propos. Le commissaire aimait fort à encourager les arts et les métiers, mais il aimait encore davantage les billets de banque. « Qu'y a-t-il de meilleur ? avait-il coutume de dire. Un billet, cela ne prend pas de place, cela ne demande aucun entretien : on peut toujours le fourrer dans sa poche, et si on le laisse tomber, il ne se fait aucun mal. » Le commissaire reçut Kovaliov plutôt froidement : on ne procède point à des enquêtes aussitôt après dîner ; la nature a sagement ordonné une légère sieste après la réfection corporelle (le commissaire montra ainsi au major que les maximes des anciens ne lui étaient pas inconnues) ; d'ailleurs un homme comme il faut ne se laisse pas arracher le nez. Le commissaire ne mâchait pas ses mots. Et Kovaliov, remarquons-le en passant, était fort susceptible.

Il pardonnait à la rigueur les attaques dirigées contre sa personne, mais n'admettait aucun manque de respect envers son grade ou son état. À l'en croire, on pouvait permettre aux auteurs dramatiques de railler les officiers subalternes à condition de les empêcher de s'en prendre aux officiers supérieurs. L'accueil du commissaire déconcerta Kovaliov à tel point qu'il proféra sur un ton très digne, les bras légèrement écartés du corps : « Après une réflexion aussi désobligeante, je n'ai plus rien à ajouter. » Il se retira donc et rentra chez lui en chancelant. La nuit tombait déjà. Après toutes ses démarches infructueuses, son logis lui parut d'une tristesse, d'une laideur infinies. Il trouva dans l'antichambre son domestique Ivan qui, vautré sur un divan de cuir sordide, s'exerçait avec assez de bonheur à cracher au même endroit du plafond. Une pareille indifférence redoubla la fureur de Kovaliov ; il donna au faquin un grand coup de chapeau sur le front en criant : « Ah, le dégoûtant ! toujours des sottises en tête ! » Ivan sauta à bas du divan et se mit précipitamment en devoir de retirer le manteau de son maître.

Une fois dans sa chambre, le major, en proie à la fatigue et à la mélancolie, se laissa choir dans un fauteuil. Il poussa quelques soupirs, puis se tint ce discours : « Mon Dieu, mon Dieu, pourquoi m'envoyez-vous cette calamité ? S'il s'agissait d'un bras ou d'une jambe, ce ne serait que demi-malheur. Mais, sans nez, un homme n'est plus un homme ; c'est un rien qui vaille, bon à jeter par la fenêtre. Si encore je l'avais perdu en duel, ou à la guerre, ou par ma faute !... Hélas non ! il a disparu comme cela, sans rime ni raison... Non, reprit-il après quelques instants de silence, c'est inconcevable. Je suis le jouet d'un cauchemar, d'une hallucination. Sans doute ai-je bu, au lieu d'eau pure, de cette eau-de-vie dont je me frotte le menton quand on m'a fait la barbe.

Cet imbécile d'Ivan aura oublié d'emporter le flacon et je l'aurai avalé par distraction. » Pour se convaincre qu'il n'était pas ivre, le major se pinça si fort qu'il en poussa un cri. La douleur le convainquit qu'il jouissait bel et bien de toutes ses facultés. Il s'approcha à petits pas du miroir, les yeux à demi clos, dans l'espoir qu'en les rouvrant, il aurait la surprise de retrouver son nez en bonne et due place ; mais il bondit aussitôt en arrière en grommelant : « Pouah ! quelle sale bobine ! » C'était vraiment à n'y rien comprendre. Un bouton, une cuiller d'argent, une montre ou tout autre objet de ce genre, passe encore ! Mais perdre son nez, et dans son propre logis !... Tout bien considéré, le major Kovaliov se persuada que l'auteur du délit ne pouvait être que Mme Podtotchine. Cette personne désirait le voir épouser sa fille ; lui-même, à l'occasion, courtisait volontiers la demoiselle, mais reculait devant un engagement définitif. Mis au pied du mur par la maman, il avait rengainé ses compliments et déclaré qu'il était encore trop jeune : encore cinq ans de service, il aurait alors quarante-deux ans, et l'on verrait. Par esprit de vengeance, la Podtotchine s'était résolue à le défigurer, sans doute, et avait employé à cette fin quelque jeteuse de sorts. En effet, le nez n'avait pu être coupé : personne n'avait pénétré dans sa chambre ; le barbier Ivan Yakovlévitch l'avait encore rasé le mercredi ; et ce jour-là ainsi que le suivant, le nez était encore en place ; Kovaliov s'en souvenait parfaitement. Au reste, une blessure de ce genre, sans doute fort douloureuse, ne se fût pas cicatrisée si vite ; elle n'eût point affecté la forme plate d'une crêpe. Le major ruminait divers plans de conduite.

Devait-il porter plainte contre Mme Podtotchine ou se rendre chez elle pour la confondre ? Une lueur qui filtrait à travers les fissures de la porte interrompit ses méditations et lui révéla qu'Ivan avait allumé une bougie dans l'antichambre. Bientôt Ivan apparut, porteur de ladite bougie, qui répandit une vive clarté dans toute la pièce. Le premier mouvement de Kovaliov fut de s'emparer de son mouchoir et de dissimuler l'emplacement où, la veille encore, trônait son nez : il ne tenait pas à ce que ce maraud de valet demeurât bouche bée à contempler l'aspect hétéroclite de son maître. Ivan avait à peine regagné sa tanière qu'une voix inconnue retentit dans l'antichambre. « C'est bien ici qu'habite M. l'assesseur de collège Kovaliov ? »

Le major bondit. « Entrez ; le major Kovaliov est chez lui », dit-il en ouvrant la porte. Celle-ci livra passage à un exempt de belle prestance, dont les joues plutôt rebondies se paraient de favoris ni trop clairs ni trop foncés, le même que nous avons rencontré au commencement de ce récit, au bout du pont Saint-Isaac. « Vous avez perdu votre nez ?

– Tout juste.

– Eh, bien, il est retrouvé !

– Que dites-vous ? » s'écria le major Kovaliov, à qui la joie enleva l'usage de la parole. Il dévorait des yeux l'exempt planté devant lui, sur les lèvres et les joues duquel se jouait la lueur vacillante de la bougie. « Comment l'a-t-on retrouvé ?

– Oh, d'une manière fort étrange ! On l'a arrêté au moment où il se disposait à prendre la diligence de Riga. Il s'était depuis longtemps muni d'un passeport au nom d'un fonctionnaire. Et le plus bizarre, c'est que je l'ai tout d'abord pris pour un monsieur ! Heureusement que j'avais mes lunettes ! Cela m'a permis de reconnaître que ce n'était qu'un nez. Je dois vous dire que je suis myope : vous êtes là devant moi, mais je ne vois que votre visage, sans distinguer ni votre nez ni votre barbe. Ma belle-mère, j'entends la mère de ma femme, a, elle aussi, la vue faible. » Kovaliov ne se sentait plus de joie. « Où est-il ? Où est-il ? Que je coure le chercher !

– Inutile de vous déranger. Sachant que vous en aviez besoin, je vous l'ai apporté. Le plus curieux de l'affaire, c'est que le principal complice est un chenapan de barbier de la rue de l'Ascension ! Il est maintenant sous les verrous. Il y a longtemps que je le soupçonnais de vol et d'ivrognerie : pas plus tard qu'avant-hier, il a chapardé dans une boutique une douzaine de boutons. Votre nez est d'ailleurs en parfait état. » L'exempt fouilla dans sa poche et en retira un nez enveloppé dans un papier. « C'est bien lui, s'écria Kovaliov, c'est bien lui ! Permettez-moi de vous offrir une tasse de thé.

– J'accepterais avec grand plaisir ; par malheur, je n'ai pas le temps ; il me faut encore passer à la maison d'arrêt… Les denrées, voyez-vous, deviennent inabordables… J'entretiens ma belle-mère, mes enfants ; l'aîné, un garçon très intelligent, donne de grandes espérances ; mais je n'ai pas les moyens de leur donner de l'instruction[4]… »

Après le départ de l'exempt, le major fut quelque temps sans recouvrer l'usage de ses sens : la joie avait failli lui faire perdre la raison. Il prit avec force précautions dans le creux de sa main le nez retrouvé et le considéra très attentivement. « C'est lui, c'est bien lui ! dit-il. Voici sur la narine gauche le bouton qui m'est venu hier ! » Le major faillit éclater de rire. Mais rien n'est durable ici-bas ; au bout d'une minute, la joie perd de sa vivacité ; une minute encore et la voilà plus faible ; elle se fond ainsi par degrés avec notre état d'âme habituel, comme le cercle fermé par la chute d'un caillou se dilue à la surface de l'eau. Toutefois, en y réfléchissant, le major s'aperçut que tout n'était pas dit. Il ne suffisait pas d'avoir retrouvé le nez, il fallait encore le remettre en place. Et s'il allait ne pas tenir ? À cette question qu'il s'était posée à lui-même, le major pâlit. Sous le coup d'une peur indicible, les mains tremblantes, il se précipita vers le miroir de sa table de toilette. Il risquait bel et bien de replacer son nez de travers ! Doucement, avec précaution, il le posa à son ancienne place. Horreur ! le nez ne voulait pas tenir !... Il l'approcha de ses lèvres, le réchauffa de son souffle, l'appliqua sur la surface lisse qui s'offrait entre les deux joues : peine perdue, le nez n'adhérait toujours pas ! « Allons, allons ! remets-toi en place, animal ! » lui disait-il, mais le nez semblait sourd et retombait chaque fois sur la table en émettant un son étrange, comme s'il eût été de liège. « Ne voudra-t-il jamais tenir ? » s'écria le major, les traits contractés. Mais plus il le remettait en place et moins le nez voulait adhérer.

En désespoir de cause, Kovaliov envoya chercher le médecin qui habitait au premier, dans le meilleur appartement de la maison. Cet homme de belle mine possédait une femme appétissante et des favoris d'ébène ; il mangeait des pommes crues et tous les matins passait trois quarts d'heure à se rincer la bouche et à se frotter les dents avec cinq brosses différentes. Il ne tarda pas à se présenter et demanda tout d'abord quand s'était produit l'accident. Puis il souleva le menton du major et lui appliqua une chiquenaude à l'endroit où aurait dû se trouver le nez : la violence du coup fit reculer Kovaliov qui alla donner de la nuque contre le mur. L'esculape lui conseilla de ne pas prêter attention à cette bagatelle et d'éloigner légèrement sa tête du mur. Il la lui fit alors tourner, d'abord à droite, puis à gauche, en palpant chaque fois l'endroit où aurait dû se trouver le nez et en murmurant : « Hum ! » Finalement il lui donna une seconde chiquenaude : cette fois-ci, Kovaliov rejeta la tête en arrière comme un cheval auquel on inspecte les dents.

Après cet examen, l'homme de l'art branla le chef et déclara : « Restez donc comme vous êtes, pour éviter des complications. On peut évidemment remettre votre nez en place ; je m'en chargerais volontiers ; mais, je vous le répète, vous vous en trouverez plus mal.

– Comment cela ? dit Kovaliov. Quelle situation peut être pire que la mienne ? Que voulez-vous que je devienne sans nez ? Où irai-je, accommodé de la sorte ? Pourtant, je suis assez répandu dans le monde : aujourd'hui même, je dois assister à deux soirées. J'ai de nombreuses connaissances : Mme la conseillère Tchékhtariov, Mme Podtotchine, la veuve d'un officier supérieur… Il est vrai que je ne saurais dorénavant fréquenter cette dernière. Après de pareils procédés, je n'aurai de relations avec elle que par l'intermédiaire de la police… Mais enfin… Voyons, docteur, poursuivit Kovaliov d'une voix suppliante, n'y a-t-il vraiment pas moyen ? Arrangez-le tant bien que mal ; à la rigueur et en cas de danger, je puis le soutenir de la main. Comme d'ailleurs je ne danse pas, il n'y a pas à redouter de geste imprudent… En ce qui concerne vos honoraires, soyez persuadé que, dans la mesure de mes moyens, je…

— Voyez-vous, répliqua le médecin d'une voix entre deux tons extrêmement persuasive, voyez-vous, je n'exerce pas la médecine par esprit de lucre. Cela serait contraire à mes principes et à la dignité de mon art. Si je fais payer mes visites, c'est uniquement pour ne pas faire aux gens l'affront d'un refus. Je pourrais, c'est certain, remettre votre nez en place, mais je vous jure sur l'honneur que votre situation ne ferait ensuite qu'empirer. Laissez agir la nature. Faites de fréquentes ablutions à l'eau froide ; je vous assure que, sans nez, vous vous porterez aussi bien que si vous en aviez un. Quant à votre nez, je vous conseille de le mettre dans un bocal et de le conserver dans un peu d'alcool, ou mieux encore dans un peu de vinaigre tiédi après y avoir versé deux cuillerées d'esprit de sel. Vous pourrez alors en tirer une somme assez coquette : je serai le premier à l'acheter, si vous n'en demandez pas trop cher.

— Non, non, s'écria le major exaspéré ; je ne vous le vendrai pas, je préfère le perdre tout à fait. — À votre aise, dit le praticien en prenant congé. Je désirais vous être utile ; vous ne le voulez pas ; c'est votre affaire. Tout au moins, croyez bien que j'ai fait tout mon possible pour vous. » Sur ces paroles, il se retira avec un grand air de dignité, auquel Kovaliov, complètement désemparé, ne prit d'ailleurs point garde : c'est à peine si le malheureux remarqua les manchettes d'une blancheur de neige qui tranchaient sur l'habit noir de l'esculape. Le lendemain, le major se résolut, avant de porter plainte, à une tentative de conciliation : Mme Podtotchine consentirait peut-être à lui retourner son bien sans esclandre. En conséquence, il lui écrivit la lettre suivante : « Très honorée Alexandrine Grigorievna, Je n'arrive pas à comprendre votre manière d'agir. Vous n'y gagnerez rien. Pareil procédé ne saurait me contraindre à épouser mademoiselle votre fille. Car l'affaire est éclaircie : vous en êtes la principale instigatrice, nul ne l'ignore plus. La disparition subite de mon nez, sa fuite, son déguisement sous les traits d'un fonctionnaire, sa réapparition sous sa propre forme, sont l'effet des sortilèges opérés par vous ou par les personnes qui vous prêtent leur concours pour de si nobles exploits. Je crois bon de vous prévenir que si mon nez n'a pas repris dès aujourd'hui sa place, je me verrai contraint de me placer sous la protection des lois. Sur ce, j'ai l'honneur d'être, madame, avec un profond respect, Votre dévoué serviteur, Platon Kovaliov. »

« Très honoré Platon Kouzmitch, Votre lettre a tout lieu de me surprendre. Je ne me serais jamais attendue à pareils reproches de votre part. Je n'ai jamais reçu, ni sous un déguisement, ni sous son véritable aspect, le fonctionnaire dont vous m'entretenez. Philippe Ivanovitch Potantchikov a, il est vrai, fréquenté chez moi et recherché la main de ma fille. Cependant, malgré ses bonnes mœurs, sa sobriété, son instruction, je ne lui ai jamais donné le moindre espoir. Vous me parlez d'une histoire de nez. Si vous entendez par là que vous avez reçu un pied de nez, en d'autres termes que vous avez essuyé un refus de ma part, laissez-moi vous dire que c'est précisément le contraire. J'ai toujours été et je suis toujours prête à vous accorder la main de ma fille ; c'est le plus cher de mes désirs. Et dans cet espoir, j'ai l'honneur d'être Votre bien dévouée, Alexandrine Podtotchine. » « Non, se dit Kovaliov après lecture de cette lettre, non, elle n'est pas coupable ! Impossible ! Je ne reconnais pas là le style d'une criminelle. »

L'assesseur, qui avait procédé au Caucase à plus d'une enquête, s'entendait en ces matières. « Mais alors, comment cela est-il arrivé ? Le diable seul pourrait débrouiller l'affaire ! » s'exclama-t-il enfin en laissant retomber ses bras de désespoir. Cependant, cette singulière aventure faisait, non sans les embellissements coutumiers, le tour de la capitale. Les esprits étaient alors tournés vers le surnaturel. Des expériences de magnétisme venaient depuis peu de passionner le public. L'histoire des chaises tournantes de la rue des Grandes-Écuries était encore présente à toutes les mémoires. Aussi ne tarda-t-on pas à prétendre que le nez de l'assesseur de collège Kovaliov se promenait tous les jours à trois heures précises sur la Perspective. Les curieux affluèrent. Quelqu'un ayant affirmé que le nez se trouvait chez Junker, il se forma devant ce magasin un rassemblement si considérable que la police dut intervenir. Un spéculateur, homme qui d'ordinaire vendait des gâteaux secs à la porte des théâtres et qui ne manquait pas de prestance, grâce à des favoris bien fournis, fabriqua incontinent de solides banquettes qu'il loua aux curieux à raison de quatre-vingts kopeks la place. Attiré par ce faux bruit, un brave colonel en retraite partit de chez lui plus tôt que de coutume et se fraya un chemin à grand-peine à travers la foule. En fait de nez, il aperçut dans la vitrine un vulgaire gilet de laine, ainsi qu'une lithographie exposée là depuis plus de dix ans, laquelle représente un petit-maître à barbiche et gilet en cœur, épiant, de derrière un arbre, une jeune fille en train de rattacher son bas. Le colonel ne dissimula pas son dépit et se retira en grommelant : « A-t-on idée de répandre des bruits aussi ineptes, aussi invraisemblables ! »

D'autres nouvellistes jurèrent alors que ce n'était point sur la Perspective, mais au Jardin de Tauride que se promenait le nez du major Kovaliov ; cela ne datait pas d'hier ; lorsque Khozrev-Mirza y avait sa résidence, ce jeu de la nature l'avait fortement intrigué. Plusieurs élèves de l'École de chirurgie allèrent alors voir ce qui en était. Une grande dame très respectable écrivit au gardien de bien vouloir montrer à ses enfants ce rare phénomène, en leur donnant, si possible, quelques-unes de ces explications qui sont si profitables à la jeunesse. Tous ces événements réjouirent fort les habitués des réceptions mondaines, qui se trouvaient justement à court d'anecdotes propres à distraire les dames.

En revanche, un petit nombre de personnes bien pensantes ne cachèrent point leur mécontentement. Un monsieur s'indignait hautement : comment, en un siècle aussi éclairé, pouvait-on propager de telles sornettes, et pourquoi le gouvernement n'y mettait-il pas bon ordre ? Le monsieur appartenait à la catégorie des individus qui voudraient voir le gouvernement intervenir partout, même dans les disputes qu'ils ont journellement avec leurs femmes. Alors… ; mais de nouveau l'aventure se perd dans un brouillard si épais que personne n'a jamais pu le percer.

Chapitre 3

Il se passe en ce bas monde des choses d'où la vraisemblance est bien souvent bannie. Un beau jour, ce fameux nez, qui se promenait affublé en conseiller d'État et faisait tant parler de lui, se retrouva soudain, comme si rien ne s'était passé, à son ancienne place, c'est-à-dire entre les deux joues du major Kovaliov. L'événement eut lieu le 7 avril. À son réveil, le major jeta par hasard un coup d'œil à son miroir et s'aperçut du retour de son nez. Il y porta la main. C'était bien lui.

« Ah bah ! » s'écria Kovaliov qui, dans sa joie, aurait dansé, pieds nus, un trépak endiablé au travers de sa chambre si la venue d'Ivan ne l'en avait empêché. Il se fit aussitôt apporter de l'eau pour ses ablutions. En se débarbouillant, il se mira de nouveau : le nez était bien là ! Il se mira encore tout en s'essuyant : le nez restait en place !

« Dis-moi, Ivan, il me semble que j'ai un bouton sur le nez ? demanda-t-il en songeant avec anxiété : « Et si Ivan allait me dire : – Un bouton ? mais non, monsieur, puisque vous n'avez pas de nez ! »

Mais Ivan répondit :

« Pas le moindre bouton, monsieur, votre nez est absolument net. »

« Ça va, ça va, saperlotte ! » se dit le major en faisant claquer ses doigts.

À ce moment apparut au seuil de la chambre le barbier Ivan Yakovlévitch, craintif comme un chat qui vient d'être fouetté pour avoir volé du lard.

« D'abord et avant tout, as-tu les mains propres ? lui cria de loin le major Kovaliov.

– Oui, monsieur.

– Tu mens !

– Parole d'honneur, monsieur !

– Prends garde ! »

Kovaliov s'assit, Ivan Yakovlévitch lui passa une serviette au cou et, en une minute, lui convertit à coups de blaireau le menton, puis une partie de la joue, en une crème pareille à celle que l'on sert les jours de fête dans le monde marchand.

« Ah ! très bien ! » se dit-il en regardant le nez, après quoi il inclina la tête de l'autre côté et le contempla de biais. « Le voilà revenu, le brigand ! » reprit-il in petto. Quand il se fut absorbé un temps suffisant dans la contemplation du nez, il leva deux doigts pour le saisir par le bout avec toutes les précautions d'usage. Telle était sa méthode.

« Attention, nom d'une pipe ! » lui cria Kovaliov.

Ivan Yakovlévitch laissa retomber son bras, intimidé comme il ne l'avait encore jamais été. Enfin il se mit à racler prudemment le menton du major. Bien qu'il éprouvât une grande difficulté à raser ses pratiques sans les tenir par leur organe olfactif, il parvint, en appuyant son pouce calleux sur la joue et la gencive de Kovaliov, à mener non sans peine sa tâche à bien.

Kovaliov s'habilla à la hâte, sauta dans un fiacre et se fit conduire au café.

« Garçon, un chocolat ! » cria-t-il dès l'entrée. Un regard dans une glace lui permit de constater aussitôt la présence de son nez. Il se retourna tout joyeux et lança en clignotant une œillade sarcastique du côté de deux militaires, dont l'un avait le nez pas plus gros qu'un bouton de gilet.

De là, il se rendit dans les bureaux où il sollicitait une charge de vice-gouverneur, et, en cas d'insuccès, une place d'inspecteur. En traversant l'antichambre, il se regarda au miroir : le nez était toujours là.

Puis il alla faire visite à un autre assesseur ou major, un grand railleur aux brocards duquel il répliquait d'ordinaire : « Je te connais, mauvaise langue ! » En chemin, il se disait : « Si le major n'éclate pas de rire en me voyant, c'est que tout va bien. » Le major ne souffla mot. « Ça va, ça va, saperlotte ! » se répéta Kovaliov.

Il rencontra Mme Podtotchine et sa fille. Ces dames répondirent à son salut par de joyeuses exclamations, preuve que tout allait bien. Une longue conversation s'engagea. Kovaliov tira sa tabatière et se bourra consciencieusement les deux narines en marmonnant : « Voilà, belles dames ! Et vous aurez beau faire, je n'épouserai pas la gamine…, si ce n'est de la main gauche… »

Depuis lors, le major Kovaliov se fait voir partout, à la promenade comme au théâtre. Et son nez demeure planté au bon endroit, comme s'il n'avait jamais eu la fantaisie d'aller se pavaner ailleurs. Aussi le major Kovaliov se montre-t-il toujours d'excellente humeur ; il poursuit, le sourire aux lèvres, toutes les jolies femmes. On l'a même vu une fois au Bazar en train d'acheter le ruban de je ne sais plus quel ordre, chose d'ailleurs surprenante, car il n'est chevalier d'aucun ordre.

Telle est l'aventure qui eut pour théâtre la capitale septentrionale de notre vaste empire. À y bien réfléchir, beaucoup de détails en paraissent inconcevables. Sans parler de la disparition, vraiment surnaturelle, du nez et de sa réapparition en divers endroits sous forme de conseiller d'État, comment Kovaliov a-t-il pu songer à réclamer son nez par la voie des journaux ? Je ne parle pas du coût de l'annonce

— n'allez pas me ranger parmi les avares !

— mais de son inconvenance, de son immodestie ! Et puis comment le nez s'est-il trouvé tout d'un coup dans un pain frais ? Comment Ivan Yakovlévitch… Non, cela ne tient pas debout, je ne le comprends absolument pas… Mais, ce qu'il y a de plus étrange, de plus extraordinaire, c'est qu'un auteur puisse choisir de pareils sujets… Je l'avoue, cela est, pour le coup, absolument inconcevable, c'est comme si… non, non, je renonce à comprendre. Premièrement, cela n'est absolument d'aucune utilité pour la patrie ; deuxièmement… mais deuxièmement non plus, d'aucune utilité. Bref, je ne sais pas ce que c'est que ça…

Et cependant, malgré tout, bien que, certes, on puisse admettre et ceci, et cela, et encore autre chose, peut-être même… et puis enfin quoi, où n'y a-t-il pas d'incohérences ?

Et après tout, tout bien considéré, dans tout cela, vrai, il y a quelque chose. Vous aurez beau dire, des aventures comme cela arrivent en ce monde, c'est rare, mais cela arrive.

Annotations

[1] Grade militaire équivalent au grade civil (le 8ème de la Table des Rangs) de Kovaliov. L'expression « assesseur de collège caucasien » fut longtemps proverbiale après la nouvelle de Gogol. (Note du traducteur.)

[2] ... diverses fonctions policières... portait le manuscrit : la censure biffa l'épithète. (Note du traducteur.)

[3] Le bazar (Gostinyï Dvor), immense édifice du XVIIIème siècle où chaque genre de négoce avait sa galerie, était situé au centre de la ville, avec une façade sur la Perspective. (Note du traducteur.)

[4] Gogol avait donné à cet épisode la conclusion suivante, que biffa la censure : Kovaliov devina de quoi il retournait : avisant un billet de dix roubles qui traînait sur son bureau, il le fourra dedans la main de l'exempt. Le digne homme lui tira incontinent sa révérence. À peine était-il dehors que Kovaliov l'entendait morigéner de la voix et du poing un lourdaud de moujik qui avait eu le front d'engager sa charrette sur le boulevard. (Note du traducteur.)

Le manteau

Au ministère de... Non, mieux vaut ne pas le nommer. Personne n'est plus susceptible que les fonctionnaires, officiers, employés de bureau et autres gens en place. À l'heure actuelle, chaque particulier croit que si l'on touche à sa personne, toute la société en est offensée. Dernièrement, paraît-il, le capitaine-ispravnik de je ne sais plus quelle ville a exposé sans ambages dans une supplique que le respect des lois se perd et que son nom sacré est prononcé « en vain ». À l'appui de ses dires, il a joint à la pétition un gros ouvrage romantique où, toutes les dix pages, apparaît un capitaine-ispravnik, parfois dans un état d'ébriété prononcée. Aussi, pour éviter des désagréments, appellerons-nous le ministère dont il s'agit tout simplement un certain ministère.

Donc, il y avait dans un certain ministère un employé. Cet employé ne sortait guère de l'ordinaire : petit, grêlé, rousseau, il avait la vue basse, le front chauve, des rides le long des joues et l'un de ces teints que l'on qualifie d'hémorroïdaux... Que voulez-vous, la faute en est au climat pétersbourgeois ! Quant au grade (car chez nous, c'est toujours par cette indication qu'il faut commencer), c'était l'éternel conseiller titulaire dont se sont amplement gaussés bon nombre d'écrivains parmi ceux qui ont la louable habitude de s'en prendre aux gens incapables de montrer leurs crocs.

Il s'appelait Bachmatchkine, nom qui provient, cela se voit, de bachmak, savate ; mais on ignore comment se produisit la dérivation. Le père, le grand-père, le beau-frère même, et tous les parents de Bachmatchkine sans exception, portaient des bottes qu'ils se contentaient de faire ressemeler deux ou trois fois l'an. Il se prénommait Akaki Akakiévitch. Mes lecteurs trouveront peut-être ce prénom bizarre et recherché. Je puis les assurer qu'il n'en est rien et que certaines circonstances ne permirent pas de lui en donner un autre. Voici comment les choses se passèrent : Akaki Akakiévitch naquit à la tombée de la nuit, un 23 mars, si j'ai bonne mémoire. Sa pauvre mère, une femme de fonctionnaire très estimable sous tous les rapports, se mit en devoir de le faire baptiser. Elle était encore couchée dans son lit, en face de la porte, ayant à sa droite le parrain Ivan Ivanovitch Iérochkine, un excellent homme, chef de bureau au Sénat, et la marraine, Irène Sémionovna Biélobriouchkov, femme d'un exempt de police, douée de rares vertus. On soumit trois noms au choix de l'accouchée : Mosée, Sosie et Cosdazat martyr. « Diables de noms ! se dit-elle ; je n'en veux pas. » Pour lui faire plaisir, on ouvrit l'almanach à une autre page, et de nouveau trois noms se présentèrent : Triphylle, Dulas et Barachise. « C'est une vraie punition du bon Dieu, grommela la bonne dame ; rien que des noms impossibles ; je n'en ai jamais entendu de pareils ! Passe encore pour Baradate ou Baruch, mais Triphylle et Barachise ! »

L'on tourna encore une page et l'on tomba sur Pausicace et Bactisoès. « Allons ! dit l'accouchée, c'est décidément un coup du sort ; dans ces conditions, mieux vaut lui donner le nom de son père. Le père s'appelait Acace ; que le fils s'appelle aussi Acace. » Voilà pourquoi notre héros se prénommait Akaki Akakiévitch. On baptisa l'enfant, qui se prit à pleurer et à grimacer comme s'il pressentait qu'il serait un jour conseiller titulaire. C'est ainsi que les choses se passèrent. Nous avons donné ces détails pour que le lecteur puisse se convaincre que la nécessité seule dicta ce prénom[1]. Personne ne se rappelait à quelle époque Akaki Akakiévitch était entré au ministère et qui l'y avait recommandé. Les directeurs, les chefs de division, les chefs de service et autres avaient beau changer, on le voyait toujours à la même place, dans la même attitude, occupé à la même besogne d'expéditionnaire, si bien que par la suite on prétendit qu'il était venu au monde en uniforme et le crâne dénudé.

On ne lui témoignait aucune considération. Loin de se lever sur son passage, les huissiers ne prêtaient pas plus d'attention à son approche qu'au vol d'une mouche. Ses supérieurs le traitaient avec une froideur despotique. Le premier sous-chef venu lui jetait des paperasses sous le nez sans même prendre la peine de dire : « Ayez l'obligeance de copier ça », ou : « Voilà un petit dossier fameux », ainsi qu'il se pratique entre bureaucrates bien élevés. Sans un regard pour la personne qui lui imposait cette tâche, sans se préoccuper si elle avait le droit de le faire, Akaki Akakiévitch considérait un instant le document, puis se mettait en devoir de le copier. Ses jeunes collègues épuisaient sur lui l'arsenal des plaisanteries en cours dans les bureaux. Ils racontaient en sa présence toutes sortes d'historiettes inventées sur son compte ; ils prétendaient qu'il endurait les sévices de sa logeuse, vieille femme de soixante-dix ans, et lui demandaient quand il l'épouserait ; ils lui versaient sur la tête des rognures de papier, « une chute de neige », s'exclamaient-ils. Mais Akaki Akakiévitch demeurait impassible ; on aurait dit que personne ne se trouvait devant lui ; il ne se laissait pas distraire de sa besogne et toutes ces importunités ne lui faisaient pas commettre une seule bévue.

Si la taquinerie dépassait les bornes, si quelqu'un lui poussait le coude et l'arrachait à sa tâche, il se contentait de dire : « Laissez-moi ! Que vous ai-je fait ? » Il y avait quelque chose d'étrange dans ces paroles. Il les prononçait d'un ton si pitoyable qu'un jeune homme, récemment entré au ministère et qui avait cru bon d'imiter ses collègues en persiflant le bonhomme, s'arrêta soudain comme frappé au cœur. Depuis lors, le monde prit à ses yeux un nouvel aspect ; une force surnaturelle parut le détourner de ses camarades, qu'il avait tenus tout d'abord pour des gens bien élevés. Et longtemps, longtemps ensuite, au cours des minutes les plus joyeuses, il revit le petit employé au front chauve, et il entendit ses paroles pénétrantes : « Laissez-moi ! Que vous ai-je fait ? »

Et dans ces paroles pénétrantes résonnait l'écho d'autres paroles : « Je suis ton frère ! » Alors, le malheureux jeune homme se voilait la face, et plus d'une fois au cours de son existence, il frissonna en voyant combien l'homme recèle d'inhumanité, en constatant quelle grossière férocité se cache sous les manières polies, même, ô mon Dieu, chez ceux que le monde tient pour d'honnêtes gens… On aurait difficilement trouvé un fonctionnaire aussi profondément attaché à son emploi qu'Akaki Akakiévitch. Il s'y adonnait avec zèle ; non, c'est trop peu dire, il s'y adonnait avec amour. Cette éternelle transcription lui paraissait un monde toujours charmant, toujours divers, toujours nouveau. Le plaisir qu'il y prenait se reflétait sur ses traits ; quand il arrivait à certaines lettres qui étaient ses favorites, il ne se sentait plus de joie, souriait, clignotait, remuait les lèvres comme pour s'aider dans sa besogne. C'est ainsi qu'on pouvait lire sur son visage les lettres que traçait sa plume. Si l'on avait dignement récompensé son zèle, il fût sans doute parvenu, non sans surprise de sa part, au titre de conseiller d'État ; mais il n'avait jamais obtenu, pour parler comme ses plaisantins de collègues, que zéro-zéro à la boutonnière et des hémorroïdes au bas des reins. Toutefois, ce serait aller trop loin de prétendre qu'on ne lui témoigna jamais d'égards. Désireux de récompenser ses longs états de service, un brave homme de directeur lui confia un beau jour une besogne plus importante que ses travaux de copie habituels.

Il s'agissait d'extraire d'un mémoire complètement au point un rapport destiné à une autre administration : tout le travail consistait à changer le titre général et à faire passer quelques verbes de la première à la troisième personne. Cette tâche parut si ardue à Akaki Akakiévitch que le malheureux tout en nage se frotta le front et finit par dire : « Non, décidément, donnez-moi quelque chose à copier. » Depuis lors on le laissa à sa copie, en dehors de laquelle rien ne semblait exister pour lui. Il ne se préoccupait pas de sa toilette : son veston d'uniforme avait passé du vert au roux farineux. Il portait un col bas, étroit, au sortir duquel son cou, bien que court, semblait d'une longueur extraordinaire, comme celui de ces chats de plâtre, au chef branlant, que colportent par douzaines sur leur tête de prétendus « étrangers », natifs de Pétersbourg. Il fallait toujours qu'un fil, un fétu, un brin de paille demeurât accroché à son veston ; qui plus est, il avait l'art de se trouver sous une fenêtre au moment précis où l'on en jetait toutes sortes de détritus : en conséquence des écorces de melons, de pastèques et d'autres brimborions du même genre ornaient toujours son chapeau.

Pas une fois dans sa vie il ne prit garde au spectacle quotidien de la rue, spectacle auquel les jeunes employés accordent des regards si attentifs qu'ils vont jusqu'à distinguer sur le trottoir d'en face la déchirure d'un sous-pied, chose qui amène invariablement sur leurs lèvres un sourire narquois. À supposer qu'Akaki Akakiévitch jetât les yeux sur quelque objet, il devait y apercevoir des lignes écrites de sa belle écriture nette et coulante. Si un cheval venait tout à coup poser le nez sur son épaule et lui souffler une vraie tempête dans le cou, il reconnaissait enfin qu'il se trouvait au milieu de la rue et non point au milieu d'une ligne d'écriture. Rentré chez lui, il se mettait aussitôt à table, avalait sa soupe aux choux accompagnée d'un morceau de bœuf à l'oignon ; il ingurgitait ce mélange sans en remarquer le goût, avec les mouches et tous les suppléments que le bon Dieu daignait y ajouter selon la saison. Quand il se sentait l'estomac bien rempli, il se levait, sortait d'un tiroir une bouteille d'encre et copiait des documents apportés du bureau. Le travail venait-il à manquer, il prenait des copies pour son propre plaisir, préférant aux pièces intéressantes pour la beauté du style celles qui étaient adressées à des personnages nouvellement nommés ou haut placés. Il est une heure où le ciel gris de Pétersbourg s'obscurcit complètement, où la gent bureaucrate ayant déjà dîné, chacun selon ses moyens ou sa fantaisie, se sent déjà reposée des tracas du bureau, grincements de plume, allées et venues, besognes pressantes, toutes les tâches qu'un travailleur infatigable s'impose parfois sans nécessité ; alors, elle se hâte de consacrer au plaisir le reste du jour.

Les plus entreprenants s'en vont au théâtre ; celui-ci gagne la rue pour y contempler de jolies coiffures ; celui-là se rend en soirée pour y débiter des compliments à quelque piquante jeune fille, étoile d'un petit cénacle d'employés ; d'autres, les plus nombreux, s'en vont tout simplement voir un collègue qui occupe au second ou au troisième étage un petit appartement de deux pièces avec cuisine, antichambre et certaines prétentions à la mode, une lampe, un bibelot quelconque, fruit de nombreux sacrifices, tels que privations de dîner, de promenades, etc. À cette heure-là donc, où tous les employés se dispersent dans les minuscules logements de leurs amis pour y jouer un whist infernal tout en dégustant des verres de thé accompagnés de biscuits d'un sou, en fumant de longs chibouques, en racontant, tandis qu'on donne les cartes, un de ces commérages du grand monde dont le Russe ne saurait se passer, ou en ressassant, faute de mieux, l'éternelle historiette du commandant de place avisé par un plaisantin que le Pierre le Grand de Falconnet a vu couper la queue de son cheval ; bref, à cette heure-là où chacun tâche de se distraire, seul Akaki Akakiévitch ne se permettait aucun délassement. Personne ne pouvait se souvenir de l'avoir jamais aperçu à une soirée quelconque.

Après avoir écrit tout son saoul, il se couchait en souriant d'avance à la pensée du lendemain : quels documents la grâce de Dieu lui confierait-elle à copier ? Ainsi s'écoulait dans la paix la vie d'un homme qui, avec quatre cents roubles de traitement, se montrait content de son sort ; et sans doute eût-il atteint de la sorte une extrême vieillesse si, en ce bas monde, toutes sortes de calamités n'attendaient pas les conseillers titulaires, voire les conseillers secrets, virtuels, auliques, etc., enfin les conseillers de calibre divers, même ceux qui ne donnent ni ne demandent de conseils à personne. Un puissant ennemi guette à Pétersbourg les personnes qui jouissent d'un traitement de quatre cents roubles ou approchant. Cet ennemi, c'est notre climat septentrional, que l'on dit cependant fort sain. Le matin, entre huit et neuf, à cette heure où les employés s'en vont à leur ministère, le froid est justement si piquant et s'attaque avec une telle violence à tous les nez sans discernement que leurs malheureux propriétaires ne savent où se fourrer.

Quand le froid donne de telles chiquenaudes au front des hauts fonctionnaires que les larmes leur jaillissent des yeux, les pauvres conseillers titulaires se trouvent parfois sans défense. Il ne leur reste qu'une chance de salut : s'envelopper de leur maigre pardessus et gagner en courant à travers cinq ou six rues le vestibule du ministère pour y battre la semelle jusqu'au moment où seront dégelées les facultés nécessaires à l'accomplissement de leurs devoirs professionnels. Depuis quelque temps, Akaki Akakiévitch avait beau franchir en courant la fatale distance, il se sentait tout transi, particulièrement au dos et aux épaules. Il en vint à se demander si ce n'était point par hasard la faute de son manteau. Il l'examina chez lui, à loisir, et découvrit qu'en deux ou trois endroits, précisément au dos et aux épaules, le drap avait pris la transparence de la gaze, et que la doublure avait à peu près disparu. Il faut savoir que le pardessus d'Akaki Akakiévitch alimentait aussi les sarcasmes de son bureau ; on lui avait même enlevé le noble nom de manteau pour le traiter dédaigneusement de « capote ».

De fait, le vêtement avait un aspect plutôt bizarre : son col diminuait d'année en année, car il servait à rapiécer les autres parties. Le rapiéçage ne mettait pas en valeur les talents du tailleur ; l'ensemble était lourd et fort laid. Akaki Akakiévitch comprit qu'il lui faudrait porter son manteau au tailleur Pétrovitch, qui travaillait en chambre au troisième étage d'un escalier de service et qui, malgré un œil bigle et un visage grêlé, réparait assez habilement les habits et pantalons d'uniformes, même les habits civils, à condition, bien entendu, qu'il fût à jeun et n'eût point d'autre fantaisie en tête. Certes, il siérait de ne pas s'étendre sur ce tailleur ; mais comme on a pris l'habitude dans les romans de ne laisser dans l'ombre aucun caractère, attaquons-nous donc à ce personnage. Il ne devint Pétrovitch qu'après son affranchissement[2], lorsqu'il eut accoutumé de s'enivrer, d'abord aux grandes fêtes, puis à toutes celles que le calendrier marque d'une croix. Sous ce rapport, il observait fidèlement les coutumes ancestrales et, dans ses disputes avec sa noble épouse, traitait celle-ci soit de mondaine, soit d'Allemande.

Et puisque nous avons fait allusion à cette personne, il va bien falloir aussi en dire deux mots. Par malheur, on ne savait trop rien sur son compte, sauf qu'elle était la femme de Pétrovitch et qu'elle portait un bonnet au lieu d'un fichu[3] ; elle n'avait point lieu, semble-t-il de se vanter d'être belle ; du moins, il n'y avait que les soldats de la garde pour lui regarder sous le bonnet ; mais, ce faisant, ils hérissaient leur moustache et poussaient un grognement qui en disait long. En grimpant l'escalier de Pétrovitch, escalier qui, il faut lui rendre cette justice, était tout enduit de détritus et d'eaux grasses, tout pénétré aussi de cette odeur spiritueuse qui pique les yeux et qui se retrouve, comme nul ne l'ignore, dans tous les escaliers de service de Pétersbourg, – en grimpant donc l'escalier, Akaki Akakiévitch s'inquiétait déjà du prix que demanderait Pétrovitch et prenait la ferme résolution de ne pas lui donner plus de deux roubles.

La porte du tailleur était ouverte, son honorable épouse ayant, en faisant griller je ne sais quel poisson, laissé échapper une fumée si épaisse que l'on ne distinguait même plus les cafards. Sans être remarqué de la maîtresse du logis, Akaki Akakiévitch traversa la cuisine et pénétra dans la pièce, où il aperçut Pétrovitch assis sur une large table de bois blanc, les jambes croisées sous lui, à la façon d'un pacha turc. Ses pieds étaient nus, suivant la coutume des tailleurs quand ils sont à leur ouvrage ; et ce qui, tout de suite, sautait aux yeux, c'était son gros orteil, que connaissait bien Akaki Akakiévitch, et dont l'ongle déformé était gros et fort comme une carapace de tortue. Pétrovitch portait suspendu à son cou un écheveau de soie et plusieurs de fil ; il tenait sur ses genoux un vieux vêtement. Depuis trois bonnes minutes, il s'efforçait en vain d'enfiler son aiguille ; il s'en prenait à l'obscurité et au fil lui-même, qu'il gourmandait à mi-voix :

« Entreras-tu, à la fin, salaud ! M'as-tu assez fait enrager, maudit ! » Akaki Akakiévitch fut fort marri de trouver Pétrovitch en colère ; il aimait passer ses commandes au tailleur lorsque celui-ci était légèrement éméché, ou, comme disait sa femme, lorsque « ce diable de borgne s'en était fourré plein la lampe ». Dans cet état, en effet, Pétrovitch se montrait coulant, accordait des rabais, se confondait en remerciements.

Sa femme, il est vrai, venait ensuite pleurnicher auprès des pratiques, en leur assurant que son ivrogne de mari leur avait fait un prix vraiment trop bas ; alors on en était quitte si l'on octroyait une pièce de dix kopeks en supplément. Maintenant, au contraire, Pétrovitch semblait à jeun, par conséquent brusque, intraitable, enclin à exiger des prix fabuleux. Akaki Akakiévitch le comprit aussitôt et voulut s'esquiver ; mais il était trop tard : Pétrovitch le fixait déjà de son œil unique. Akaki Akakiévitch proféra involontairement : « Bonjour, Pétrovitch !

– Je vous souhaite le bonjour, monsieur, répliqua Pétrovitch en reportant son regard sur les mains de son visiteur pour voir de quelles dépouilles elles étaient chargées.

– Eh bien, voilà, Pétrovitch, n'est-ce pas… » Il faut savoir qu'Akaki Akakiévitch s'exprimait le plus souvent au moyen d'adverbes, de prépositions, voire de particules absolument dépourvues de sens.

Dans les cas embarrassants, il ne terminait pas ses phrases, et fort souvent, après avoir commencé un discours de ce genre : « C'est vraiment tout à fait… n'est-ce pas… », il s'arrêtait court et croyait avoir tout dit. « Qu'y a-t-il ? » demanda Pétrovitch en inspectant de son œil unique le veston d'Akaki Akakiévitch depuis le col jusqu'aux manches, sans omettre le dos, les basques, les boutonnières, toutes choses qu'il connaissait d'ailleurs fort bien, puisqu'elles étaient l'œuvre de ses mains.

Mais, que voulez-vous, telle est la coutume des tailleurs. « Eh bien, n'est-ce pas, Pétrovitch…, mon manteau… Partout ailleurs le drap reste solide… La poussière le fait paraître vieux, mais il est neuf… Il n'y a qu'à cet endroit, n'est-ce pas… Voilà, ici, sur le dos… Et puis, cette épaule est un peu râpée… Et celle-ci aussi, un tout petit peu, tu vois ?… Eh bien, c'est tout. Il n'y a pas grand travail… » Pétrovitch prit la « capote », l'étendit sur la table, l'inspecta longuement, hocha la tête, atteignit sur la fenêtre une tabatière ronde ornée du portrait d'un général dont je ne saurais dire le nom, car un rectangle de papier remplaçait le visage crevé d'un coup de doigt. Après avoir prisé, Pétrovitch examina la capote à la lumière en l'étalant sur ses bras écartés, hocha de nouveau la tête, puis la retourna pour examiner la doublure.

Alors, il hocha la tête pour la troisième fois, revint à sa tabatière, se bourra le nez, la referma, la remit en place et conclut enfin : « Non, impossible de réparer ce machin-là, il est trop mûr ! » Akaki Akakiévitch sentit un choc au cœur. « Pourquoi cela, Pétrovitch ? dit-il d'une voix presque enfantine. Il n'est usé qu'aux épaules ; tu dois bien avoir un morceau ou deux que…

– Des morceaux, ça se trouve toujours, répliqua Pétrovitch. Mais impossible de les faire tenir là-dessus, c'est usé jusqu'à la corde, voyons ! ça se mettra en charpie dès que j'y planterai l'aiguille !

– Qu'est-ce que ça fait ? Mets-y tout de même une pièce, on verra bien !

– Et sur quoi voulez-vous que je la couse, votre pièce ? Non, croyez-moi, ce drap n'est plus drap que de nom ; vous voyez bien vous-même que c'est une guenille !

– Mais non, mais non… Arrange-le, fais tenir une pièce comme tu pourras…

– Non, trancha Pétrovitch, c'est impossible ! À votre place, quand viendront les froids, je me taillerais là-dedans des bandes molletières, parce que, voyez-vous, les bas, ça ne tient pas chaud, c'est une invention des Allemands pour mieux se remplir la poche. (Pétrovitch s'en prenait volontiers aux Allemands.) Et je me commanderais un manteau neuf. » Le mot « neuf » faillit aveugler Akaki Akakiévitch ; tous les objets se confondirent brusquement devant ses yeux dans une sorte de brume, à travers laquelle il ne distingua plus que le général au visage de papier qui ornait la tabatière de Pétrovitch. « Un manteau neuf ! prononça-t-il enfin comme en rêve… Mais où prendre l'argent ?

— Oui, un neuf, répéta flegmatiquement ce monstre de Pétrovitch.

— Et si, par hasard, je m'en faisais un neuf, qu'est-ce que… Voyons… n'est-ce pas…

— Combien coûtera-t-il, voulez-vous dire ?

— Précisément.

— Trois billets de cinquante roubles au bas mot », dit Pétrovitch en se pinçant les lèvres. Il aimait les gros effets, prenait plaisir à embarrasser les gens pour regarder en dessous quelle mine ils faisaient. « Cent cinquante roubles, un manteau ! s'exclama, pour la première fois de sa vie, sans doute, le malheureux Akaki Akakiévitch, qui d'ordinaire parlait à voix très basse.

— Certainement, dit Pétrovitch ; et encore, ça dépend de quel manteau il s'agit. Si vous voulez un col de martre et un capuchon à doublure de satin, il faudra compter deux cents roubles.

— Au nom du Ciel, Pétrovitch, implora Akaki Akakiévitch sans vouloir entendre les propos du tailleur, ni prêter attention à ses effets ; au nom du Ciel, répare-le tant bien que mal, de façon qu'il me fasse encore un bout de service !

— Non, vous dis-je, j'y perdrais ma peine, et vous, votre argent. » Sur ces mots, Akaki Akakiévitch quitta la pièce complètement anéanti. Et longtemps encore après son départ, Pétrovitch demeura immobile, les lèvres pincées, très satisfait d'avoir sauvegardé sa dignité et celle de son art. Une fois dans la rue, Akaki Akakiévitch crut avoir rêvé. « En voilà une affaire ! se disait-il. Je n'aurais jamais cru… n'est-ce pas… » Et après un assez long silence, il reprit : « Non, je n'aurais pas cru que… » Un long silence suivit encore. Enfin, il ajouta : « Non, vraiment, c'est à n'y pas croire… » Sur ce, au lieu de rentrer chez lui, il se dirigea sans y prendre garde du côté opposé. Chemin faisant, un ramoneur le frôla et lui noircit l'épaule ; une avalanche de chaux dégringola sur lui du haut d'une maison en construction. Il ne remarqua rien de tout cela et ne revint à lui-même qu'en allant buter contre un garde de ville, qui, sa hallebarde posée à côté de lui, secouait une corne de tabac sur son poing calleux. Encore fallut-il que le bonhomme lui criât : « Qu'as-tu à buter dans la gueule des gens ? Les « troutoirs », c'est pour quoi faire ? » Cette apostrophe lui fit ouvrir les yeux et rebrousser chemin. Rentré en son logis, il put enfin rassembler ses idées, examiner froidement la situation, se parler à lui-même, non plus par phrases hachées, mais sur le ton de judicieuse franchise dont on se sert pour discuter avec quelque sage ami une affaire qui vous tient particulièrement au cœur. « Non, se dit Akaki Akakiévitch, aujourd'hui, il n'y a pas moyen de s'entendre avec Pétrovitch.

Il est dans un état plutôt... Sa femme aura dû le battre. Je retournerai dimanche matin ; après sa cuite de la veille, je le trouverai le regard louche et tout sommeillant ; il voudra boire un coup pour se remettre d'aplomb, et comme sa femme ne lui donnera pas un sou, alors, moi, je lui baillerai une pièce de dix kopeks ; du coup, il se montrera plus conciliant, et alors, n'est-ce pas..., le manteau... » Ce raisonnement redonna confiance à Akaki Akakiévitch. Le dimanche suivant, il guetta la femme de Pétrovitch et, dès qu'il la vit s'absenter, il s'en fut droit chez son gaillard. Il le trouva bien tout sommeillant, le regard louche et la tête très basse ; mais, dès qu'il sut de quoi il retournait, mon Pétrovitch parut possédé du démon. « Non, déclara-t-il, c'est impossible, commandez-en un neuf. » Akaki Akakiévitch lui fourra dans la main une pièce de dix kopeks. « Grand merci, monsieur, reprit Pétrovitch, je prendrai un verre à votre santé.

Quant au manteau, croyez-moi, n'y pensez plus ; il est à bout, le pauvre ! Je vais vous en faire un neuf dont vous me direz des nouvelles. ! Fiez-vous-en à moi. » Akaki Akakiévitch voulut revenir à ses moutons ; mais, sans l'écouter, Pétrovitch continua : « Oui, oui, comptez sur moi, ce sera du beau travail. Et même, si vous tenez à être à la mode, je mettrai au col des agrafes d'argent plaqué. » Désormais convaincu qu'il ne pourrait se passer d'un manteau neuf, Akaki Akakiévitch sentit son courage l'abandonner. Où trouver l'argent nécessaire ? Il attendait bien une gratification pour les fêtes, mais l'emploi en était réglé d'avance. Il lui fallait acheter un pantalon, payer au bottier un vieux remontage, commander à la lingère trois chemises et deux paires de ces attributs vestimentaires dont il serait inconvenant d'imprimer le nom ; bref Akaki Akakiévitch avait disposé de tout cet argent, et même si le directeur daignait porter la somme à quarante-cinq ou, disons plus, à cinquante roubles, il en resterait moins que rien, une bagatelle qui, dans la constitution du capital exigé pour le manteau, jouerait le rôle d'une goutte d'eau dans la mer.

Évidemment, Pétrovitch voyait parfois la lune en plein midi et demandait alors des prix exorbitants ; sa femme elle-même ne pouvait quelquefois se retenir de lui crier : « Ah çà ! tu deviens fou ? tu as le démon dans le ventre ? Il y a des jours où cet imbécile travaille pour rien, et le voilà maintenant en train de se faire payer plus cher qu'il ne vaut ! » Akaki Akakiévitch tenait pour certain que Pétrovitch se contenterait de quatre-vingts roubles, mais la question était de savoir où les trouver. À la rigueur, il savait où en prendre la moitié, peut-être un peu plus ; quant au reste… Indiquons d'abord au lecteur la provenance de cette première moitié. Sur chaque rouble qu'il dépensait, Akaki Akakiévitch avait coutume de retenir un liard et de le déposer, par une fente pratiquée dans le couvercle, au fond d'un coffret fermé à clef.

Tous les six mois, il faisait le compte de ses pièces de cuivre et les remplaçait par des piécettes d'argent. Au bout de plusieurs années, il se trouva ainsi avoir plus de quarante roubles d'économies. Donc, la moitié de la somme était à sa disposition ; restait l'autre moitié. Où prendre ces quarante roubles manquants ?

À force de réfléchir, Akaki Akakiévitch se résolut à réduire ses dépenses, tout au moins pendant une année. Dès lors, il ne prit plus de thé le soir et n'alluma plus de chandelle, emportant, quand besoin était, son travail dans la chambre de sa logeuse ; dans la rue, il se mit à marcher sur la pointe des pieds pour ménager ses semelles ; il n'avait recours que fort rarement aux offices de la blanchisseuse, pour ne point user son linge qu'il remplaçait, aussitôt rentré chez lui, par une vieille robe de chambre de futaine que le temps même avait épargnée. À dire vrai, ces restrictions lui parurent d'abord plutôt dures, mais il s'y accoutuma peu à peu et finit un beau jour par se passer tout à fait de souper. Comme il rêvait sans cesse à son futur manteau, cette rêverie lui fut une nourriture suffisante, encore qu'immatérielle. Bien plus : son existence elle-même prit de l'importance ; on devinait à ses côtés comme la présence d'un autre être, comme une compagne aimable qui aurait consenti à parcourir avec lui la route de la vie. Et cette compagne n'était autre que la belle pelisse neuve, à solide doublure ouatée. Il devint plus vif et plus ferme de caractère, ainsi qu'il sied à qui s'est une fois fixé un but. Le doute, l'indécision, tous les traits hésitants et imprécis disparurent de son visage comme de ses actes.

Une flamme luisait parfois dans ses yeux, les pensées les plus audacieuses lui passaient parfois par la tête : pourquoi ne se commanderait-il pas un col de martre, après tout ! Cela finit par lui causer des distractions. Un jour qu'il copiait un document, il faillit commettre une erreur, si bien qu'il dut se signer en poussant un « ouf ! » de soulagement. Une fois par mois au moins, il allait trouver Pétrovitch pour lui parler du manteau ; où achèterait-on le drap ? quelle teinte conviendrait le mieux ? quel prix faudrait-il donner ? Après avoir débattu ces graves questions, il rentrait chez lui un tantinet préoccupé, mais songeant avec joie qu'un beau jour le manteau deviendrait une réalité. L'affaire prit même une tournure plus rapide qu'il ne le prévoyait.

Contre toute attente, le chef du personnel lui octroya cette année-là soixante roubles de gratification au lieu des quarante ou quarante-cinq roubles habituels. Le chef du personnel devina-t-il qu'Akaki Akakiévitch devait se commander un manteau ? Faut-il ne voir là qu'un simple effet du hasard ? Je n'en sais rien ; ce qu'il y a de certain, c'est qu'Akaki Akakiévitch put disposer d'une aubaine de vingt roubles inattendus. Cette circonstance avança fort les choses. Encore deux ou trois mois de privations et notre homme se trouva un beau matin à la tête des quatre-vingts roubles souhaités. Son cœur, si calme d'ordinaire, se mit à battre à grands coups. Dès le jour même, il fit en compagnie de Pétrovitch sa tournée d'emplettes. On acheta, cela se conçoit, du drap de tout premier choix ; depuis un bon semestre qu'on y pensait, on avait eu le temps, de mois en mois, de s'informer des prix. Pétrovitch déclara d'ailleurs qu'on n'en trouverait pas de plus beau. Pour la doublure, on se contenta de calicot, mais d'un calicot de si haute qualité que, toujours selon Pétrovitch, il ne le cédait en rien à la soie et paraissait même plus lustré. Et comme la martre coûtait vraiment trop cher, on se rabattit sur du chat, en choisissant le plus beau du magasin ; d'ailleurs, à distance, il passerait toujours pour de la martre. La confection du manteau ne prit que deux petites semaines, et encore parce qu'il devait être ouaté et piqué ; autrement Pétrovitch l'aurait livré plus tôt. Le digne homme compta douze roubles de façon : on ne pouvait décemment demander moins, puisque tout était cousu à point arrière et à la soie, et que sur chaque couture Pétrovitch avait marqué avec ses dents les festons les plus divers.

Ce fut un... Je ne saurais, ma foi, préciser le jour où Pétrovitch apporta enfin le manteau. Akaki Akakiévitch n'en connut sans doute point de plus solennel au cours de son existence. C'était un matin, avant le départ pour le ministère, et le vêtement n'aurait pu arriver plus à propos, car les froids déjà vifs menaçaient de devenir rigoureux. Pétrovitch apporta le manteau lui-même, ainsi qu'il se doit quand on est un bon tailleur. Jamais encore Akaki Akakiévitch n'avait vu à personne une mine si imposante.

Pétrovitch semblait pleinement convaincu qu'il avait accompli son grand œuvre et marqué d'un coup tout l'abîme qui sépare un tailleur d'un rapetasseur. Il tira le manteau du mouchoir qui l'enveloppait, et comme ledit mouchoir venait tout droit de chez la blanchisseuse, il eut soin de le plier et de le mettre dans sa poche pour s'en servir à l'occasion. Il couva un moment son chef-d'œuvre d'un regard orgueilleux, et le tenant à bout de bras, il le jeta fort adroitement sur les épaules de son client ; puis, après l'avoir bien tendu par-derrière, il en drapa à la cavalière Akaki Akakiévitch.

Vu son âge, celui-ci désira passer les manches. Pétrovitch y consentit et cette nouvelle épreuve réussit à merveille. Bref, le manteau allait à la perfection et n'avait besoin d'aucune retouche. Pétrovitch en profita pour déclarer que s'il avait demandé un prix aussi bas, c'était par égard pour une vieille pratique, et aussi parce qu'il travaillait en chambre dans une rue à l'écart. Un tailleur de la Perspective aurait certainement exigé soixante-quinze roubles, rien que pour la façon.

Akaki Akakiévitch ne releva pas le propos, tant les fortes sommes dont Pétrovitch aimait à éblouir ses clients lui faisaient peur. Il le paya, le remercia et partit sans plus tarder pour le ministère, revêtu de son manteau neuf. Pétrovitch descendit l'escalier à sa suite, et, une fois dehors, s'arrêta pour contempler de loin son chef-d'œuvre ; puis, enfilant une venelle, il déboucha dans la rue, quelques pas en avant d'Akaki Akakiévitch, afin d'admirer encore

– de face, cette fois

– le fameux manteau. Cependant, Akaki Akakiévitch cheminait en proie à une jubilation intense. La sensation constante du manteau neuf sur ses épaules le plongeait dans un ravissement qui, à plusieurs reprises, lui arracha de petits rires.

Et comment ne pas exulter à la pensée que le manteau offrait le double avantage de bien aller et de tenir chaud ! Il se trouva au ministère avant d'avoir pu s'apercevoir du trajet parcouru. Il enleva son manteau au vestiaire, l'examina sur toutes les coutures et le confia aux soins tout particuliers du suisse. Je ne sais trop de quelle façon le bruit se répandit incontinent dans les bureaux qu'Akaki Akakiévitch avait un manteau neuf et que la « capote » avait terminé son existence. On accourut aussitôt au vestiaire pour s'en convaincre de visu. Les compliments se mirent à pleuvoir sur Akaki Akakiévitch, qui les accueillit d'abord avec des sourires, et bientôt avec une certaine confusion. Lorsque, le pressant à l'envi, ses collègues insistèrent pour qu'il arrosât l'étrenne et donnât pour le moins une soirée en cet honneur, Akaki Akakiévitch ne sut plus à quel saint se vouer.

Après avoir longtemps cherché en vain une excuse plausible, il tenta assez naïvement de les persuader que le manteau n'était pas neuf ; rouge de honte, il prétendit que c'était toujours la vieille capote. Finalement, l'un des fonctionnaires, un sous-chef de bureau si j'ai bonne mémoire, désireux sans doute de montrer qu'il n'était pas fier et ne craignait point de se commettre avec ses inférieurs, le tira d'embarras en déclarant : « Eh bien, c'est moi qui donnerai la soirée à la place d'Akaki Akakiévitch. Je vous invite tous à venir ce soir prendre le thé chez moi, puisque aussi bien c'est aujourd'hui ma fête.

» Il va sans dire que messieurs les employés complimentèrent sans tarder le sous-chef et acceptèrent son invitation avec empressement. Akaki Akakiévitch voulut d'abord refuser, mais chacun lui ayant fait honte de son impolitesse, il dut céder aux remontrances. D'ailleurs, en réfléchissant à la chose, il vit, non sans plaisir, qu'elle lui permettait de parader une fois de plus dans son beau manteau neuf, et cette fois aux lumières. Cette journée fut vraiment pour le pauvre diable une fête solennelle.

Il rentra chez lui tout radieux, se dévêtit et pendit précautionneusement son manteau contre le mur, non sans en avoir encore admiré, et le drap, et la doublure ; puis il sortit sa vieille capote effilochée pour la comparer au manteau ; mais en la regardant il ne put se défendre de rire : la différence était vraiment par trop énorme ! Et tout le long de son repas, un ricanement sarcastique plissait ses lèvres chaque fois qu'il songeait à l'état lamentable de sa vieille houppelande. Après ce repas si gai, il négligea pour la première fois ses travaux de copie pour s'étendre sur son lit et faire quelque peu le sybarite jusqu'à la tombée de la nuit. Alors, sans s'attarder davantage, il s'habilla, jeta son manteau sur ses épaules et sortit. Nous regrettons fort de ne pouvoir dire exactement où logeait le fonctionnaire qui l'avait invité : la mémoire commence à nous trahir ; les rues et les édifices de Pétersbourg se confondent si bien dans notre tête que nous n'arrivons plus à nous orienter dans ce vaste dédale. Il est en tout cas certain que ledit fonctionnaire résidait dans l'un des beaux quartiers, et par conséquent très loin d'Akaki Akakiévitch.

Celui-ci dut suivre tout d'abord quelques rues sombres et quasi désertes fort parcimonieusement éclairées ; mais, à mesure qu'il approchait du but, l'animation se faisait plus vive et l'éclairage plus brillant. Parmi les passants, dont le nombre augmentait sans cesse, apparurent des dames élégamment vêtues et des messieurs à cols de castor. Les menus traîneaux de bois treillage, tout bardés de clous dorés, cédèrent bientôt la place à de superbes équipages : hauts traîneaux vernis, protégés par une peau d'ours et conduits par des cochers à bonnet de velours framboise ; riches landaus à sièges ornementés qui faisaient grincer la neige sous leurs roues. Akaki Akakiévitch considérait toutes ces choses comme s'il les voyait pour la première fois, car depuis de longues années, il ne sortait plus le soir. Un tableau exposé dans une vitrine illuminée retint longuement son attention : une jolie femme enlevait son soulier, découvrant ainsi une jambe faite au tour, tandis qu'à travers la porte entrebâillée derrière elle, un monsieur portant royale[4] et favoris jetait des regards indiscrets. Akaki Akakiévitch hocha la tête, sourit et poursuivit son chemin. Que signifiait ce sourire ? Avait-il eu la révélation d'une chose qu'il ignorait, mais dont le vague instinct sommeille pourtant en chacun de nous ? S'était-il dit, comme tant de ses collègues : « Ah ! ces Français, il n'y a pas à dire, quand ils s'y mettent, … alors, n'est-ce pas, … c'est vraiment… tout à fait… » Il se peut aussi que notre héros n'ait pensé à rien de semblable : on ne saurait scruter l'âme humaine jusque dans son tréfonds et deviner tout ce qui s'y passe.

Il atteignit enfin la demeure du sous-chef de bureau, lequel à coup sûr vivait sur un grand pied, car son appartement occupait le second étage et il y avait une lanterne dans l'escalier. Quand il eut mis le pied dans l'antichambre, Akaki Akakiévitch aperçut sur le parquet des rangées entières de caoutchoucs au beau milieu desquels un samovar bourdonnait parmi des tourbillons de vapeur. À toutes les parois pendaient des pelisses et des manteaux, dont certains avaient même des cols de castor, et d'autres des revers de velours. Un sourd brouhaha qui venait de la pièce voisine s'amplifia soudain : une porte s'ouvrit, livrant passage à un domestique chargé d'un plateau qu'encombraient des verres vides, un pot de crème, une corbeille de biscuits, signe évident que messieurs les fonctionnaires tenaient depuis quelque temps séance et qu'ils avaient déjà absorbé leur premier verre de thé. Akaki Akakiévitch accrocha son manteau à côté des autres et s'enhardit à pénétrer dans la pièce.

Alors, tout d'un coup, les invités, les bougies, les pipes, les tables de jeu papillotèrent à ses yeux éblouis, cependant que le tapage des chaises déplacées et le tohu-bohu des conversations discordantes offusquaient brusquement ses oreilles. Ne sachant trop qu'entreprendre, il se figea dans une posture des plus gauches. Mais bientôt on l'aperçut, on l'acclama, on se précipita dans l'antichambre pour admirer une fois de plus le fameux manteau. Dans sa candeur naïve, Akaki Akakiévitch, encore que tout confus, se sentait flatté par ce concert de louanges. Ensuite, bien entendu, il ne tarda pas à être abandonné, lui et son manteau, pour les charmes du whist. Le vacarme, le bavardage, la foule, toutes ces choses inconnues plongeaient le pauvre homme dans une sorte d'hébétement : il ne savait que faire de ses mains, de ses pieds, de toute sa personne. Il finit par s'asseoir auprès des joueurs, dont il s'efforça de suivre le jeu ; il les dévisagea tour à tour, mais se sentit rapidement gagné par l'ennui et se prit à bâiller, car l'heure de son coucher avait depuis longtemps sonné. Alors il voulut prendre congé du maître du logis ; personne n'y consentit ; chacun le retint, chacun insista pour lui faire sabler en l'honneur de l'étrenne au moins une flûte de champagne.

Au bout d'une heure, on servit le souper qui comprenait une vinaigrette, du veau froid, une tourte, et des gâteaux avec accompagnement de champagne. Akaki Akakiévitch fut contraint de vider deux flûtes, qui l'émoustillèrent quelque peu sans toutefois lui permettre d'oublier qu'il était déjà minuit et grand temps de rentrer. De peur que son hôte ne protestât encore, il s'esquiva à l'anglaise, s'empara de son manteau qu'à son grand déplaisir il découvrit par terre, le secoua, l'épousseta soigneusement et descendit l'escalier. Les lanternes brûlaient toujours dans les rues. Quelques échoppes, clubs attitrés des gens de maison et autres personnages de même volée, étaient encore ouvertes ; d'autres, bien que closes, laissaient échapper à travers l'huis un long rais de lumière, indice certain qu'elles n'étaient point dépourvues de société : ces messieurs et dames de l'office y poursuivaient leurs interminables commérages, cependant que leurs maîtres perplexes et morfondus se demandaient où ces dignes serviteurs avaient bien pu disparaître.

Akaki Akakiévitch marchait d'un pas gaillard ; il se lança même soudain, Dieu sait pourquoi, sur les traces d'une dame qui glissa devant lui comme un météore et dont tout le corps semblait en mouvement. Mais il refréna vite cette pétulance et se demanda ce qui avait bien pu lui faire prendre le mors aux dents. Et bientôt s'allongèrent devant lui ces voies solitaires, bordées de clôtures et de maisons de bois, si maussades même en plein jour, et que le soir rend d'autant plus lugubres, d'autant plus désolées. La lueur d'un réverbère ne se montrait plus que bien rarement : sans doute faisait-on des économies d'huile. Seule la neige scintillait sur la chaussée où ne se montrait âme qui vive, et le long de laquelle les masures assoupies sous leurs volets clos faisaient de sinistres taches noires. Enfin apparut un vaste espace vide, moins semblable à une place qu'à un horrible désert. Les bâtisses qui en marquaient la fin se devinaient à peine, et, perdue dans cette immensité, la lanterne d'une guérite avait l'air de brûler là-bas, très loin, au bout du monde.

Arrivé à cet endroit, Akaki Akakiévitch sentit son aplomb l'abandonner ; il eut le pressentiment d'un malheur et s'engagea sur la place avec une circonspection voisine de la crainte. Il jeta un regard en arrière, un regard à droite, un regard à gauche, et se crut égaré dans une mer de ténèbres. « Non, décidément, se dit-il, mieux vaut ne pas regarder. » Il avança donc les yeux fermés, et, quand il les rouvrit pour reconnaître si la traversée périlleuse allait bientôt prendre fin, il se trouva soudain presque nez à nez avec deux ou trois individus moustachus. Qu'étaient au juste ces gens ? Il n'eut pas le loisir de s'en rendre compte, car sa vue se troubla et son cœur se mit à battre à coups précipités. « Hé, mais, ce manteau est à moi ! » s'écria d'une voix tonnante l'un des personnages.

Et il saisit au collet Akaki Akakiévitch qui déjà ouvrait la bouche pour appeler au secours. Aussitôt, l'autre escogriffe lui brandit sous le nez un poing gros comme la tête d'un fonctionnaire en disant : « Renfonce ça, ou gare ! » Akaki Akakiévitch plus mort que vif sentit seulement qu'on le dépouillait de son manteau. Un coup de genou dans le bas des reins l'envoya bouler dans la neige, où il finit de perdre ses esprits. Quand il les eut enfin recouvrés, il se releva et s'aperçut qu'il n'y avait plus personne autour de lui.

Une vive sensation de froid lui rappela la disparition de son manteau ; il se mit à crier, mais d'une voix qui refusait d'atteindre les confins de l'étendue. Hagard, éperdu, vociférant, il prit sa course, piquant droit sur la guérite auprès de laquelle un garde de ville appuyé sur sa hallebarde ouvrait, je crois, de grands yeux curieux : que diable pouvait bien lui vouloir cet énergumène qui accourait vers lui en hurlant à tue-tête ? D'une voix haletante, Akaki Akakiévitch lui reprocha de dormir à son poste tandis qu'on dévalisait les passants. Le garde de ville répliqua qu'il avait bel et bien vu deux hommes l'arrêter au milieu de la place. « Mais, ajouta-t-il, je les ai crus de vos amis. Au lieu de m'injurier, vous feriez mieux de vous rendre dès demain chez M. le commissaire ; il vous retrouvera votre manteau en un tour de main. » Akaki Akakiévitch fila d'un trait vers sa demeure, où il rentra en fort piètre état : les cheveux épars – j'entends les quelques touffes qui garnissaient encore ses tempes et sa nuque – la poitrine, les hanches, les jambes toutes maculées de neige. Aux coups terribles qu'il assenait sur la porte, sa bonne femme de logeuse, éveillée en sursaut, bondit de son lit et se précipita ; si dans sa hâte elle n'avait passé qu'une savate, en revanche elle ramenait d'une main pudique sa chemise sur sa poitrine. Le désarroi de son locataire la fit reculer d'effroi ; quand elle fut au courant de l'affreuse aventure, elle leva les bras au ciel et se répandit en bons conseils. « Surtout, déclara-t-elle, gardez-vous bien de vous plaindre au commissaire du quartier, vous n'auriez que des déboires : pour ce gaillard-là, voyez-vous, promettre et tenir sont deux.

Allez donc tout droit chez le commissaire d'arrondissement. Anna la Finnoise, mon ancienne domestique, s'est maintenant placée chez lui comme bonne d'enfants. Je le connais de vue, d'ailleurs : il passe souvent devant ma fenêtre et il ne manque pas une messe du dimanche. Tout en priant le bon Dieu, il regarde si gentiment le monde que ça doit, pour sûr, être la crème des hommes. » Chapitré de la sorte, Akaki Akakiévitch se traîna tristement jusqu'à sa chambre. Comment passa-t-il le reste de la nuit ? On laisse le soin d'en juger aux personnes qui savent plus ou moins se mettre à la place d'autrui. Le lendemain, dès la première heure, Akaki Akakiévitch se rendit au commissariat : M. le commissaire dormait encore. Il revint à dix heures : M. le commissaire dormait toujours. Il revint à onze heures : M. le commissaire était sorti. Il revint à l'heure du dîner : les gratte-papier, l'arrêtant au passage, voulurent à tout prix savoir ce qui l'amenait, ce qu'il désirait, ce qui lui était advenu.

Akaki Akakiévitch, à bout de patience, montra une fois dans sa vie de la fermeté : il leur déclara tout net qu'il entendait voir le commissaire en personne, car il venait du ministère pour affaire urgente ; s'ils prétendaient le retenir, il se plaindrait d'eux, et alors ils verraient ce que ça leur coûterait... Les scribouillards n'osèrent rien répliquer à de pareils arguments et l'un d'eux s'en alla prévenir M. le commissaire. M. le commissaire accueillit le récit du vol d'une façon fort étrange :

au lieu de prêter attention au fond même de l'affaire, il se mit à questionner Akaki Akakiévitch : pourquoi rentrait-il si tard ? d'où venait-il ? de quelque mauvais lieu, peut-être ? Tant et si bien que le pauvre homme se retira tout penaud en se demandant s'il serait ou non donné suite à sa plainte. Ce jour-là, pour la seule et unique fois de son existence, Akaki Akakiévitch n'alla pas au bureau. Il y apparut le lendemain, blême comme un mort et vêtu de sa vieille capote plus minable que jamais. L'histoire du vol émut presque tous ses collègues, encore que d'aucuns y trouvassent nouvelle matière à raillerie. Une collecte organisée aussitôt ne produisit pas grand-chose : ces messieurs avaient dû récemment souscrire au portrait de leur directeur ainsi qu'à je ne sais quel ouvrage patronné par leur chef de division.

L'un d'eux, cependant, mû par un sentiment de pitié, voulut au moins donner un bon conseil à Akaki Akakiévitch. Il le dissuada de recourir au commissaire de son quartier ; en admettant même, chose évidemment possible, que, pour se faire bien voir de ses chefs, le digne homme retrouvât le corps du délit, Akaki Akakiévitch n'en rentrerait pas pour autant en possession de son bien : comment fournirait-il la preuve que ce vêtement était vraiment à lui ? Mieux valait donc s'adresser à un certain « personnage considérable », lequel, après s'être mis par voie écrite et orale en rapport avec qui de droit, donnerait sans doute à l'affaire une tournure plus favorable.

En désespoir de cause, Akaki Akakiévitch résolut d'aller trouver ce personnage dont, à parler franc, nul ne savait en quoi consistaient les fonctions. Il faut dire que ledit personnage n'était devenu important que depuis peu ; du reste, par rapport à d'autres plus considérables, la place qu'il occupait n'était pas tenue pour bien importante. Mais il se trouve toujours des gens pour attacher de l'importance à des choses qui n'en ont aucune. Lui-même, d'ailleurs, avait grand soin de souligner son importance par les moyens les plus divers : quand il arrivait à son bureau, le petit personnel était tenu de se porter en corps à sa rencontre ; on ne pouvait s'adresser à lui autrement que par la voie hiérarchique : l'enregistreur de collège faisait son rapport au conseiller de province, le conseiller de province au conseiller titulaire ou à tel autre fonctionnaire que de droit. L'esprit d'imitation a fortement infecté notre sainte Russie, chacun veut y jouer au chef et copier plus haut que soi : certain conseiller titulaire appelé à diriger un office sans conséquence, s'empressa, dit-on, d'y ménager à l'aide d'une cloison une façon de chambre pompeusement dénommée : « cabinet du directeur » ; des huissiers à col rouge et galonnés sur toutes les coutures ouvraient à tout venant la porte de ce repaire, où un fort modeste bureau avait peine à tenir. Notre personnage important affectait un air noble et des manières hautaines. Son système, des plus simples, reposait uniquement sur la sévérité. « De la sévérité, encore de la sévérité, toujours de la sévérité ! » répétait-il sans cesse en foudroyant son interlocuteur d'un regard significatif encore que superflu, les dix ou douze employés qu'il avait sous ses ordres étant saturés de respect et de crainte salutaire : dès qu'ils le voyaient venir, ils abandonnaient leurs occupations et attendaient, figés au garde-à-vous, qu'il eût daigné traverser leur bureau.

Adressait-il la parole à plus petit que lui, c'était toujours sur un ton rêche et pour poser le plus souvent l'une des trois questions suivantes : « Où prenez-vous cette arrogance ? Savez-vous à qui vous parlez ? Comprenez-vous devant qui vous êtes ? » C'était pourtant un brave homme, fort obligeant, et, naguère encore, d'un commerce agréable avec ses amis ; mais le titre d'Excellence lui avait complètement tourné la tête. Dès qu'il eut obtenu ce titre, son esprit s'égara, il perdit tout contrôle sur soi-même. Avec ses égaux, il se conduisait encore en homme bien élevé, pas bête du tout sous bien des rapports ; mais si d'aventure se mêlaient à la compagnie des personnes inférieures, ne fût-ce que d'un grade, au rang qu'il occupait dans la hiérarchie, il devenait aussitôt insupportable, oubliait toute bienséance et ne soufflait mot.

Cela ne l'empêchait pas de se rendre compte qu'il aurait pu passer le temps d'une manière beaucoup plus agréable. Il faisait alors peine à voir : on lisait dans ses yeux le vif désir de prendre part à telle conversation, de se mêler à tel groupe, tout en le sentant retenu par la crainte de compromettre sa dignité, de porter atteinte à son prestige. À force de se cantonner dans un farouche silence entrecoupé de vagues monosyllabes, il passa bientôt pour le plus parfait malotru du monde. Akaki Akakiévitch arriva chez ce personnage à un moment fort mal choisi – pour lui, du moins, car ledit grand personnage n'en pouvait rêver de plus propice à l'étalage de son importance. Enfermé dans son cabinet directorial, il y devisait de fort belle humeur avec un sien ami et camarade d'enfance qu'il avait perdu de vue depuis plusieurs années. Prévenu qu'un certain Bachmatchkine demandait à le voir : « Qui est-ce ? demanda-t-il d'un ton brusque. – Un fonctionnaire, lui fut-il répondu. – Ah ! Eh bien, qu'il attende ! Je suis occupé. » C'était là, il faut l'avouer, un impudent mensonge : notre important personnage n'était pas le moins du monde occupé. La conversation languissait depuis un certain temps déjà ; de longs intervalles la coupaient au cours desquels les deux amis se tapotaient mutuellement les cuisses en répétant : « C'est comme ça, Ivan Abramovitch ! – Certainement, Stépane Varlamovitch ! » En donnant ordre de faire attendre Bachmatchkine, notre homme entendait simplement montrer à son ami retiré du service au fond de la campagne, le pouvoir qu'il détenait sur les fonctionnaires obligés d'attendre son bon plaisir dans son antichambre.

Quand, le cigare aux lèvres et renversés dans de confortables fauteuils à bascule, ces messieurs eurent bavardé ou plutôt se furent tus à leur aise, le puissant personnage parut soudain se souvenir de quelque chose et dit à son secrétaire qui se montrait à la porte avec des dossiers sur les bras : « À propos, je crois qu'il y a là un fonctionnaire. Vous pouvez le faire entrer. » À l'aspect du piteux Akaki Akakiévitch et de son non moins piteux uniforme, notre important personnage se tourna brusquement vers lui : « Que désirez-vous ? » lui demanda-t-il de cette voix rêche et coupante dont il avait fait l'apprentissage devant son miroir, dans la solitude de sa chambre, une bonne semaine avant la promotion qui avait fait de lui une Excellence.

Pénétré dès l'abord d'une crainte salutaire, Akaki Akakiévitch entama pourtant du mieux que le lui permit sa langue hésitante, un discours pavoisé de « n'est-ce pas » plus fréquents que de coutume : « Il avait un manteau flambant neuf ; on le lui avait volé sans merci ; il suppliait Son Excellence d'intervenir comme bon lui semblerait, en écrivant à qui de droit, au préfet de police ou à un autre personnage pour activer les recherches… » Le personnage important trouva, Dieu sait pourquoi, cette requête directe d'une familiarité excessive. « Ah ça, monsieur, s'exclama-t-il de son ton le plus cassant, où croyez-vous donc être ? Ignorez-vous à ce point les usages ? Vous auriez dû tout d'abord présenter votre requête à l'employé de service ; celui-ci l'eût transmise en bonne et due forme au chef de bureau, le chef de bureau au chef de division, le chef de division à mon secrétaire, lequel me l'aurait enfin soumise. » Akaki Akakiévitch sentit la sueur le baigner. Il rassembla pourtant le peu de courage qui lui restait pour balbutier : « Que Votre Excellence daigne m'excuser… Si je me suis permis de la déranger…, c'est que les secrétaires, n'est-ce pas…, on ne peut guère se fier à eux…

– Comment ! Comment ! s'écria le personnage important. Qu'osez-vous insinuer par là ? D'où viennent ces idées subversives ? Où donc les jeunes gens d'aujourd'hui prennent-ils cet esprit d'insubordination, ce manque de respect envers leurs chefs et les autorités établies ? » Le personnage important n'avait sans doute point remarqué qu'ayant déjà passé la cinquantaine, Akaki Akakievitch ne pouvait être rangé parmi les jeunes gens que d'une façon toute relative, par comparaison avec les vieillards de soixante-dix ans et plus. « Savez-vous à qui vous tenez ce langage ? Comprenez-vous devant qui vous êtes ? Le comprenez-vous ? Le comprenez-vous, voyons, je vous le demande ? » Il lança cette dernière phrase en tapant du pied et d'une voix montée à un tel diapason que des gens plus assurés qu'Akaki Akakiévitch n'en eussent pas moins perdu contenance. Akaki Akakiévitch, lui, se sentit prêt à défaillir : il tremblait de tout le corps, ses jambes vacillaient, flageolaient, et, si les huissiers accourus ne l'avaient point reçu dans leurs bras, il serait immanquablement tombé de tout son long. On l'emporta presque sans connaissance.

Enchanté que l'effet eût dépassé toutes ses prévisions, exultant à l'idée que sa parole pouvait priver un homme de sentiment, le personnage considérable observa du coin de l'œil l'impression que cette scène avait produite sur son ami, et fut tout heureux de constater que ledit ami paraissait vaguement mal à l'aise. Akaki Akakiévitch descendit l'escalier et se retrouva dans la rue sans savoir comment. Il ne sentait plus ni ses bras ni ses jambes. Jamais encore il n'avait été si vertement tancé par une Excellence et, qui plus est, par une Excellence dont il ne dépendait point. Il marchait en chancelant et bouche bée, chassé à tout instant du trottoir sur la chaussée par la neige qui tourbillonnait rageusement, par le vent qui soufflait sur lui de tous les côtés à la fois, comme il est de règle à Pétersbourg.

Il attrapa en un clin d'œil une belle et bonne angine, et quand, enfin, il se retrouva chez lui, il lui fallut se coucher sans que sa gorge enflée lui permît d'émettre le moindre son. Telles sont parfois les suites d'un sérieux lavage de tête ! Grâce à la généreuse assistance du climat pétersbourgeois, la maladie évolua plus rapidement qu'on aurait pu s'y attendre ; aussi, quand le médecin fut arrivé et qu'il eut pris le pouls d'Akaki Akakiévitch, il ne put que prescrire un cataplasme, et encore uniquement pour ne pas priver le malade du secours efficace de la médecine. Il déclara d'ailleurs tout franc que ledit malade n'en avait pas pour deux jours, puis se tournant vers la logeuse, il ajouta : « Allons, ma bonne dame, ne perdez pas votre temps inutilement ; allez vite commander un cercueil de sapin : le chêne serait trop cher pour lui. » Akaki Akakiévitch perçut-il ces paroles fatales ? Et s'il les entendit, en fut-il douloureusement affecté ? Regretta-t-il sa pitoyable existence ? On l'ignorera toujours, car il délira sans arrêt jusqu'à sa dernière heure. Des visions, toutes plus bizarres les unes que les autres, le harcelaient à qui mieux mieux.

Tantôt il voyait Pétrovitch et lui commandait un manteau muni de pièges pour les voleurs qui assiégeaient son lit, si bien qu'il ne cessait d'appeler sa logeuse pour qu'elle en retirât un de dessous sa couverture ; tantôt il demandait pourquoi sa vieille capote pendait au mur alors qu'il possédait un beau manteau tout neuf. Tantôt il croyait encore subir la mercuriale du grand personnage et lui répondait humblement : « Faites excuse, Excellence ! » Tantôt il blasphémait de si furieuse façon que sa logeuse se signait, interdite : comment cet homme qui n'élevait jamais la voix pouvait-il proférer d'aussi horribles jurons et, chose plus grave, les accoler au noble nom d'Excellence ? Vers la fin, Akaki Akakiévitch se mit à bredouiller des paroles incohérentes, mais qui n'en témoignaient pas moins que toutes ses pensées continuaient de tourner confusément autour du manteau.

Quand le pauvre Akaki Akakiévitch eut rendu le dernier soupir, on ne mit de scellés ni sur sa chambre ni sur ses affaires : il n'avait aucun héritier et ne laissait pour tout avoir qu'un paquet de plumes d'oie, une main de papier-ministre, trois paires de chaussettes, deux ou trois boutons et la fameuse capote. Qui s'empara de tout cela ? Je dois avouer que l'auteur de ce récit ne s'en est pas autrement préoccupé. On emporta le mort, on le mit en terre et Pétersbourg demeura sans Akaki Akakiévitch. Il disparut à jamais, cet être sans défense à qui personne n'avait jamais témoigné d'affection, ni porté le moindre intérêt, non, personne, pas même l'un de ces naturalistes toujours prêts à épingler la plus banale des mouches pour l'examiner au microscope. Si ce souffre-douleur, résigné à subir les railleries de ses collègues, incapable d'accomplir la moindre action remarquable, avait vu soudain sa triste existence illuminée

— un court instant, et juste vers la fin,

— par la vision radieuse d'un manteau neuf, c'était pour que le malheur s'abattît sur lui comme il s'abat sur les puissants de ce monde !... Quelques jours après sa disparition, un huissier du ministère vint lui intimer l'ordre de reprendre son service. L'huissier ne put évidemment remplir sa mission et dut déclarer à qui de droit qu'on ne reverrait plus Akaki Akakiévitch. « Et pourquoi cela ? lui demanda-t-on.

— Parce qu'il est mort, répondit-il. Voilà tantôt quatre jours qu'on l'a porté en terre. » C'est ainsi qu'on apprit au ministère le décès d'Akaki Akakiévitch. On le remplaça dès le lendemain : le nouvel expéditionnaire avait la taille beaucoup plus élevée et l'écriture beaucoup plus penchée.

Cependant Akaki Akakiévitch n'avait pas dit son dernier mot... Qui l'aurait cru appelé à mener outre-tombe une existence mouvementée, à connaître quelques bruyantes aventures, sans doute pour compenser le peu d'éclat de sa vie terrestre ? Il en fut pourtant ainsi et notre modeste récit va devoir se terminer sur une note à la fois fantastique et inattendue. Le bruit se répandit soudain à Pétersbourg que le spectre d'un fonctionnaire apparaissait la nuit aux alentours du pont Kalinkine ; sous couleur de reprendre un manteau volé, le spectre enlevait aux passants de toutes conditions leurs manteaux, quels qu'ils fussent, ouatés, fourrés, à col de chat, à col de castor, pelisses de raton, pelisses d'ours ou de renard, bref, toutes les peaux dont les hommes font usage pour recouvrir la leur.

Un des anciens collègues de feu Bachmatchkine vit même le revenant de ses propres yeux et reconnut aussitôt Akaki Akakiévitch ; toutefois il n'eut point le loisir de l'examiner de près, la frayeur lui ayant fait prendre les jambes à son cou dès qu'il aperçut ce fantôme qui le menaçait de loin. Les plaintes affluaient de toutes parts. Passe encore pour le dos et les épaules des conseillers titulaires ; mais les vols de manteaux risquaient fort d'enrhumer jusqu'aux conseillers auliques. La police reçut l'ordre de se saisir du fantôme mort ou vif, et de lui infliger une sévère correction qui pût servir d'exemple aux autres.

On faillit presque réussir. Rue Kiriouchkine, en effet, un garde de ville parvint à mettre la main au collet du mort, au moment où celui-ci arrachait le manteau d'un musicien en retraite, lequel en son temps avait eu un joli talent de flûtiste. Le garde appela aussitôt deux de ses collègues à son aide ; il les pria de maintenir solidement le fantôme, tandis que lui-même cherchait sa tabatière au fond de sa botte afin de ranimer son nez qui avait déjà gelé six fois au cours de son existence. Mais le tabac était apparemment si fort que le spectre lui-même ne put y résister. À peine le gardien de l'ordre eut-il bouché d'un doigt sa narine droite pour en aspirer de la gauche une demi-pincée, que le mort fit entendre un prodigieux éternuement dont les éclaboussures aveuglèrent les trois argousins. Et tandis qu'ils levaient les poings pour se frotter les yeux, le fantôme leur brûla si gentiment la politesse qu'ils se demandèrent s'ils l'avaient réellement tenu entre leurs mains.

Depuis ce moment, les gardes de ville conçurent une telle peur des morts qu'ils craignirent d'arrêter les vivants ; ils se contentèrent de crier aux suspects : « Eh, là-bas, le particulier, tâche voir à passer ton chemin, hein ? » Quant à l'employé-fantôme, il osa même se montrer au-delà du pont Kalinkine, non sans semer la terreur parmi les esprits pusillanimes. Mais nous avons entièrement délaissé le fameux « personnage considérable » grâce auquel, après tout, cette histoire vraie a dû prendre une tournure fantastique. L'impartialité nous oblige à reconnaître que, peu après le départ du malheureux, le personnage important éprouva quelque regret de l'avoir si rudement rabroué. La pitié ne lui était pas étrangère, et certains bons sentiments, que sa dignité l'empêchait bien souvent de laisser paraître, trouvaient pourtant refuge au fond de son cœur. Dès que son ami l'eut quitté, il se prit à songer au pâle fonctionnaire que venaient d'anéantir les foudres de sa colère directoriale. Depuis lors cette image le harcela tant et si bien qu'au bout de huit jours, n'y tenant plus, il envoya un employé s'enquérir du bonhomme : comment allait-il, en quoi pouvait-on lui être utile ? Quand il apprit qu'Akaki Akakiévitch avait succombé à un brusque accès de fièvre chaude, cette nouvelle stupéfiante éveilla en lui des remords et le mit pour toute la journée de fort mauvaise humeur.

Éprouvant le besoin de se distraire, de secouer cette pénible impression, il se rendit chez l'un de ses amis qui donnait une soirée. Il trouva là une compagnie fort agréable, presque entièrement composée de personnes du même rang que lui. Rien donc ne pouvait le gêner et cette circonstance eut une action fort heureuse sur son état d'esprit : il s'épanouit, se montra brillant, bref passa une excellente soirée. Au souper, il sabla une ou deux flûtes de champagne, boisson, comme on le sait, plutôt propice à dissiper les humeurs noires. Le champagne lui inspira le désir de quelque extra ; au lieu de rentrer tout droit chez lui, il résolut donc de rendre visite à une certaine Caroline Ivanovna, dame d'origine allemande, je crois, pour laquelle il professait des sentiments tout à fait amicaux. Il faut dire que le personnage considérable, bon mari et non moins bon père de famille, était d'âge respectable.

Deux fils, dont l'un avait déjà pris du service et une charmante fille de seize ans au nez un peu retroussé, mais charmant quand même, venaient tous les matins lui baiser la main en disant : « Bonjour papa. » Sa femme encore fraîche et point mal du tout de sa personne lui baisait également la main ; mais au préalable il avait baisé la sienne. Bien que ces plaisirs familiaux lui donnassent pleine satisfaction, le personnage important jugeait cependant convenable d'entretenir dans un autre quartier de la ville des rapports fort cordiaux avec une aimable amie, laquelle n'était d'ailleurs ni plus jeune ni plus jolie que sa femme. C'est là une de ces énigmes fréquentes en ce bas monde et qu'il ne nous appartient point d'expliquer.

Le personnage important descendit donc l'escalier, prit place dans son traîneau et dit au cocher : « Chez Caroline Ivanovna ! » Bien emmitouflé dans sa confortable pelisse, il s'abandonnait à ce délicieux état d'âme, le plus désirable qui soit pour un Russe, au cours duquel des pensées infiniment agréables viennent d'elles-mêmes vous visiter sans que vous ayez besoin de les poursuivre. Il se remémorait tous les épisodes de la soirée, toutes les plaisanteries qui avaient tant égayé le petit cercle d'amis ; il répétait même à mi-voix certains bons mots, leur trouvait toujours autant de sel et constatait qu'il avait eu pleinement raison d'y prendre un plaisir extrême. De temps à autre cependant, de cinglantes rafales interrompaient cette douce quiétude.

Accourues Dieu sait d'où et dans quel dessein, elles lui envoyaient au visage des paquets de neige, houspillaient comme elles l'eussent fait d'un voile la pèlerine de son manteau ou la lui rejetaient rageusement sur la tête, ce qui l'obligeait à d'éternels efforts pour se dégager. Soudain, le personnage considérable sentit qu'une main vigoureuse le saisissait au collet. Il tourna la tête et aperçut un homme de petite taille, vêtu d'un vieil uniforme élimé, dans lequel il reconnut non sans effroi Akaki Akakiévitch ; sa face d'une blancheur de neige avait une expression cadavérique. L'effroi du personnage important dépassa toutes limites quand le mort entrouvrit la bouche dans un rictus et, lui soufflant au visage une odeur sépulcrale, prononça ces paroles : « Ah ! Ah ! te voilà, je puis enfin te prendre au collet ! C'est ton manteau qu'il me faut. Tu n'as pas voulu, n'est-ce pas, faire rechercher le mien, tu m'as même savonné la tête ! Eh bien, maintenant, n'est-ce pas, donne-moi le tien. » Le malheureux personnage important faillit trépasser de frayeur. D'ordinaire il se montrait très ferme… envers ses subordonnés et tous ses inférieurs en général ; son aspect martial faisait dire à tout le monde : « Oh, oh, quel caractère ! »

Mais cette nuit-là, semblable en ceci à nombre de gens bâtis en hercules, il céda à une si furieuse épouvante que, non sans raison, il y vit le prélude d'une grave maladie. Il jeta lui-même son manteau loin de lui et cria au cocher d'une voix éperdue : « À la maison !… Au galop !… » À ces mots prononcés sur un ton qu'on n'emploie qu'aux instants décisifs et qu'accompagnent bien souvent des gestes encore plus décisifs, le cocher crut bon, pour plus de sûreté, de rentrer sa tête dans ses épaules ; puis, à grands coups de fouet, il lança son cheval à fond de train. Quelque six minutes plus tard, l'important personnage se retrouvait chez lui, et non point chez Caroline Ivanovna. Sans manteau, livide, effaré, il se traîna jusqu'à sa chambre, où il passa une nuit fort agitée, si bien que le lendemain, pendant le petit déjeuner, sa fille lui dit de sa voix ingénue : « Comme tu es pâle, aujourd'hui, papa ! » Mais papa ne répondit rien. Il n'eut garde de raconter à personne ni où il était allé, ni où il avait eu la tentation d'aller, ni encore moins ce qui lui était advenu en chemin. Cet événement lui fit une impression si forte qu'il renonça désormais aux fameuses expressions : « Où prenez-vous cette arrogance ? Comprenez-vous devant qui vous êtes ? » Du moins ne les proférait-il plus avant d'avoir compris de quoi il retournait. Chose encore plus remarquable, à partir de cette nuit-là les apparitions de l'employé-fantôme cessèrent complètement : la pelisse de Son Excellence avait sans doute comblé ses vœux.

En tout cas, on n'entendit plus parler de manteaux volés. Toutefois, les esprits défiants ne se tranquillisèrent pas pour autant ; ils prétendirent même que le revenant se montrait encore dans certains quartiers éloignés. De fait, dans celui de Kolomna, un factionnaire le vit de ses propres yeux apparaître à un coin de rue. Par malheur, cet homme était de constitution débile ; une fois même un petit cochon de lait l'avait, en s'échappant d'une cour, bel et bien renversé, aux grands éclats de rire de quelques cochers de fiacre, qu'il punit ensuite de cette insolence en les rançonnant chacun d'un liard pour s'acheter du tabac.

En raison donc de sa constitution débile, le garde n'osa point arrêter le fantôme ; il se contenta de le suivre dans l'obscurité. Bientôt le spectre s'arrêta et fit une brusque volte-face. « Que veux-tu ? » demanda-t-il en lui montrant un poing dont on eût difficilement trouvé le pareil même chez les vivants. « Rien du tout ! » répondit le garde, qui s'empressa de faire demi-tour. Le fantôme était cette fois de taille beaucoup plus haute et pourvu d'énormes moustaches. Il paraissait vouloir gagner le pont Oboukhov et disparut bientôt complètement dans les ténèbres nocturnes…

Annotations

[1] Gogol a toujours une prédilection pour les prénoms rares. Tous les saints cités ici figurent d'ailleurs au Dictionnaire d'Hagiographie de Dom Baudot (Note du traducteur.)

[2] Jusqu'alors, on l'appelait par son prénom, que Gogol n'indique d'ailleurs pas ; il porte maintenant son nom patronymique, ce qui implique un certain respect affectueux ou condescendant ; mais il n'a pas encore droit à la double appellation (Note du traducteur.)

[3] Les femmes du peuple portaient le fichu, les petites bourgeoises le bonnet (Note du traducteur.)

[4] Royale : barbiche. (Note du correcteur.)

Couverture d'Igor Grabar pour une édition des années 1890

Le portrait

Partie 1

Nulle boutique du Marché Chtchoukine n'attirait tant la foule que celle du marchand de tableaux. Elle offrait à vrai dire aux regards le plus amusant, le plus hétéroclite des bric-à-brac. Dans des cadres dorés et voyants s'étalaient des tableaux peints pour la plupart à l'huile et recouverts d'une couche de vernis vert foncé. Un hiver aux arbres de céruse ; un ciel embrasé par le rouge vif d'un crépuscule qu'on pouvait prendre pour un incendie ; un paysan flamand qui, avec sa pipe et son bras désarticulé, rappelait moins un être humain qu'un dindon en manchettes ; tels en étaient les sujets courants.

Ajoutez à cela quelques portraits gravés : celui de Khozrev-Mirza en bonnet d'astrakan ; ceux de je ne sais quels généraux, le tricorne en bataille et le nez de guingois. En outre, comme il est de règle en pareil lieu, la devanture était tout entière tapissée de ces grossières estampes, imprimées au diable, mais qui pourtant témoignent des dons naturels du peuple russe. Sur l'une se pavane la princesse Milikitrisse Kirbitievna[1] ; sur une autre s'étale la ville de Jérusalem, dont un pinceau sans vergogne a enluminé de vermillon les maisons, les églises, une bonne partie du sol et jusqu'aux mains emmouflées de deux paysans russes en prières.

Ces œuvres, que dédaignent les acheteurs, font les délices des badauds. On est toujours sûr de trouver, bâillant devant elles, tantôt un musard de valet rapportant de la gargote la cantine où repose le dîner de son maître, lequel ne risquera certes pas de se brûler en mangeant la soupe ; tantôt l'un de ces « chevaliers » du carreau des fripiers, militaires retraités qui gagnent leur vie en vendant des canifs ; tantôt quelque marchande ambulante du faubourg d'Okhta colportant un éventaire chargé de savates. Chacun s'extasie à sa façon : d'ordinaire les rustauds montrent les images du doigt ; les militaires les examinent avec des airs dignes ; les grooms et les apprentis s'esclaffent devant les caricatures, y trouvant prétexte à taquineries mutuelles ; les vieux domestiques en manteau de frise s'arrêtent là, histoire de flâner, et les jeunes marchandes s'y précipitent d'instinct, en braves femmes russes avides d'entendre ce que racontent les gens et de voir ce qu'ils sont en train de regarder. Cependant le jeune peintre Tchartkov, qui traversait la Galerie, s'arrêta lui aussi involontairement devant la boutique. Son vieux manteau, son costume plus que modeste décelaient le travailleur acharné pour qui l'élégance n'a point cet attrait fascinateur qu'elle exerce d'ordinaire sur les jeunes hommes. Il s'arrêta donc devant la boutique ; après s'être gaussé à part soi de ces grotesques enluminures, il en vint à se demander à qui elles pouvaient bien être utiles. « Que le peuple russe se complaise à reluquer Iérouslane Lazarévitch[2], l'Ivrogne et le Glouton, Thomas et Jérémie et autres sujets pleinement à sa portée, passe encore ! se disait-il. Mais qui diantre peut acheter ces abominables croûtes, paysanneries flamandes, paysages bariolés de rouge et de bleu, qui soulignent, hélas, le profond avilissement de cet art dont elles prétendent relever ? Si encore c'étaient là les essais d'un pinceau enfantin, autodidacte ! Quelque vive promesse trancherait sans doute sur le morne ensemble caricatural.

Mais on ne voit ici qu'hébétude, impuissance, et cette sénile incapacité qui prétend s'immiscer parmi les arts au lieu de prendre rang parmi les métiers les plus bas ; elle demeure fidèle à sa vocation en introduisant le métier dans l'art même. On reconnaît sur toutes ces toiles les couleurs, la facture, la main lourde d'un artisan, celle d'un grossier automate plutôt que d'un être humain. » Tout en rêvant devant ces barbouillages, Tchartkov avait fini par les oublier. Il ne s'apercevait même pas que depuis un bon moment le boutiquier, un petit bonhomme en manteau de frise dont la barbe datait du dimanche, discourait, bonimentait, fixait des prix sans s'inquiéter le moins du monde des goûts et des intentions de sa pratique. « C'est comme je vous le dis : vingt-cinq roubles pour ces gentils paysans et ce charmant petit paysage.

Quelle peinture, monsieur, elle vous crève l'œil tout simplement ! Je viens de les recevoir de la salle des ventes… Ou encore cet Hiver, prenez-le pour quinze roubles ! Le cadre à lui seul vaut davantage. » Ici le vendeur donna une légère chiquenaude à la toile pour montrer sans doute toute la valeur de cet Hiver. « Faut-il les attacher ensemble et les faire porter derrière vous ? Où habitez-vous ? Eh, là-bas, l'apprenti ! apporte une ficelle ! – Un instant, mon brave, pas si vite ! » dit le peintre revenu à lui, en voyant que le madré compère ficelait déjà les tableaux pour de bon. Et comme il éprouvait quelque gêne à s'en aller les mains vides, après s'être si longtemps attardé dans la boutique, il ajouta aussitôt : « Attendez, je vais voir si je trouve là-dedans quelque chose à ma convenance. » Il se baissa pour tirer d'un énorme tas empilé par terre de vieilles peintures poussiéreuses et ternies qui ne jouissaient évidemment d'aucune considération.

Il y avait là d'anciens portraits de famille, dont on n'aurait sans doute jamais pu retrouver les descendants ; des tableaux dont la toile crevée ne permettait plus de reconnaître le sujet ; des cadres dédorés ; bref un ramassis d'antiquailles. Notre peintre ne les examinait pas moins en conscience. « Peut-être, se disait-il, dénicherai-je là quelque chose. » Il avait plus d'une fois entendu parler de trouvailles surprenantes, de chefs-d'œuvre découverts parmi le fatras des regrattiers. En voyant où il fourrait le nez, le marchand cessa de l'importuner et, retrouvant son importance, reprit près de la porte sa faction habituelle. Il invitait, du geste et de la voix, les passants à pénétrer dans sa boutique. « Par ici, s'il vous plaît, monsieur. Entrez, entrez. Voyez les beaux tableaux, tout frais reçus de la salle des ventes. »

Quand il fut las de s'époumoner, le plus souvent en vain, et qu'il eut bavardé tout son saoul avec le fripier d'en face, posté lui aussi sur le seuil de son antre, il se rappela soudain le client oublié à l'intérieur de la boutique. « Eh bien, mon cher monsieur, lui demanda-t-il le rejoignant, avez-vous trouvé quelque chose ? » Depuis un bon moment, le peintre était planté devant un tableau dont l'énorme cadre, jadis magnifique, ne laissait plus apercevoir que des lambeaux de dorure. C'était le portrait d'un vieillard drapé dans un ample costume asiatique ; la fauve ardeur du midi consumait ce visage bronzé, parcheminé, aux pommettes saillantes, et dont les traits semblaient avoir été saisis dans un moment d'agitation convulsive. Si poussiéreuse, si endommagée que fût cette toile, Tchartkov, quand il l'eut légèrement nettoyée, y reconnut la main d'un maître. Bien qu'elle parût inachevée, la puissance du pinceau s'y révélait stupéfiante, notamment dans les yeux, des yeux extraordinaires auxquels l'artiste avait sans doute accordé tous ses soins. Ces yeux-là étaient vraiment doués de « regard », d'un regard qui surgissait du fond du tableau et dont l'étrange vivacité semblait même en détruire l'harmonie. Quand Tchartkov approcha le portrait de la porte, le regard se fit encore plus intense, et la foule elle-même en fut comme fascinée. « Il regarde, il regarde ! » s'écria une femme en reculant.

Cédant à un indéfinissable malaise, Tchartkov posa le tableau par terre. « Alors, vous le prenez ? s'enquit le marchand.

– Combien ? demanda le peintre.

– Oh, pas cher ! Soixante-quinze kopeks.

– Non.

– Combien en donnez-vous ?

– Vingt kopeks, dit le peintre, prêt à s'en aller.

– Vingt kopeks ! Vous voulez rire ! Le cadre vaut davantage. Vous avez sans doute l'intention de ne l'acheter que demain… Monsieur, monsieur, revenez : ajoutez au moins dix kopeks… Non ? Eh bien, prenez-le pour vingt kopeks… Vrai, c'est seulement pour que vous m'étrenniez. Vous avez de la chance d'être mon premier acheteur. »

Et il eut un geste qui signifiait : « Allons, tant pis, voilà un tableau de perdu ! » Par pur hasard, Tchartkov se trouva donc avoir fait l'emplette du vieux portrait. « Ah ça, songea-t-il, pourquoi diantre l'ai-je acheté ? Qu'en ai-je besoin ? » Mais force lui fut de s'exécuter. Il sortit de sa poche une pièce de vingt kopeks, la tendit au marchand et emporta le tableau sous son bras. Chemin faisant, il se souvint, non sans dépit, que cette pièce était la dernière qu'il possédât. Une vague amertume l'envahit : « Dieu, que le monde est mal fait ! » se dit-il avec la conviction d'un Russe dont les affaires ne sont guère brillantes. Insensible à tout, il marchait à grands pas machinaux. Le crépuscule couvrait encore la moitié du ciel, caressant d'un tiède reflet les édifices tournés vers le couchant. Mais déjà la lune épandait son rayonnement froid et bleuâtre ; déjà les maisons, les passants, projetaient sur le sol des ombres légères, quasi transparentes.

Peu à peu le ciel, qu'illuminait une clarté douteuse, diaphane et fragile, retint l'œil du peintre, cependant que sa bouche laissait échapper presque simultanément des exclamations dans le genre de « Quels tons délicats ! » ou « Zut, quelle bougre de sottise ! » Puis il hâtait le pas en remontant le portrait qui glissait sans cesse de dessous son aisselle. Harassé, essoufflé, tout en nage, il regagna enfin ses pénates sises dans la « Quinzième Ligne », tout au bout de l'île Basile[3]. Il grimpa péniblement l'escalier où, parmi des flots d'eaux ménagères, chiens et chats avaient laissé force souvenirs. Il heurta à la porte : comme personne ne répondait, il s'appuya à la fenêtre et attendit patiemment que retentissent derrière lui les pas d'un gars en chemise bleue, l'homme à tout faire qui lui servait de modèle, broyait ses couleurs et balayait à l'occasion le plancher, que ses bottes resalissaient aussitôt.

Quand son maître était absent, ce personnage, qui avait nom Nikita, passait dans la rue le plus clair de son temps ; l'obscurité l'empêcha un bon moment d'introduire la clef dans le trou de la serrure ; mais enfin il y parvint ; alors Tchartkov put mettre le pied dans son antichambre, où sévissait un froid intense, comme chez tous les peintres, qui d'ailleurs ne prennent nulle garde à cet inconvénient.

Sans tendre son manteau à Nikita, il pénétra dans son atelier, vaste pièce carrée mais basse de plafond, aux vitres gelées, encombrée de tout un bric-à-brac artistique : fragments de bras en plâtre, toiles encadrées, esquisses abandonnées, draperies suspendues aux chaises. Très las, il rejeta son manteau, posa distraitement le portrait entre deux petites toiles et se laissa choir sur un étroit divan dont on n'aurait pu dire qu'il était tendu de cuir, la rangée de clous qui fixait ledit cuir s'en étant depuis longtemps séparée ; aussi Nikita pouvait-il maintenant fourrer dessous les bas noirs, les chemises, tout le linge sale de son maître. Quand il se fut étendu, autant qu'il était possible de s'étendre, sur cet étroit divan, Tchartkov demanda une bougie. « Il n'y en a pas, dit Nikita.

— Comment cela ?

— Mais hier déjà il n'y en avait plus. » Le peintre se rappela qu'en effet « hier déjà » il n'y en avait plus. Il jugea bon de se taire, se laissa dévêtir, puis endossa sa vieille robe de chambre, laquelle était usée et même plus qu'usée. « Faut vous dire que le propriétaire est venu, déclara soudain Nikita.

– Réclamer son argent, bien sûr ? s'enquit Tchartkov avec un geste d'impatience.

– Oui, mais il n'est pas venu seul.

– Et avec qui donc ?

– Je ne sais pas au juste…, comme qui dirait avec un commissaire. – Un commissaire ? Pour quoi faire ?

– Je ne sais pas au juste… Paraît que c'est par rapport au terme. – Qu'est-ce qu'il peut bien me vouloir ?

– Je ne sais pas au juste… « S'il ne peut pas payer, qu'il a dit, alors faudra qu'il décampe ! » Ils vont revenir demain tous les deux.

– Eh bien, qu'ils reviennent ! » dit Tchartkov avec une sombre indifférence. Et il s'abandonna sans rémission à ses idées noires. Le jeune Tchartkov était un garçon bien doué et qui promettait beaucoup. Son pinceau connaissait de brusques accès de vigueur, de naturel, d'observation réfléchie. « Écoute, mon petit, lui disait souvent son maître ; tu as du talent, ce serait péché que de l'étouffer ; par malheur, tu manques de patience : dès qu'une chose t'attire, tu te jettes dessus sans te soucier du reste.

Attention, ne va pas devenir un peintre à la mode : tes couleurs sont déjà un peu criardes, ton dessin pas assez ferme, tes lignes trop floues ; tu recherches les effets faciles, les brusques éclairages à la moderne. Prends garde de tomber dans le genre anglais. Le monde te séduit, j'en ai peur ; je te vois parfois un foulard élégant au cou, un chapeau bien lustré… C'est tentant, à coup sûr, de peindre des images à la mode et de petits portraits bien payés ; mais, crois-moi, cela tue un talent au lieu de le développer. Patiente ; mûris longuement chacune de tes œuvres ; laisse les autres ramasser l'argent ; ce qui est en toi ne te quittera point. » Le maître n'avait qu'en partie raison.

Certes notre peintre éprouvait parfois le désir de mener joyeuse vie, de s'habiller avec élégance, en un mot d'être jeune, mais il parvenait presque toujours à se dominer. Bien souvent, une fois le pinceau en main, il oubliait tout et ne le quittait que comme un songe exquis, brusquement interrompu. Son goût se formait de plus en plus. S'il ne comprenait pas encore toute la profondeur de Raphaël, il se laissait séduire par la touche large et rapide du Guide, il s'arrêtait devant les portraits du Titien, il admirait fort les Flamands. Les chefs-d'œuvre anciens ne lui avaient point encore livré tout leur secret ; il commençait pourtant à soulever les voiles derrière lesquels ils se dérobent aux profanes, encore qu'en son for intérieur il ne partageât point pleinement l'opinion de son professeur, pour qui les vieux maîtres planaient à des hauteurs inaccessibles.

Il lui semblait même que, sous certains rapports, le XIXème siècle les avait sensiblement dépassés, que l'imitation de la nature était devenue plus précise, plus vivante, plus rigoureuse ; bref, il pensait sur ce point en jeune homme dont les efforts ont déjà été couronnés de quelque succès et qui éprouve de ce chef une légitime fierté. Parfois il s'irritait de voir un peintre de passage, français ou allemand, et qui peut-être n'était même pas artiste par vocation, en imposer par des procédés routiniers, le brio du pinceau, l'éclat de la couleur, et amasser une vraie fortune en moins de rien.

Ces pensées ne l'assaillaient pas les jours où, plongé dans son travail, il en oubliait le boire, le manger, tout l'univers ; elles fondaient sur lui aux heures d'affreuse gêne, où il n'avait pas de quoi acheter ni pinceaux ni couleurs, où l'importun propriétaire le relançait du matin au soir. Alors son imagination d'affamé lui dépeignait comme fort digne d'envie le sort du peintre riche, et l'idée bien russe lui venait de tout planter là pour noyer son chagrin dans l'ivresse et la débauche. Il traversait précisément une de ces mauvaises passes. « Patiente ! Patiente ! grommelait-il. La patience ne peut pourtant pas être éternelle. C'est très joli de patienter, mais encore faut-il que je mange demain ! Qui me prêtera de l'argent ? personne. Et si j'allais vendre mes tableaux, mes dessins, on ne me donnerait pas vingt kopeks du tout ! Ces études m'ont été utiles, je le sens bien ; aucune n'a été entreprise en vain ; chacune d'elles m'a appris quelque chose. Mais à quoi bon tous ces essais sans fin ? Qui les achètera sans connaître mon nom ? Et d'ailleurs qui pourrait bien s'intéresser à des dessins d'après l'antique ou le modèle, ou encore à ma Psyché inachevée, à la perspective de ma chambre, au portrait de mon Nikita, encore que franchement il vaille mieux que ceux de n'importe quel peintre à la mode ?...

En vérité, pourquoi suis-je là à tirer le diable par la queue, à suer sang et eau sur l'a b c de mon art, quand je pourrais briller aussi bien que les autres et faire fortune tout comme eux ? » Comme il disait ces mots, Tchartkov pâlit soudain et se prit à trembler : un visage convulsé, qui paraissait sortir d'une toile déposée devant lui, fixait sur lui deux yeux prêts à le dévorer, tandis que le pli impérieux de la bouche commandait le silence. Dans son effroi, il voulut crier, appeler Nikita, qui déjà emplissait l'antichambre de ses ronflements épiques, mais le cri mourut sur ses lèvres, cédant la place à un sonore éclat de rire : il venait de reconnaître le fameux portrait, auquel il ne songeait déjà plus, et que le clair de lune, qui baignait la pièce, animait d'une vie étrange.

Il s'empara aussitôt de la toile, l'examina, enleva à l'aide d'une éponge presque toute la poussière et la saleté qui s'y étaient accumulées ; puis, quand il l'eut suspendue au mur, il en admira encore davantage l'extraordinaire puissance. Tout le visage vivait maintenant et posait sur lui un regard qui le fit bientôt tressaillir, reculer, balbutier : « Il regarde, il regarde avec des yeux humains ! » Une histoire que lui avait jadis contée son professeur lui revint à la mémoire. L'illustre Léonard de Vinci avait peiné, dit-on, plusieurs années sur un portrait qu'il considéra toujours comme inachevé ; cependant, à en croire Vasari, tout le monde le tenait pour l'œuvre la mieux réussie, la plus parfaite qui fût ; les contemporains admiraient surtout les yeux, où le grand artiste avait su rendre jusqu'aux plus imperceptibles veinules.

Dans le cas présent, il ne s'agissait point d'un tour d'adresse, mais d'un phénomène étrange et qui nuisait même à l'harmonie du tableau : le peintre semblait avoir encastré dans sa toile des yeux arrachés à un être humain. Au lieu de la noble jouissance qui exalte l'âme à la vue d'une belle œuvre d'art, si repoussant qu'en soit le sujet, on éprouvait devant celle-ci une pénible impression. « Qu'est-ce à dire ? se demandait involontairement Tchartkov. J'ai pourtant devant moi la nature, la nature vivante. Son imitation servile est-elle donc un crime, résonne-t-elle comme un cri discordant ? Ou peut-être, si l'on se montre indifférent, insensible envers son sujet, le rend-on nécessairement dans sa seule et odieuse réalité, sans que l'illumine la clarté de cette pensée impossible à saisir mais qui n'en est pas moins latente au fond de tout ; et il apparaît alors sous cet aspect qui se présente à quiconque, avide de comprendre la beauté d'un être humain, s'arme du bistouri pour le disséquer et ne découvre qu'un spectacle hideux ? Pourquoi, chez tel peintre, la simple, la vile nature s'auréole-t-elle de clarté, pourquoi vous procure-t-elle une jouissance exquise, comme si tout autour de vous coulait et se mouvait suivant un rythme plus égal, plus paisible ? Pourquoi, chez tel autre, qui lui a été tout aussi fidèle, cette même nature semble-t-elle abjecte et sordide ? La faute en est au manque de lumière.

Le plus merveilleux paysage paraît lui aussi incomplet quand le soleil ne l'illumine point. » Tchartkov s'approcha encore une fois du portrait pour examiner ces yeux extraordinaires et s'aperçut non sans effroi qu'ils le regardaient. Ce n'était plus là une copie de la nature, mais bien la vie étrange dont aurait pu s'animer le visage d'un cadavre sorti du tombeau. Était-ce un effet de la clarté lunaire, cette messagère du délire qui donne à toutes choses un aspect irréel ? Je ne sais, mais il éprouva un malaise soudain à se trouver seul dans la pièce. Il s'éloigna lentement du portrait, se détourna, s'efforça de ne plus le regarder, mais, malgré qu'il en eût, son œil, impuissant à s'en détacher, louchait sans cesse de ce côté. Finalement, il eut même peur d'arpenter ainsi la pièce : il croyait toujours que quelqu'un allait se mettre à le suivre, et se retournait craintivement.

Sans être peureux, il avait les nerfs et l'imagination fort sensibles, et ce soir-là il ne pouvait s'expliquer sa frayeur instinctive. Il s'assit dans un coin, et là encore il eut l'impression qu'un inconnu allait se pencher sur son épaule et le dévisager. Les ronflements de Nikita, qui lui arrivaient de l'antichambre, ne dissipaient point sa terreur. Il quitta craintivement sa place, sans lever les yeux, se dirigea vers son lit et se coucha. À travers les fentes du paravent, il pouvait voir sa chambre éclairée par la lune, ainsi que le portrait accroché bien droit au mur et dont les yeux, toujours fixés sur lui avec une expression de plus en plus effrayante, semblaient décidément ne vouloir regarder rien d'autre que lui. Haletant d'angoisse, il se leva, saisit un drap et, s'approchant du portrait, l'en recouvrit tout entier. Quelque peu tranquillisé, il se recoucha et se prit à songer à la pauvreté, au destin misérable des peintres, au chemin semé d'épines qu'ils doivent parcourir sur cette terre ; cependant, à travers une fente du paravent, le portrait attirait toujours invinciblement son regard. Le rayonnement de la lune avivait la blancheur du drap, à travers lequel les terribles yeux semblaient maintenant transparaître.

Tchartkov écarquilla les siens, comme pour bien se convaincre qu'il ne rêvait point. Mais non, … il voit pour de bon, il voit nettement : le drap a disparu et, dédaignant tout ce qui l'entoure, le portrait entièrement découvert regarde droit vers lui, plonge, oui, c'est le mot exact, plonge au tréfonds de son âme… Son cœur se glaça. Et soudain il vit le vieillard remuer, s'appuyer des deux mains au cadre, sortir les deux jambes, sauter dans la pièce. La fente ne laissait plus entrevoir que le cadre vide. Un bruit de pas retentit, se rapprocha. Le cœur du pauvre peintre battit violemment. La respiration coupée par l'effroi, il s'attendait à voir le vieillard surgir auprès de lui. Il surgit bientôt en effet, roulant ses grands yeux dans son impassible visage de bronze. Tchartkov voulut crier : il n'avait plus de voix ; il voulut remuer : ses membres ne remuaient point. La bouche bée, le souffle court, il contemplait l'étrange fantôme dont la haute stature se drapait dans son bizarre costume asiatique. Qu'allait-il entreprendre ? Le vieillard s'assit presque à ses pieds et tira un objet dissimulé sous les plis de son ample vêtement. C'était un sac. Il le dénoua, le saisit par les deux bouts, le secoua : de lourds rouleaux, pareils à de minces colonnettes, en tombèrent avec un bruit sourd ; chacun d'eux était enveloppé d'un papier bleu et portait l'inscription : « 1 000 ducats. » Le vieil homme dégagea de ses larges manches ses longues mains osseuses et se mit à défaire les rouleaux.

Des pièces d'or brillèrent. Surmontant son indicible terreur, Tchartkov, immobile, couvait des yeux cet or, le regardait couler avec un tintement frêle entre les mains décharnées, étinceler, disparaître. Tout à coup, il s'aperçut qu'un des rouleaux avait glissé jusqu'au pied même du lit, près de son chevet. Il s'en empara presque convulsivement et, aussitôt, effrayé de son audace, jeta un coup d'œil craintif du côté du vieillard. Mais celui-ci semblait très occupé : il avait ramassé tous ses rouleaux et les remettait dans le sac ; puis, sans même lui accorder un regard, il s'en alla de l'autre côté du paravent. Tout en prêtant l'oreille au bruit des pas qui s'éloignaient, Tchartkov sentait son cœur battre à coups précipités. Il serrait le rouleau d'une main crispée et tremblait de tout le corps à la pensée de le perdre. Soudain les pas se rapprochèrent : le vieillard s'était sans doute aperçu qu'un rouleau manquait. Et de nouveau le terrible regard transperça le paravent, se posa sur lui. Le peintre serra le rouleau avec toute la force du désespoir ; il fit un suprême effort pour bouger, poussa un cri et… se réveilla. Une sueur froide l'inondait ; son cœur battait à se rompre ; de sa poitrine oppressée, son dernier souffle semblait prêt à s'envoler. « C'était donc un songe ? » se dit-il en se prenant la tête à deux mains. Pourtant l'effroyable apparition avait eu tout le relief de la réalité. Maintenant encore qu'il ne dormait plus, ne voyait-il pas le vieillard rentrer dans le cadre, n'apercevait-il pas un pan de l'ample costume, tandis que sa main gardait la sensation du poids qu'elle avait tenu quelques instants plus tôt ? La lune se jouait toujours à travers la pièce, arrachant à l'ombre ici une toile, là une main de plâtre, ailleurs une draperie abandonnée, sur une chaise un pantalon, des bottes non cirées.

À cet instant seulement Tchartkov s'aperçut qu'il était non plus couché dans son lit, mais bien planté juste devant le tableau. Il n'arrivait pas à comprendre ni comment il se trouvait là, ni surtout pourquoi le portrait s'offrait à lui entièrement découvert : le drap avait disparu. Il contemplait avec une terreur figée ces yeux vivants, ces yeux humains qui le fixaient. Une sueur froide inonda son visage ; il voulait s'éloigner, mais ses pieds semblaient rivés au sol. Et il vit, – non, ce n'était pas un songe, – il vit les traits du vieillard bouger, ses lèvres s'allonger vers lui comme si elles voulaient l'aspirer… Il bondit en arrière en jetant une clameur d'épouvante, et brusquement… se réveilla. « Comment, c'était encore un rêve ! » Le cœur battant à se rompre, il reconnut à tâtons qu'il reposait toujours dans son lit, dans la position même où il s'était endormi. !

À travers la fente du paravent, qui s'étendait toujours devant lui, le clair de lune lui permettait d'apercevoir le portrait, toujours soigneusement enveloppé du drap. Ainsi donc il avait de nouveau rêvé. Pourtant sa main crispée semblait encore tenir quelque chose. Son oppression, ses battements de cœur devenaient insupportables. Par-delà la fente, il couva le drap du regard. Soudain il le vit nettement s'entrouvrir, comme si des mains s'efforçaient par-derrière de le rejeter. « Que se passe-t-il, mon Dieu ? » s'écria-t-il en se signant désespérément… et il se réveilla. Cela aussi n'était qu'un rêve ! Cette fois il sauta du lit, à moitié fou, incapable de s'expliquer l'aventure : était-ce un cauchemar, le délire, une vision ? Pour calmer quelque peu son émoi et les pulsations désordonnées de ses artères, il s'approcha de la fenêtre, ouvrit le vasistas. Une brise embaumée le ranima. Le clair de lune baignait toujours les toits et les blanches murailles des maisons ; mais déjà de petits nuages couraient, de plus en plus nombreux, sur le ciel. Tout était calme ; de temps en temps montait d'une ruelle invisible le cahotement lointain d'un fiacre, dont le cocher somnolait sans doute au bercement de sa rosse paresseuse, dans l'attente de quelque client attardé. Tchartkov resta longtemps à regarder, la tête hors du vasistas.

Les signes précurseurs de l'aurore se montraient déjà au firmament lorsqu'il sentit le sommeil le gagner ; il ferma le vasistas, regagna son lit, s'y allongea et s'endormit, cette fois, profondément. Il s'éveilla très tard, la tête lourde, en proie à ce malaise que l'on éprouve dans une chambre enfumée. Un jour blafard, une désagréable humidité s'insinuaient dans l'atelier à travers les fentes des fenêtres, que bouchaient des tableaux et des toiles préparées. Sombre et maussade comme un coq trempé, Tchartkov s'assit sur son divan en lambeaux ; il ne savait trop qu'entreprendre, quand, soudain, tout son rêve lui revint en mémoire ; et son imagination le fit revivre avec une intensité si poignante qu'il finit par se demander s'il n'avait point réellement vu le fantôme. Arrachant aussitôt le drap, il examina le portrait à la lumière du jour.

Si les yeux surprenaient toujours par leur vie extraordinaire, il n'y découvrait rien de particulièrement effrayant ; malgré tout, un sentiment pénible, inexplicable, demeurait au fond de son âme : il ne pouvait acquérir la certitude d'avoir vraiment rêvé. En tout cas, une étrange part de réalité avait dû se glisser dans ce rêve : le regard même et l'expression du vieillard semblaient confirmer sa visite nocturne ; la main du peintre éprouvait encore le poids d'un objet qu'on lui aurait arraché quelques instants plus tôt.

Que n'avait-il serré le rouleau plus fort ? sans doute l'aurait-il conservé dans sa main, même après son réveil. « Mon Dieu, que n'ai-je au moins une partie de cet argent ! » se dit-il en poussant un profond soupir. Il revoyait sortir du sac les rouleaux à l'inscription alléchante « 1 000 ducats » ; ils s'ouvraient, éparpillant leur or, puis se refermaient, disparaissaient, tandis que lui demeurait stupide, les yeux fixés dans le vide, incapable de s'arracher à ce spectacle, comme un enfant à qui l'eau vient à la bouche en voyant les autres se régaler d'un entremets défendu.

Un coup frappé à la porte le fit fâcheusement revenir à lui. Et son propriétaire entra, accompagné du commissaire de quartier, personnage dont l'apparition est, comme nul ne l'ignore, plus désagréable aux gens de peu que ne l'est aux gens riches la vue d'un solliciteur. Ledit propriétaire ressemblait à tous les propriétaires d'immeubles sis dans la quinzième ligne de l'île Basile, dans quelque coin du Vieux Pétersbourg ou tout au fond du faubourg de Kolomna ; c'était un de ces individus – fort nombreux dans notre bonne Russie dont le caractère serait aussi difficile à définir que la couleur d'une redingote usée. Aux temps lointains de sa jeunesse, il avait été capitaine dans l'armée et je ne sais trop quoi dans le civil ; grand brailleur, grand fustigeur, débrouillard et mirliflore ; au demeurant un sot.

Depuis qu'il avait vieilli, toutes ces particularités distinctives s'étaient fondues en un morne ensemble indécis. Veuf et retraité, il ne faisait plus ni le fendant ni le vantard, ni le casseur d'assiettes ; il n'aimait qu'à prendre le thé en débitant toutes sortes de fadaises ; il arpentait sa chambre, mouchait sa chandelle, s'en allait tous les trente du mois réclamer son argent à ses locataires, sortait dans la rue, sa clef à la main pour examiner son toit, chassait le portier de sa tanière toutes les fois que le pauvre diable s'y enfermait pour faire un somme ; bref c'était un homme à la retraite qui, après avoir jeté sa gourme et passablement roulé sa bosse, ne gardait plus que de mesquines habitudes. « Rendez-vous compte vous-même, Baruch Kouzmitch, dit le propriétaire en écartant les bras : il ne paye pas son terme, il ne le paye pas !

– Que voulez-vous que j'y fasse ? Je n'ai pas d'argent pour le moment. Patientez quelque peu. » Le propriétaire jeta les hauts cris. « Patienter ! Impossible, mon ami. Savez-vous qui j'ai pour locataires, monsieur ? Le lieutenant-colonel Potogonkine, monsieur, et depuis sept ans, s'il vous plaît ! Mme Anna Pétrovna Boukhmistérov, une personne qui a trois domestiques, monsieur, et à qui je loue encore ma remise ainsi qu'une écurie à deux boxes.

Chez moi, voyez-vous, on paye son terme, je vous le dis tout franc. Veuillez donc vous exécuter sur-le-champ et de plus quitter ma maison sans retard.

– Oui, évidemment, puisque vous avez loué, vous devez payer la somme convenue, dit le commissaire avec un léger hochement de tête, un doigt planté derrière un bouton de son uniforme.

– Où voulez-vous que je la prenne ? Je n'ai pas le sou.

– Dans ce cas, veuillez donner satisfaction à Ivan Ivanovitch par des travaux de votre profession. Il acceptera peut-être d'être payé en tableaux ?

– En tableaux ? Merci bien, mon cher ! Encore si c'étaient des peintures à sujets nobles, qu'on pourrait pendre au mur : un général et ses crachats, le prince Koutouzov, ou quelque chose de ce genre !

Mais non, monsieur ne peint que des croquants : tenez, voilà le portrait du gaillard qui lui broie ses couleurs. À-t-on idée de prendre pour modèle un saligaud pareil ! Celui-là, la main me démange de lui flanquer une volée : il m'a enlevé tous les clous des targettes, le bandit !... Regardez-moi ces sujets !... Tenez, voilà sa chambre : si encore il la représentait propre et bien soignée ; mais non, il la peint avec toutes les saletés qui traînent dedans. Voyez un peu comme il m'a souillé cette pièce ; regardez, regardez vous-même... Moi chez qui des gens comme il faut passent des sept ans entiers : un lieutenant-colonel, Mme Boukhmistérov... Non, décidément, il n'y a pas de pire locataire qu'un artiste : ça vit comme un pourceau ! Dieu nous préserve de mener jamais pareille existence ! » Le pauvre peintre devait patiemment écouter tout ce fatras.

Cependant le commissaire reluquait études et tableaux ; il montra bientôt que son âme, plus vivante que celle du propriétaire, était même accessible aux impressions artistiques. « Hé, hé, fit-il, en désignant du doigt une toile sur laquelle était peinte une femme nue, voilà un sujet plutôt… folâtre…

Et ce bonhomme-là, pourquoi a-t-il une tache noire sous le nez ? Il s'est peut-être sali avec du tabac ?

— C'est l'ombre, répondit sèchement Tchartkov sans tourner les yeux vers lui. — Vous auriez bien dû la transporter ailleurs ; sous le nez, ça se voit trop, dit le commissaire. Et celui-là, qui est-ce ? continua-t-il en s'approchant du fameux portrait. Il fait peur à voir. Avait-il l'air si terrible en réalité ?… Ah mais, il nous regarde, tout simplement. Quel croquemitaine ! Qui vous a donc servi de modèle ?

— Oh, c'est un… », voulut dire Tchartkov, mais un craquement lui coupa la parole. Le commissaire avait sans doute serré trop fort le cadre dans ses lourdes mains d'argousin ; les bordures cédèrent ; l'une tomba par terre et, en même temps qu'elle un rouleau enveloppé de papier bleu qui tinta lourdement. L'inscription « 1 000 ducats » sauta aux yeux de Tchartkov. Il se précipita comme un insensé sur le rouleau, le ramassa, le serra convulsivement dans sa main, abaissée par le poids de l'objet. « N'est-ce pas de l'argent qui a tinté ? » dit le commissaire. Il avait bien entendu tomber quelque chose sans que la promptitude de Tchartkov lui eût permis de voir ce que c'était au juste. « En quoi cela vous regarde-t-il ?

— En ceci, monsieur, que vous devez un terme à votre propriétaire et que, tout en ayant de l'argent, refusez de le payer. Compris ? — Bon, je le lui payerai dès aujourd'hui.

— Et pourquoi donc, s'il vous plaît, refusiez-vous de le faire ? Pourquoi lui occasionnez-vous du dérangement, à ce digne homme… et à la police par-dessus le marché ?

– Parce que je ne voulais pas toucher à cet argent. Mais je vous répète que je lui réglerai ma dette ce soir même ; et je quitterai dès demain sa maison, car je ne veux pas rester plus longtemps chez un pareil propriétaire. – Allons, Ivan Ivanovitch, il vous payera... Et s'il ne vous donne pas entière satisfaction, dès ce soir, alors... alors, monsieur l'artiste, vous aurez affaire à nous. » Sur ce, il se coiffa de son tricorne et gagna l'antichambre, suivi du propriétaire, qui baissait la tête et semblait rêveur. « Bon débarras, Dieu merci » s'exclama Tchartkov, quand il entendit la porte d'entrée se refermer.

Il jeta un coup d'œil dans l'antichambre, envoya Nikita en course pour être complètement seul, et, revenu dans son atelier, se mit, le cœur palpitant, à défaire son trésor. Le rouleau, semblable en tous points à ceux qu'il avait vus en rêve, contenait exactement mille ducats, flambant neufs et brûlants comme du feu. « N'est-ce point un songe ? » se demanda-t-il encore en contemplant, à demi-fou, ce flot d'or, qu'il palpait éperdument, sans pouvoir reprendre ses esprits.

Des histoires de trésors cachés, de cassettes à tiroirs secrets léguées par de prévoyants ancêtres à des arrière-neveux dont ils pressentaient la ruine, obsédaient en foule son imagination. Il en vint à se croire devant un cas de ce genre : sans doute quelque aïeul avait-il imaginé de laisser à son petit-fils ce cadeau, enclos dans le cadre d'un portrait de famille ? Emporté par un délire romanesque, il se demanda même s'il n'y avait pas là un rapport secret avec son propre destin : l'existence du portrait n'était-elle pas liée à la sienne, et son acquisition prédestinée ? Il examina très attentivement le cadre : une rainure avait été pratiquée sur l'un des côtés, puis recouverte d'une planchette, mais avec tant d'adresse et de façon si peu visible que, n'était la grosse patte du commissaire, les ducats y auraient reposé jusqu'à la consommation des siècles.

Sa vue s'étant, du cadre, reportée sur le tableau, il en admira une fois de plus la superbe facture, et, singulièrement, l'extraordinaire fini des yeux : il les regardait maintenant sans crainte, mais toujours avec un certain malaise. « Allons, se dit-il, de qui que tu sois l'aïeul, je te mettrai sous verre et, en échange de CECI, je te donnerai un beau cadre doré. » Ce disant, il laissa tomber sa main sur le tas d'or étalé devant lui ; son cœur précipita ses battements. « Qu'en faire ? se demandait-il en le couvant du regard. Voilà ma vie assurée pour trois ans au moins. J'ai de quoi acheter des couleurs, payer mon dîner, mon thé, mon entretien, mon logement. Je puis m'enfermer dans mon atelier et y travailler tranquillement ; nul ne viendra plus m'importuner. Je vais faire l'emplette d'un excellent mannequin, me commander un torse de plâtre et y modeler des jambes, cela me fera une Vénus, acheter enfin des gravures d'après les meilleurs tableaux. Si je travaille trois ans sans me dépêcher, sans songer à la vente, je les enfoncerai tous et pourrai devenir un bon peintre. » Voilà ce que lui dictait la raison, mais au fond de lui-même s'élevait une voix plus puissante. Et quand il eut jeté un nouveau regard sur le tas d'or, ses vingt-deux ans, son ardente jeunesse lui tinrent un bien autre langage. Tout ce qu'il avait contemplé jusqu'alors avec des yeux envieux, tout ce qu'il avait admiré de loin, l'eau à la bouche, se trouvait maintenant à sa portée. Ah, comme son cœur ardent se mit à battre dès que cette pensée lui vint ! S'habiller à la dernière mode, faire bombance après ces longs jours de jeûne, louer un bel appartement, aller tout de suite au théâtre, au café, au… Il avait déjà sauté sur son or et se trouvait dans la rue.

Il entra tout d'abord chez un tailleur et une fois vêtu de neuf des pieds à la tête, ne cessa plus de s'admirer comme un enfant. Il loua sans marchander le premier appartement qui se trouva libre sur la Perspective, un appartement magnifique avec de grands trumeaux et des vitres d'un seul carreau. Il acheta des parfums, des pommades, une lorgnette fort coûteuse dont il n'avait que faire et beaucoup plus de cravates qu'il n'en avait besoin. Il se fit friser par un coiffeur, parcourut deux fois la ville en landau sans la moindre nécessité, se bourra de bonbons dans une confiserie, et s'en alla dîner chez un traiteur français, sur lequel il avait jusqu'alors des notions aussi vagues que sur l'empereur de Chine.

Tout en dînant il se donnait de grands airs, regardait d'assez haut ses voisins, et réparait sans cesse le désordre de ses boucles en se mirant dans la glace qui lui faisait face. Il se commanda une bouteille de champagne, boisson qu'il ne connaissait que de réputation, et qui lui monta légèrement à la tête. Il se retrouva dans la rue de fort belle humeur et prit des allures de conquérant. Il déambula tout guilleret le long du trottoir en braquant sa lorgnette sur les passants. Il aperçut sur le pont son ancien maître et fila crânement devant lui, comme s'il ne l'avait pas vu : le bonhomme en demeura longtemps stupide, le visage transformé en point d'interrogation.

Le soir même, Tchartkov fit transporter son chevalet, ses toiles, ses tableaux, toutes ses affaires dans le superbe appartement. Après avoir disposé bien en vue ce qu'il avait de mieux et jeté le reste dans un coin, il se mit à arpenter les pièces en jetant de fréquentes œillades aux miroirs. Il sentait sourdre en lui le désir invincible de violenter la gloire et de faire voir à l'univers ce dont il était capable. Il croyait déjà entendre les cris : « Tchartkov ! Tchartkov ! Avez-vous vu le tableau de Tchartkov ? Quelle touche ferme et rapide ! Quel vigoureux talent ! » Une extase fébrile l'emportait Dieu sait où. Le matin venu, il prit une dizaine de ducats, et s'en alla demander une aide généreuse au directeur d'un journal en vogue. Le directeur le reçut cordialement, lui donna du « cher maître », lui pressa les deux mains, s'enquit par le menu de ses nom, prénoms et domicile. Et dès le lendemain, le journal publiait, à la suite d'une annonce vantant les qualités d'une nouvelle chandelle, un article intitulé : « L'extraordinaire talent de Tchartkov. »

« Hâtons-nous de complimenter les habitants éclairés de notre capitale : ils viennent de faire une acquisition qu'on nous permettra de qualifier de magnifique à tous les points de vue. Chacun se plaît à reconnaître qu'on trouve chez nous un grand nombre de charmants visages et d'heureuses physionomies ; mais nous ne possédions pas encore le moyen de les faire passer à la postérité par l'entremise miraculeuse du pinceau. Cette lacune est désormais comblée : un peintre est apparu qui réunit en lui toutes les qualités nécessaires. Dorénavant nos beautés seront sûres de se voir rendues dans toute leur grâce exquise, aérienne, enchanteresse, semblable à celle des papillons qui voltigent parmi les fleurs printanières. Le respectable père de famille se verra entouré de tous les siens. Le négociant comme le militaire, l'homme d'État comme le simple citoyen, chacun continuera sa carrière avec un zèle redoublé.

Hâtez-vous, hâtez-vous, entrez chez lui, au retour d'une promenade, d'une visite à un ami, à une cousine, à un beau magasin ; hâtez-vous d'y aller d'où que vous veniez. Vous verrez dans son magnifique atelier (Perspective Nevski, n°...) une multitude de portraits dignes des Van Dyck et des Titien. On ne sait trop qu'admirer davantage en eux : la vigueur de la touche, l'éclat de la palette ou la ressemblance avec l'original. Soyez loué, ô peintre, vous avez tiré un bon numéro à la loterie ! Bravo, André Pétrovitch ! (Le journaliste aimait évidemment la familiarité.) Travaillez à votre gloire et à la nôtre. Nous savons vous apprécier. L'affluence du public et la fortune (encore que certains de nos confrères s'élèvent contre elle) seront votre récompense. » Tchartkov lut et relut cette annonce avec un secret plaisir ; son visage rayonnait. Enfin la presse parlait de lui ! La comparaison avec Van Dyck et Titien le flatta énormément. L'exclamation « Bravo, André Pétrovitch ! » ne fut pas non plus pour lui déplaire : les journaux le nommaient familièrement par ses prénoms ; quel honneur insoupçonné !

Dans sa joie, il entreprit à travers l'atelier une promenade sans fin, en ébouriffant ses cheveux d'une main nerveuse ; tantôt il se laissait choir dans un fauteuil, puis bondissait et s'installait sur le canapé, essayant d'imaginer comment il allait recevoir les visiteurs et les visiteuses ; tantôt il s'approchait d'une toile, esquissant des gestes susceptibles de mettre en valeur tant le charme de sa main que la hardiesse de son pinceau. Le lendemain, on sonna à sa porte ; il courut ouvrir. Une dame entra, suivie d'une jeune personne de dix-huit ans, sa fille ; un valet en manteau de livrée doublé de fourrure les accompagnait. « Vous êtes bien M. Tchartkov ? » s'enquit la dame. Le peintre s'inclina. « On parle beaucoup de vous ; on prétend que vos portraits sont le comble de la perfection. »

Sans attendre de réponse, la dame, levant son face-à-main, s'en fut d'un pas léger examiner les murs ; mais comme elle les trouva vides : « Où donc sont vos portraits ? demanda-t-elle.

— On les a emportés, dit le peintre quelque peu confus. ... Je viens d'emménager ici..., ils sont encore en route.

— Vous êtes allé en Italie ? demanda encore la dame en braquant vers lui son face-à-main, faute d'autre objet à lorgner.

— Non..., pas encore... J'en avais bien l'intention... mais j'ai remis mon voyage... Mais voici des fauteuils ; vous devez être fatiguées ?

– Merci, je suis longtemps restée assise en voiture… Ah, ah, je vois enfin de vos œuvres ! » s'écria la dame, dirigeant cette fois son face-à-main vers la paroi au pied de laquelle Tchartkov avait déposé ses études, ses portraits, ses essais de perspective. Elle y courut aussitôt.

« C'est charmant. Lise, Lise, venez ici. Un intérieur à la manière de Téniers. Tu vois ? Du désordre, du désordre partout ; une table et un buste dessus, une main, une palette… et jusqu'à de la poussière… Tu vois, tu vois la poussière ? C'est charmant… Tiens, une femme qui se lave le visage ! Quelle jolie figure !… Ah, un moujik !… Lise, Lise, regarde : un petit moujik en blouse russe !… Je croyais que vous ne peigniez que des portraits ? – Oh, tout cela n'est que bagatelles… Histoire de m'amuser… De simples études !

– Dites, que pensez-vous des portraitistes contemporains ? N'est-ce pas qu'aucun d'eux n'approche du Titien ? On ne trouve plus cette puissance de coloris, cette… Quel dommage que je ne puisse vous exprimer ma pensée en russe ! » La dame, férue de peinture, avait parcouru avec son face-à-main toutes les galeries d'Italie… «

Cependant M. Nol… Ah, celui-là comme il peint… Je trouve ses visages plus expressifs même que ceux du Titien !… Vous ne connaissez pas M. Nol ?

– Qui est ce Nol ?

– M. Nol ! Ah, quel talent ! Il a peint le portrait de Lise lorsqu'elle n'avait que douze ans… Il faut absolument que vous veniez le voir. Lise, montre-lui ton album. Vous savez que nous sommes ici pour que vous commenciez son portrait, séance tenante.

– Comment donc !… À l'instant même !… » En un clin d'œil il avança son chevalet chargé d'une toile, prit sa palette, attacha son regard sur le pâle visage de la jeune fille.

Tout connaisseur du cœur humain aurait aussitôt déchiffré sur ces traits : un engouement enfantin pour les bals ; pas mal d'ennui et des plaintes sur la longueur du temps, avant comme après le dîner ; un vif désir de faire voir ses robes neuves à la promenade ; les lourdes traces d'une application indifférente à des arts divers, inspirée par sa mère en vue d'élever son âme. Tchartkov, lui, ne voyait sur cette figure délicate qu'une transparence de chair rappelant presque la porcelaine et bien faite pour tenter le pinceau ; une molle langueur, le cou fin et blanc, la taille d'une sveltesse aristocratique le séduisait. Il se préparait d'avance à triompher, à montrer l'éclat, la légèreté d'un pinceau qui n'avait eu jusqu'ici affaire qu'à de vils modèles aux traits heurtés, à de sévères antiques, à quelques copies de grands maîtres. Il voyait déjà ce gentil minois rendu par lui. « Savez-vous quoi ? fit la dame, dont le visage prit une expression quasi touchante.

Je voudrais… Elle porte une robe… Je préférerais, voyez-vous, ne pas la voir peinte dans la robe à laquelle nous sommes si habituées. J'aimerais qu'elle fût vêtue simplement, assise à l'ombre de verdures, au sein de quelque prairie… avec un troupeau ou des bois dans le lointain…, qu'elle n'eût pas l'air d'aller à un bal ou à une soirée à la mode. Les bals, je vous l'avoue, sont mortels pour nos âmes ; ils atrophient ce qui nous reste encore de sentiments… Il faudrait, voyez-vous, plus de simplicité. » (Les visages de cire de la mère et de la fille prouvaient, hélas, qu'elles avaient un peu trop fréquenté les dits bals.) Tchartkov se mit à l'ouvrage. Il installa son modèle, réfléchit quelques instants, prit ses points de repère en battant l'air du pinceau, cligna d'un œil, se recula pour mieux juger de l'effet.

Au bout d'une heure, la préparation terminée à son gré, il commença de peindre. Tout entier à son œuvre, il en oublia jusqu'à la présence de ses aristocratiques clientes et céda bientôt à ses façons de rapin : il chantonnait, poussait des exclamations, faisait sans la moindre cérémonie, d'un simple mouvement de pinceau, lever la tête à son modèle, qui finit par s'agiter et témoigner d'une fatigue extrême. « Assez pour aujourd'hui, dit la mère.

– Encore quelques instants, supplia le peintre.

– Non, il est temps de partir… Trois heures déjà, Lise. Ah mon Dieu, qu'il est tard ! s'écria-t-elle en tirant une petite montre accrochée par une chaîne d'or à sa ceinture.

– Rien qu'une petite minute ! » implora Tchartkov, d'une voix naïve, enfantine. Mais la dame ne paraissait nullement disposée à satisfaire, ce jour-là, les exigences artistiques de son peintre ; elle lui promit, en revanche, de rester davantage une autre fois. « C'est bien ennuyeux, se dit Tchartkov, ma main commençait à se dégourdir ! » Il se souvint que, dans son atelier de l'île Basile, personne n'interrompait son travail : Nikita gardait la pose indéfiniment et s'endormait même dans cette position. Il abandonna, tout dépité, son pinceau, sa palette, et se figea dans la contemplation de sa toile. Un compliment de la grande dame le tira de cette rêverie. Il se précipita pour accompagner les visiteuses jusqu'à la porte de la maison ; sur l'escalier il fut autorisé à les venir voir, prié à dîner pour la semaine suivante. Il rentra chez lui tout rasséréné, entièrement captivé par les charmes de la grande dame. Jusqu'alors il avait jugé ces être-là inaccessibles, uniquement créés et mis au monde pour rouler dans de belles voitures, avec cochers et valets de pied de grand style, et n'accordant aux pauvres piétons que des regards indifférents.

Et voilà qu'une de ces nobles créatures avait pénétré chez lui pour lui commander le portrait de sa fille et l'inviter dans son aristocratique demeure. Une joie délirante l'envahit ; pour fêter ce grand événement, il s'offrit un bon dîner, passa la soirée au spectacle et parcourut de nouveau la ville en landau, toujours sans la moindre nécessité. Les jours suivants, il ne parvint pas à s'intéresser à ses travaux en cours. Il ne faisait que se préparer, qu'attendre le moment où l'on sonnerait à la porte. Enfin la grande dame et sa pâle enfant arrivèrent. Il les fit asseoir, avança la toile – avec adresse cette fois et des prétentions à l'élégance – et se mit à peindre. La journée ensoleillée, le vif éclairage lui permirent d'apercevoir sur son fragile modèle certains détails qui, traduits sur la toile, donneraient une grande valeur au portrait.

Il comprit que, s'il arrivait à les reproduire avec la même perfection que les lui offrait la nature, il ferait quelque chose d'extraordinaire. Son cœur commença même à battre légèrement quand il sentit qu'il allait exprimer ce dont nul avant lui ne s'était encore aperçu. Tout à son art, il oublia de nouveau la noble origine de son modèle. À voir si bien rendus par son pinceau ces traits délicats, cette chair exquise, quasi diaphane, il se sentait défaillir. Il tâchait de saisir la moindre nuance, un léger reflet jaune, une tache bleuâtre à peine visible sous les yeux et copiait déjà un petit bouton poussé sur le front, quand il entendit au-dessus de lui la voix de la maman :

« Eh non, voyons… Pourquoi cela ? C'est inutile… Et puis il me semble qu'à certains endroits vous avez fait… un peu jaune… Et ici, tenez, on dirait de petites taches sombres. » Le peintre voulut expliquer que précisément ces taches et ces reflets jaunes mettaient en valeur l'agréable et tendre coloris du visage. Il lui fut répondu qu'elles ne mettaient rien du tout en valeur, que c'était là une illusion de sa part. « Permettez-moi pourtant une légère touche de jaune, une seule, ici tenez », insista le naïf Tchartkov. On ne lui permit même pas cela. Il lui fut déclaré que Lise n'était pas très bien disposée ce jour-là, que d'habitude son visage, d'une fraîcheur surprenante, n'offrait pas la moindre trace de jaune.

Bon gré mal gré, Tchartkov dut effacer ce que son pinceau avait fait naître sur la toile. Bien des traits presque invisibles disparurent et avec eux s'évanouit une partie de la ressemblance. Il se mit à donner machinalement au tableau cette note uniforme qui se peint de mémoire et transforme les portraits d'êtres vivants en figures froidement irréelles, semblables à des modèles de dessin. Mais la disparition des tons déplaisants satisfit pleinement la noble dame. Elle marqua toutefois sa surprise de voir le travail traîner si longtemps : M. Tchartkov, lui avait-on dit, terminait ses portraits en deux séances. L'artiste ne trouva rien à lui répondre.

Il déposa son pinceau et, quand il eut accompagné ces dames jusqu'à la porte, demeura longtemps, immobile et songeur, devant sa toile. Il revoyait avec une douleur stupide les nuances légères, les tons vaporeux qu'il avait saisis puis effacés d'un pinceau impitoyable. Plein de ces impressions, il écarta le portrait, alla chercher une tête de Psyché, qu'il avait naguère ébauchée puis abandonnée dans un coin. C'était une figure dessinée avec art, mais froide, banale, conventionnelle. Il la reprit maintenant dans le dessein d'y fixer les traits qu'il avait pu observer sur son aristocratique visiteuse, et qui se pressaient en foule dans sa mémoire.

Il réussit en effet à les y transposer sous cette forme épurée que leur donnent les grands artistes, alors qu'imprégnés de la nature ils s'en éloignent pour la recréer. Psyché parut s'animer : ce qui n'était qu'une implacable abstraction se transforma peu à peu en un corps vivant ; les traits de la jeune mondaine lui furent involontairement communiqués et elle acquit de ce fait cette expression particulière qui donne à l'œuvre d'art un cachet d'indéniable originalité. Tout en utilisant les détails, Tchartkov semblait avoir réussi à dégager le caractère général de son modèle. Son travail le passionnait ; il s'y consacra entièrement durant plusieurs jours et les deux dames l'y surprirent. Avant qu'il eût eu le temps d'éloigner son tableau, elles battirent des mains, poussèrent des cris joyeux. « Lise, Lise, ah, que c'est ressemblant ! Superbe, superbe ! Quelle bonne idée vous avez eue de l'habiller d'un costume grec ! Ah quelle surprise ! » Le peintre ne savait comment les tirer de cette agréable erreur.

Mal à l'aise, baissant les yeux, il murmura : « C'est Psyché.

– Psyché ! Ah ! charmant ! dit la mère en le gratifiant d'un sourire que la fille imita aussitôt. N'est-ce pas, Lise, tu ne saurais être mieux qu'en Psyché ? Quelle idée délicieuse ! Mais quel art ! On dirait un Corrège. J'ai beaucoup entendu parler de vous. J'ai lu bien des choses sur votre compte, mais, vous l'avouerai-je ? je ne vous savais pas un pareil talent. Allons, il faut que vous fassiez aussi mon portrait. »

Évidemment la bonne dame se voyait, elle aussi, sous les traits de quelque Psyché. « Tant pis ! se dit Tchartkov. Puisqu'elles ne veulent pas être dissuadées, Psyché passera pour ce qu'elles désirent. » « Ayez la bonté de vous asseoir un moment, proféra-t-il ; j'ai quelques retouches à faire.

– Ah, je crains que vous… Elle est si ressemblante ! » Comprenant que leur appréhension avait surtout trait aux tons jaunes, le peintre s'empressa de rassurer ces dames : il voulait seulement souligner le brillant et l'expression des yeux. En réalité, il éprouvait une honte extrême et, de peur qu'on ne lui reprochât son impudence, il tenait à pousser la ressemblance aussi loin que possible. Bientôt en effet le visage de Psyché prit de plus en plus nettement les traits de la pâle jeune fille. « Assez ! » dit la mère redoutant que la ressemblance ne devînt trop parfaite. Un sourire, de l'argent, des compliments, une poignée de main fort cordiale, une invitation à dîner, bref mille récompenses flatteuses payèrent le peintre de ses peines. Le portrait fit sensation. La dame le montra à ses amies : toutes admirèrent – non sans qu'une légère rougeur leur montât au visage – l'art avec lequel le peintre avait su à la fois garder la ressemblance et mettre en valeur la beauté du modèle. Et Tchartkov fut soudain assailli de commandes ; toute la ville semblait vouloir se faire portraiturer par lui ; on sonnait à chaque instant à sa porte. Évidemment la diversité de toutes ces figures pouvait lui permettre d'acquérir une pratique extraordinaire.

Par malheur, c'étaient des gens difficiles à satisfaire, des gens pressés, fort occupés, ou des mondains, c'est-à-dire encore plus occupés que les autres et par conséquent très impatients. Tous tenaient à un travail rapide et bien fait. Tchartkov comprit que dans ces conditions il ne pouvait rechercher le fini ; la prestesse du pinceau devait lui tenir lieu de toute autre qualité. Il suffisait de saisir l'ensemble, l'expression générale, sans vouloir approfondir les détails, poursuivre la nature jusqu'en son intime perfection. En outre, chacun – ou presque chacun – de ses modèles avait ses prétentions particulières. Les dames demandaient que le portrait rendît avant tout l'âme et le caractère, le reste devant être parfois complètement négligé ; que les angles fussent tous arrondis, les défauts atténués, voire supprimés ; bref, que le visage, s'il ne pouvait provoquer des coups de foudre, inspirât tout au moins l'admiration.

Aussi prenaient-elles en s'installant pour la pose des expressions bien faites pour déconcerter Tchartkov : l'une jouait la rêveuse, l'autre la mélancolique ; pour amenuiser sa bouche, une troisième se pinçait les lèvres jusqu'à donner l'illusion d'un point gros comme une tête d'épingle. Elles ne laissaient pas pour autant d'exiger de lui la ressemblance, le naturel, l'absence d'apprêts. Les hommes ne le cédaient en rien au sexe faible. Celui-ci voulait se voir rendu avec un port de tête énergique, celui-là avec les yeux levés au ciel d'un air inspiré. Un lieutenant de la garde désirait que son regard fît songer à Mars ; un fonctionnaire, que son visage exprimât au plus haut degré la noblesse jointe à la droiture ; sa main devait s'appuyer sur un livre où s'inscriraient très apparemment, ces mots : « J'ai toujours défendu la vérité. » Au début ces exigences affolaient Tchartkov : impossible de les satisfaire sérieusement dans un laps de temps aussi court !

Mais bientôt il comprit de quoi il retournait et cessa de se mettre martel en tête. Deux ou trois mots lui faisaient deviner les désirs du modèle. Celui qui se voulait en Mars l'était. À celui qui prétendait jouer les Byron, il octroyait une pose et un port de tête byroniens. Qu'une dame désirât être Corinne, Ondine, Aspasie ou Dieu sait quoi encore, il y consentait sur-le-champ. Il avait seulement soin d'ajouter une dose suffisante de beauté, de distinction, ce qui, chacun le sait, ne gâte jamais les choses et peut faire pardonner au peintre jusqu'au manque de ressemblance.

L'étonnante prestesse de son pinceau finit par le surprendre lui-même. Quant à ses modèles, ils se déclaraient naturellement enchantés et proclamaient partout son génie. Tchartkov devint alors, sous tous les rapports, un peintre à la mode. Il dînait à droite et à gauche, accompagnait les dames aux expositions, voire à la promenade, s'habillait en dandy, affirmait publiquement qu'un peintre appartient à la société et ne doit point déroger à son rang. Les artistes, à l'en croire, avaient grand tort de s'accoutrer comme des savetiers, d'ignorer les belles manières, de manquer totalement d'éducation. Il portait maintenant des jugements tranchants sur l'art et les artistes. À l'entendre on prônait trop les vieux maîtres : « Les préraphaélites n'ont peint que des écorchés ; la prétendue sainteté de leurs œuvres n'existe que dans l'imagination de ceux qui les contemplent ; Raphaël lui-même n'est pas toujours excellent, et seule une tradition bien enracinée assure la célébrité à bon nombre de ses tableaux ; Michel-Ange est entièrement dénué de grâce, ce fanfaron ne songe qu'à faire parade de sa science de l'anatomie ; l'éclat, la puissance du pinceau et du coloris sont l'apanage exclusif de notre siècle. »

Par une transition bien naturelle, Tchartkov arrivait alors à lui-même. « Non, disait-il, je ne comprends pas ceux qui peinent et pâlissent sur leur travail. Quiconque traîne des mois sur une toile n'est qu'un artisan ; je ne croirai jamais qu'il a du talent ; le génie crée avec audace et rapidité. Tenez, moi, par exemple, j'ai peint ce portrait en deux jours, cette tête en un seul, ceci en quelques heures, cela en une heure au plus... Non, voyez-vous, je n'appelle pas art ce qui se fabrique au compte-gouttes ; c'est du métier, si vous voulez, mais de l'art, non pas ! » Tels étaient les propos qu'il tenait à ses visiteurs ;

ceux-ci à leur tour admiraient la hardiesse, la puissance de son pinceau ; cette rapidité d'exécution leur arrachait même des exclamations de surprise et ils se confiaient ensuite l'un à l'autre.

« C'est un homme de talent, de grand talent ! Écoutez-le parler, voyez comme ses yeux brillent. Il y a quelque chose d'extraordinaire dans toute sa figure ! » L'écho de ces louanges flattait Tchartkov. Quand les feuilles publiques le complimentaient, il se réjouissait comme un enfant, encore qu'il eût payé de sa poche ces beaux éloges. Il prenait une joie naïve à ces articles, les colportait partout, les montrait comme par hasard à ses amis et connaissances. Sa vogue grandissait, les commandes affluaient.

Cependant ces portraits, ces personnages dont il connaissait par cœur les attitudes et les mouvements, commençaient à lui peser. Il les peignait sans grand plaisir, se bornant à esquisser tant bien que mal la tête et laissant ses élèves achever le reste. Au début il avait encore inventé des effets hardis, des poses originales ; maintenant cette recherche même lui semblait fastidieuse. Réfléchir, imaginer étaient pour son esprit de trop pénibles efforts, auxquels il n'avait d'ailleurs pas le temps de se livrer : son existence dissipée, le rôle d'homme du monde qu'il s'efforçait de jouer, tout cela l'emportait loin du travail et de la réflexion. Son pinceau perdait son brio, sa chaleur, se cantonnait placidement dans les poncifs les plus désuets. Les visages froids, monotones, toujours fermés, toujours boutonnés si l'on peut dire, des fonctionnaires, tant civils que militaires, ne lui offraient point un champ bien vaste : il en oubliait les somptueuses draperies, les gestes hardis, les passions. Il ne pouvait être question de grouper des personnages, de nouer quelque noble action dramatique.

Tchartkov n'avait devant lui que des uniformes, des corsets, des habits noirs, tous objets bien propres à glacer l'artiste et à tuer l'inspiration. Aussi ses ouvrages étaient-ils maintenant dépourvus des qualités les plus ordinaires ; ils jouissaient toujours de la vogue, mais les vrais connaisseurs haussaient les épaules en les regardant. Certains d'entre eux, qui avaient connu Tchartkov autrefois, n'arrivaient pas à comprendre comment, à peine parvenu à son plein épanouissement, ce garçon bien doué avait soudain perdu un talent dont il avait donné dès ses débuts des preuves si manifestes. Le peintre enivré ignorait ces critiques. Il avait acquis la gravité de l'âge et de l'esprit ; il engraissait, s'épanouissait en largeur. Journaux et revues l'appelaient déjà « notre éminent André Pétrovitch » ; on lui offrait des postes honorifiques ; on le nommait membre de jurys, de comités divers. Comme il est de règle à cet âge respectable, il prenait maintenant le parti de Raphaël et des vieux maîtres, non point qu'il se fût pleinement convaincu de leur valeur, mais pour s'en faire une arme contre ses jeunes confrères. Car, toujours comme de règle à cet âge, il reprochait à la jeunesse son immoralité, son mauvais esprit. Il commençait à croire que tout en ce bas monde s'accomplit aisément, à condition d'être rigoureusement soumis à la discipline de l'ordre et de l'uniformité ; l'inspiration n'est qu'un vain mot. Bref, il atteignait le moment où l'homme sent mourir en lui tout élan, où l'archet inspiré n'exhale plus autour de son cœur que des sons languissants. Alors le contact de la beauté n'enflamme plus les forces vierges de son être. En revanche les sens émoussés deviennent plus attentifs au tintement de l'or, se laissent insensiblement endormir par sa musique fascinatrice. La gloire ne peut apporter de joie à qui l'a volée : elle ne fait palpiter que les cœurs dignes d'elle.

Aussi tous ses sens, tous ses instincts s'orientèrent-ils vers l'or. L'or devient sa passion, son idéal, sa terreur, sa volupté, son but. Les billets s'amoncelaient dans ses coffres, et comme tous ceux à qui est départi cet effroyable lot, il devint triste, inaccessible, indifférent à tout ce qui n'était pas l'or, lésinant sans besoin, amassant sans méthode. Il allait bientôt se muer en l'un de ces êtres étranges, si nombreux dans notre univers insensible, que l'homme doué de cœur et de vie considère avec épouvante : ils lui semblent des tombeaux mouvants qui portent un cadavre en eux, un cadavre en place de cœur. Un événement imprévu devait cependant ébranler son inertie, réveiller toutes ses forces vives. Un beau jour il trouva un billet sur sa table : l'Académie des Beaux-Arts le priait, en tant qu'un de ses membres les plus en vue, de venir donner son opinion sur une œuvre envoyée d'Italie par un peintre russe qui s'y perfectionnait dans son art.

Ce peintre était un de ses anciens camarades : passionné depuis l'enfance pour la peinture, il s'y était consacré de toute son âme ardente ; abandonnant ses amis, sa famille, ses chères habitudes, il s'était précipité vers le pays où sous un ciel sans nuages mûrit la grandiose pépinière de l'art, cette superbe Rome dont le nom seul fait battre si violemment le grand cœur de l'artiste.

Il y vécut en ermite, plongé dans un labeur sans trêve et sans merci. Peu lui importait que l'on critiquât son caractère, ses maladresses, son manque d'usage et que la modestie de son costume fît rougir ses confrères : il se souciait fort peu de leur opinion. Voué corps et âme à l'art, il méprisait tout le reste. Visiteur inlassable des musées, il passait des heures entières devant les œuvres des grands peintres, acharné à poursuivre le secret de leur pinceau. Il ne terminait rien sans s'être confié à ces maîtres, sans avoir tiré de leurs ouvrages un conseil éloquent encore que muet. Il se tenait à l'écart des discussions orageuses et ne prenait parti ni pour ni contre les puristes.

Comme il ne s'attachait qu'aux qualités, il savait rendre justice à chacun, mais finalement il ne garda qu'un seul maître, le divin Raphaël – tel ce grand poète qui après avoir lu bien des ouvrages exquis ou grandioses, choisit comme livre de chevet la seule Iliade, pour avoir découvert qu'elle renferme tout ce qu'on peut désirer, que tout s'y trouve évoqué avec la plus sublime perfection. Quand Tchartkov arriva à l'Académie, il trouva réunis devant le tableau une foule de curieux qui observaient un silence pénétré, fort insolite en pareille occurrence. Il s'empressa de prendre une mine grave de connaisseur et s'approcha de la toile. Dieu du ciel, quelle surprise l'attendait ! L'œuvre du peintre s'offrait à lui avec l'adorable pureté d'une fiancée. Innocente et divine comme le génie, elle planait au-dessus de tout.

On eût dit que, surprises par tant de regards fixés sur elles, ces figures célestes baissaient modestement leurs paupières. L'étonnement béat des connaisseurs devant ce chef-d'œuvre d'un inconnu était pleinement justifié. Toutes les qualités semblaient ici réunies : si la noblesse hautaine des poses révélait l'étude approfondie de Raphaël et la perfection du pinceau, celle du Corrège, la puissance créatrice appartenait en propre à l'artiste et dominait le reste. Il avait approfondi le moindre détail, pénétré le sens secret, la norme et la règle de toutes choses, saisi partout l'harmonieuse fluidité de lignes qu'offre la nature et que seul aperçoit l'œil du peintre créateur, alors que le copiste la traduit en contours anguleux. On devinait que l'artiste avait tout d'abord enfermé en son âme ce qu'il tirait du monde ambiant, pour le faire ensuite jaillir de cette source intérieure en un seul chant harmonieux et solennel. Les profanes eux-mêmes devaient reconnaître qu'un abîme incommensurable sépare l'œuvre créatrice de la copie servile. Figés dans un silence impressionnant, que n'interrompait nul bruit, nul murmure, les spectateurs sentaient sous leurs yeux émerveillés l'œuvre devenir d'instant en instant plus hautaine, plus lumineuse, plus distante, jusqu'à sembler bientôt un simple éclair, fruit d'une inspiration d'en haut et que toute une vie humaine ne sert qu'à préparer.

Tous les yeux étaient gros de larmes. Les goûts les plus divers aussi bien que les écarts les plus insolents du goût semblaient s'unir pour adresser un hymne muet à cet ouvrage divin. Tchartkov demeurait, lui aussi, immobile et bouche bée. Au bout d'un long moment, curieux et connaisseurs osèrent enfin élever peu à peu la voix et discuter la valeur de l'œuvre ; comme ils lui demandaient son opinion, il retrouva enfin ses esprits. Il voulut prendre l'expression blasée qui lui était habituelle ; émettre un de ces jugements banals chers aux peintres à l'âme racornie : « Oui, évidemment, on ne peut nier le talent de ce peintre ; son tableau n'est pas sans mérite ; on voit qu'il a voulu exprimer quelque chose ; cependant l'essentiel... » ; puis décocher en guise de conclusion certains compliments qui laisseraient pantelant le meilleur des peintres. Mais des larmes, des sanglots lui coupèrent la voix et il s'enfuit comme un dément. Il demeura quelque temps immobile, inerte au milieu de son magnifique atelier. Un instant avait suffi à réveiller tout son être ; sa jeunesse lui semblait rendue, les étincelles de son talent éteint prêtes à se rallumer. Le bandeau était tombé de ses yeux. Dieu ! perdre ainsi sans pitié ses meilleures années, détruire, éteindre ce feu qui couvait dans sa poitrine et qui, développé en tout son éclat, aurait peut-être lui aussi arraché des larmes de reconnaissance et d'émerveillement !

Et tuer tout cela, le tuer implacablement !... Soudain et tous à la fois, les élans, les ardeurs, qu'il avait connus autrefois parurent renaître en son tréfonds. Il saisit son pinceau, s'approcha d'une toile. La sueur de l'effort perla à son front. Une seule pensée l'animait, un seul désir l'enflammait : représenter l'ange déchu. Nul sujet n'eût mieux convenu à son état d'âme ; mais, hélas, ses personnages, ses poses, ses groupes, tout manquait d'aisance et d'harmonie. Trop longtemps son pinceau, son imagination s'étaient renfermés dans la banalité ; il avait trop dédaigné le chemin montueux des efforts progressifs, trop fait fi des lois primordiales de la grandeur future, pour que n'échouât point piteusement cette tentative de briser les chaînes qu'il s'était lui-même imposées. Exaspéré par cet insuccès, il fit emporter toutes ses œuvres récentes, les gravures de modes, les portraits de hussards, de dames, de conseillers d'État ; puis, après avoir donné ordre de n'y laisser entrer personne, il s'enferma dans son atelier et se replongea dans le travail. Mais il eut beau déployer le patient acharnement d'un jeune apprenti, tout ce qui naissait sous son pinceau était irrémédiablement manqué. À tout instant son ignorance des principes les plus élémentaires le paralysait ; le simple métier glaçait sa verve, opposait à son imagination une barrière infranchissable. Son pinceau revenait invariablement aux formes apprises, les mains se joignaient dans un geste familier, la tête se refusait à toute pose insolite, les plis des vêtements eux-mêmes ne voulaient point se draper sur des corps aux attitudes conventionnelles.

Tout cela, Tchartkov ne le sentait, ne le voyait que trop. « Ai-je jamais eu du talent ? finit-il par se dire. Ne me serais-je point trompé ? » Voulant en avoir le cœur net, il alla droit à ses premiers ouvrages, ces tableaux qu'il avait peints avec tant d'amour et de désintéressement là-bas dans son misérable taudis de l'île Basile, loin des hommes, loin du luxe, loin de tout raffinement. Tandis qu'il les étudiait attentivement, sa pauvre vie d'autrefois ressuscitait devant lui. « Oui, décida-t-il avec désespoir, j'ai eu du talent ; on en voit partout les preuves et les traces ! » Il s'arrêta soudain, tremblant de tout le corps : ses yeux venaient de croiser un regard immobile fixé sur lui. C'était le portrait extraordinaire, jadis acheté au Marché Chtchoukine et dont Tchartkov avait entre-temps perdu jusqu'au souvenir, enfoui qu'il était derrière d'autres toiles.

Comme par un fait exprès, maintenant qu'on avait débarrassé l'atelier de tous les tableaux à la mode qui l'encombraient, le fatal portrait réapparaissait en même temps que ses ouvrages de jeunesse. Cette vieille histoire lui revint à la mémoire, et quand il se rappela que cette étrange effigie avait en quelque sorte causé sa transformation, que le trésor si miraculeusement reçu avait fait naître en lui ces vaines convoitises funestes à son talent, il céda à un transport de rage. Il eut beau faire aussitôt emporter l'odieuse peinture, son trouble ne s'apaisa point pour autant. Son être était bouleversé de fond en comble, et il connut cette affreuse torture qui ronge parfois les talents médiocres quand ils essaient vainement de dépasser leurs limites. Pareil tourment peut inspirer de grandes œuvres à la jeunesse, mais hélas ! pour quiconque a passé l'âge des rêves, il n'est qu'une soif stérile et peut mener l'homme au crime. L'envie, une envie furieuse, s'était emparée de Tchartkov. Dès qu'il voyait une œuvre marquée au sceau du talent, le fiel lui montait au visage, il grinçait des dents et la dévorait d'un œil de basilic. Le projet le plus satanique qu'homme ait jamais conçu germa en son âme, et bientôt il l'exécuta avec une ardeur effroyable. Il se mit à acheter tout ce que l'art produisait de plus achevé.

Quand il avait payé très cher un tableau, il l'apportait précautionneusement chez lui et se jetait dessus comme un tigre pour le lacérer, le mettre en pièces, le piétiner en riant de plaisir. Les grandes richesses qu'il avait amassées lui permettaient de satisfaire son infernale manie. Il ouvrit tous ses coffres, éventra tous ses sacs d'or. Jamais aucun monstre d'ignorance n'avait détruit autant de merveilles que ce féroce vengeur. Dès qu'il apparaissait à une vente publique, chacun désespérait de pouvoir acquérir la moindre œuvre d'art. Le ciel en courroux semblait avoir envoyé ce terrible fléau à l'univers dans le dessein de lui enlever toute beauté. Cette monstrueuse passion se reflétait en traits atroces sur son visage toujours empreint de fiel et de malédiction. Il semblait incarner l'épouvantable démon imaginé par Pouchkine.

Sa bouche ne proférait que des paroles empoisonnées, que d'éternels anathèmes. Il faisait aux passants l'effet d'une harpie : du plus loin qu'ils l'apercevaient ses amis eux-mêmes évitaient une rencontre qui, à les entendre, eût empoisonné toute leur journée. Fort heureusement pour l'art et pour le monde une existence si tendue ne pouvait se prolonger longtemps ; des passions maladives, exaspérées ont tôt fait de ruiner les faibles organismes. Les accès de rage devinrent de plus en plus fréquents. Bientôt une fièvre maligne se joignit à la phtisie galopante pour faire de lui une ombre en trois jours. Les symptômes d'une démence incurable vinrent s'ajouter à ces maux. Par moments, plusieurs personnes n'arrivaient pas à le tenir. Il croyait revoir les yeux depuis longtemps oubliés, les yeux vivants de l'extravagant portrait. Tous ceux qui entouraient son lit lui semblaient de terribles portraits. Chacun d'eux se dédoublait, se quadruplait à ses yeux, tous les murs se tapissaient de ces portraits qui le fixaient de leurs yeux immobiles et vivants ; du plafond au plancher ce n'étaient que regards effrayants, et, pour en contenir davantage, la pièce s'élargissait, se prolongeait à l'infini.

Le médecin qui avait entrepris de le soigner et connaissait vaguement son étrange histoire, cherchait en vain quel lien secret ces hallucinations pouvaient avoir avec la vie de son malade. Mais le malheureux avait déjà perdu tout sentiment hormis celui de ses tortures et n'entrecoupait que de paroles décousues ses abominables lamentations.

Enfin, dans un dernier accès, muet celui-là, sa vie se brisa, et il n'offrit plus qu'un cadavre épouvantable à voir. On ne découvrit rien de ses immenses richesses ; mais, quand on aperçut en lambeaux tant de superbes œuvres d'art dont la valeur dépassait plusieurs millions, on comprit quel monstrueux emploi il en avait fait.

Partie 2

Toute une file de voitures – landaus, calèches, drojkis – stationnait devant l'immeuble où l'on vendait aux enchères les collections d'un de ces riches amateurs qui somnolaient toute leur vie parmi les Zéphyrs et les Amours et qui, pour jouir du titre de mécènes, dépensaient ingénument les millions amassés par leurs ancêtres, voire par eux-mêmes au temps de leur jeunesse. Comme nul ne l'ignore, ces mécènes-là ne sont plus qu'un souvenir et notre XIXème siècle a depuis longtemps pris la fâcheuse figure d'un banquier, qui ne jouit de ses millions que sous forme de chiffres alignés sur le papier. La longue salle était pleine d'une foule bigarrée accourue en ce lieu comme un vol d'oiseaux de proie s'abat sur un cadavre abandonné. Il y avait là toute une flottille de boutiquiers en redingote bleue à l'allemande, échappés tant du Bazar que du carreau des fripiers.

Leur expression, plus assurée qu'à l'ordinaire, n'affectait plus cet empressement mielleux qui se lit sur le visage de tout marchand russe à son comptoir. Ici ils ne faisaient point de façons, bien qu'il se trouvât dans la salle bon nombre de ces aristocrates dont ils étaient prêts ailleurs à épousseter les bottes, à grands coups de chapeaux. Pour éprouver la qualité de la marchandise ils palpaient sans cérémonie les livres et les tableaux, et surenchérissaient hardiment sur les prix offerts par les nobles amateurs. Il y avait là des habitués assidus de ces ventes, à qui elles tiennent lieu de déjeuner ; d'aristocrates connaisseurs, qui, n'ayant rien de mieux à faire entre midi et une heure, ne laissent échapper aucune occasion d'enrichir leurs collections ; il y avait là, enfin, ces personnages désintéressés, dont la poche est aussi mal en point que l'habit et qui assistent tous les jours aux ventes à seule fin de voir le tour que prendront les choses, qui fera monter les enchères et qui finalement l'emportera.

Bon nombre de tableaux gisaient pêle-mêle parmi les meubles et les livres marqués au chiffre de leur ancien possesseur, quoique celui-ci n'eût sans doute jamais eu la louable curiosité d'y jeter un coup d'œil.

Les vases de Chine, les tables de marbre, les meubles neufs et anciens avec leurs lignes arquées, leurs griffes, leurs sphinx, leurs pattes de lions, les lustres dorés et sans dorures, les quinquets, tout cela, entassé pêle-mêle, formait comme un chaos d'œuvres d'art, bien différent de la stricte ordonnance des magasins. Toute vente publique inspire des pensées moroses ; on croit assister à des funérailles. La salle toujours obscure, car les fenêtres encombrées de meubles et de tableaux ne filtrent qu'une lumière parcimonieuse ; les visages taciturnes ; la voix mortuaire du commissaire-priseur célébrant, avec accompagnement de marteau, le service funèbre des arts infortunés, si étrangement réunis en ce lieu ; tout renforce la lugubre impression.

La vente battait son plein. Une foule de gens de bon ton se bousculaient, s'agitaient à l'envi. « Un rouble, un rouble, un rouble ! » jetait-on de toutes parts, et ce cri unanime empêchait le commissaire-priseur de répéter l'enchère, qui atteignait déjà le quadruple du prix demandé. C'était un portrait que se disputaient ces bonnes gens, et l'œuvre était vraiment de nature à retenir l'attention du moins avisé des connaisseurs. Bien que plusieurs fois restaurée, elle révélait dès l'abord un talent de premier ordre. Elle représentait un Asiatique vêtu d'un ample caftan. Ce qui frappait le plus dans ce visage au teint basané, à l'expression énigmatique, c'était la surprenante vivacité de ses yeux : plus on les regardait, plus ils plongeaient au tréfonds de votre être. Cette singularité, cette adresse de pinceau, provoquait la curiosité générale. Les enchères montèrent bientôt si haut que la plupart des amateurs se retirèrent, ne laissant aux prises que deux grands personnages qui ne voulaient à aucun prix renoncer à cette acquisition. Ils s'échauffaient et allaient faire atteindre au tableau un prix invraisemblable quand l'un des assistants, en train de l'examiner, leur dit soudain :

« Permettez-moi d'interrompre un instant votre dispute. J'ai peut-être plus que personne droit à ce portrait. »

L'attention générale se reporta sur l'interrupteur. C'était un homme d'environ trente-cinq ans, à la taille bien prise, aux longues boucles noires, et dont l'agréable physionomie, empreinte d'insouciance, révélait une âme étrangère aux vains soucis du monde.

Son costume n'avait aucune prétention à la mode : tout dans sa tenue dénonçait un artiste. En effet, bon nombre des assistants reconnurent aussitôt en lui le peintre B***.

« Mes paroles vous semblent évidemment fort étranges, continua-t-il en voyant tous les regards tournés vers lui ; mais, si vous consentez à entendre une brève histoire, vous les trouverez peut-être justifiées. Tout me confirme que ce portrait est bien celui que je cherche. »

Une curiosité fort naturelle se peignit sur tous les visages ; le commissaire-priseur lui-même s'arrêta, bouche bée et marteau levé, et tendit l'oreille. Au début du récit, plusieurs des auditeurs se tournaient involontairement vers le portrait, mais bientôt, l'intérêt croissant, les yeux ne quittèrent plus le conteur.

« Vous connaissez, commença celui-ci, le quartier de Kolomna[4]. Il ne ressemble à aucun des autres quartiers de Pétersbourg. Ce n'est ni la capitale ni la province. Dès qu'on y pénètre, tout désir, toute ardeur juvénile, vous abandonne. L'avenir ne pénètre point en ce lieu ; tout y est silence et retraite. C'est le refuge des « laissés-pour-compte » de la grande ville : fonctionnaires retraités, veuves, petites gens qui, entretenant d'agréables relations avec le Sénat, se condamnent à vivoter presque éternellement en ce lieu ; cuisinières en rupture de fourneaux, qui, après avoir, à longueur de journée, musé dans tous les marchés et bavardé avec tous les garçons épiciers, rapportent chaque soir chez elles pour cinq kopeks de café et pour quatre de sucre ; enfin toute une catégorie d'individus qu'on peut qualifier de « cendreux », car leur costume, leur visage, leur chevelure, leurs yeux ont un aspect trouble et gris, comme ces journées incertaines, ni orageuses ni ensoleillées, où les contours des objets s'estompent dans la brume.

À cette catégorie appartiennent les gagistes de théâtre à la retraite ; les conseillers titulaires dans le même cas ; les anciens disciples de Mars à l'œil crevé ou à la lèvre enflée. Ce sont là des êtres totalement apathiques, qui marchent sans jamais lever les yeux, ne soufflent jamais mot et ne pensent jamais à rien. Leur chambre n'est jamais encombrée ; parfois même elle ne recèle qu'un flacon d'eau-de-vie qu'ils sirotent tout doucement du matin au soir ; cette lente absorption leur épargne l'ivresse tapageuse que de trop brusques libations dominicales provoquent chez les apprentis allemands, ces étudiants de la rue Bourgeoise, rois incontestés du trottoir après minuit sonné. » Quel quartier béni pour les piétons que ce Kolomna ! Il est bien rare qu'une voiture de maître s'y aventure ; seule la patache des comédiens trouble de son tintamarre le silence général.

Quelques fiacres s'y traînent paresseusement, le plus souvent à vide ou chargés de foin à l'intention de la rosse barbue qui les tire. On peut y trouver un appartement pour cinq roubles par mois, y compris même le café du matin. Les veuves titulaires d'une pension constituent l'aristocratie du lieu : elles ont une conduite fort décente, balaient soigneusement leur chambre, déplorent avec leurs amies la cherté du bœuf et des choux ; elles sont souvent pourvues d'une toute jeune fille, créature effacée, muette, mais parfois agréable à voir, d'un affreux toutou et d'une pendule dont le balancier va et vient avec mélancolie.

Viennent ensuite les comédiens, que la modicité de leur traitement confine en cette thébaïde. Indépendants comme tous les artistes, ils savent jouir de la vie : drapés dans leur robe de chambre, ils réparent des pistolets, fabriquent toutes sortes d'objets en carton fort utiles dans les ménages, jouent aux cartes ou aux échecs avec l'ami qui vient les voir ; ils passent ainsi la matinée, et la soirée presque de même, sauf qu'ils ajoutent parfois un punch à ces agréables occupations. » Après les gros bonnets, le menu fretin. Il est aussi difficile de l'énumérer que de dénombrer les innombrables insectes qui pullulent dans du vieux vinaigre. Il y a là des vieilles qui prient, des vieilles qui s'enivrent ; d'autres qui prient et s'enivrent à la fois ; des vieilles enfin qui joignent Dieu sait comment les deux bouts : on les voit traîner, comme des fourmis, d'infâmes guenilles du pont Kalinkine jusqu'au carreau des fripiers, où elles ont grand-peine à en tirer quinze kopeks.

Bref, la lie de l'humanité grouille en ce quartier, une lie si marmiteuse que le plus charitable des économistes renoncerait à en améliorer la situation. » Excusez-moi de m'être appesanti sur de pareilles gens : je voulais vous faire comprendre la nécessité où ils se trouvent bien souvent de chercher un secours subit et de recourir aux emprunts ;

voilà pourquoi s'installent parmi eux des usuriers d'une espèce particulière, qui leur prêtent sur gages de petites sommes à gros intérêts. Ces usuriers-là sont encore bien plus insensibles que leurs grands confrères : ils surgissent dans la pauvreté, parmi les haillons étalés au grand jour, spectacle qu'ignore l'usurier riche, dont les clients roulent carrosse ; aussi tout sentiment humain meurt-il prématurément dans leur cœur. Parmi ces usuriers il y en avait un…, mais il faut vous dire que les choses se passaient au siècle dernier, plus exactement sous le règne de la défunte impératrice Catherine.

Vous comprendrez sans peine que depuis lors les us et coutumes de Kolomna et jusqu'à son aspect extérieur se soient sensiblement modifiés. Il y avait donc parmi ces usuriers un personnage en tout point énigmatique. Depuis longtemps installé dans ce quartier, il portait un ample costume asiatique et son teint basané révélait une origine méridionale. Mais à quelle nationalité appartenait-il au juste ? Était-il Hindou, Grec ou Persan ? Nul n'aurait su le dire. Sa taille quasi gigantesque, son visage hâve, noiraud, calciné, d'une couleur hideuse, indescriptible, ses grands yeux, animés d'un feu extraordinaire, ses sourcils touffus le distinguaient nettement des cendreux habitants du quartier.

Son logis lui-même ne ressemblait guère aux maisonnettes de bois d'alentour : ce bâtiment de pierre aux fenêtres irrégulières, aux volets et aux verrous de fer, rappelait ceux qu'édifiaient jadis en quantité les négociants génois. Bien différent en ceci de ses confrères, mon usurier pouvait avancer n'importe quelle somme et satisfaire tout le monde depuis la vieille mendiante jusqu'au courtisan prodigue. De luxueux carrosses stationnaient souvent à sa porte et l'on distinguait parfois derrière leurs vitres la tête altière d'une grande dame. La renommée répandait le bruit que ses coffres étaient pleins à craquer d'argent, de pierres précieuses, de diamants, des gages les plus divers, sans qu'il montrât pourtant la rapacité habituelle aux gens de son espèce. Il déliait volontiers les cordons de sa bourse, fixait des échéances que l'emprunteur jugeait fort avantageuses, mais faisait, par d'étranges opérations arithmétiques, monter les intérêts à des sommes fabuleuses. C'est du moins ce que prétendait la rumeur publique. Cependant – trait encore plus surprenant et qui ne manquait point de confondre beaucoup de monde – une fatale destinée attendait ceux qui avaient recours à ses bons offices : tous terminaient tragiquement leur vie. Étaient-ce là de superstitieux radotages ou des bruits répandus à dessein ? On ne le sut jamais au juste. Mais certains faits, survenus à peu d'intervalle au su et au vu de tout le monde, ne laissaient guère de place au doute. » Parmi l'aristocratie de l'époque, un jeune homme de grande famille eut tôt fait d'attirer sur lui l'attention.

En dépit de son âge tendre, il se distinguait au service de l'État, se montrait ardent zélateur du vrai et du bien, s'enflammait pour tous les ouvrages de l'art et de l'esprit, et promettait de devenir un véritable mécène. L'impératrice elle-même le distingua, lui confia un poste important, tout à fait conforme à ses aspirations, et qui lui permettait de se rendre fort utile à la science et en général au bien. Le jeune seigneur s'entoura d'artistes, de poètes, de savants : il brûlait d'encourager tout le monde. Il entreprit d'éditer à ses frais de nombreux ouvrages, fit beaucoup de commandes, fonda toutes sortes de prix. Ces générosités compromirent sa fortune ; mais, dans sa noble ardeur, il ne voulut point pour autant abandonner son œuvre. Il chercha partout des fonds et finit par s'adresser au fameux usurier. À peine celui-ci lui eut-il avancé une somme considérable que notre homme se métamorphosa du tout au tout et devint bientôt le persécuteur des talents naissants. Il se mit à démasquer les défauts de chaque ouvrage, à en interpréter faussement la moindre phrase.

Et comme, par malheur, la Révolution française éclata sur ces entrefaites, elle lui servit de prétexte à toutes les vilenies. Il voyait partout des tendances, des allusions subversives. Il devint soupçonneux, au point de se méfier de lui-même, d'ajouter foi aux plus odieuses dénonciations, de faire d'innombrables victimes. La nouvelle d'une telle conduite devait nécessairement parvenir jusqu'aux marches du trône. Notre magnanime impératrice fut saisie d'horreur. Cédant à cette noblesse d'âme qui pare si bien les têtes couronnées, elle prononça des paroles, dont le sens profond se grava en bien des cœurs, encore qu'elles n'aient pu nous atteindre dans toute leur précision. « Ce n'est point, fit-elle remarquer, sous les régimes monarchiques que se voient réfrénés les généreux élans de l'âme ni méprisés les ouvrages de l'esprit, de la poésie, de l'art. Bien au contraire, seuls les monarques en ont été les protecteurs : les

Shakespeare, les Molière se sont épanouis, grâce à leur appui bienveillant, tandis que Dante ne pouvait trouver dans sa patrie républicaine un coin où reposer sa tête. Les véritables génies se produisent au moment où les souverains et les États sont dans toute leur puissance, et non pas dans l'abomination des luttes intestines ni de la terreur républicaine, qui jusqu'à présent n'ont donné au monde aucun génie. Il faut récompenser les vrais poètes, car loin de fomenter le trouble et la révolte, ils font régner dans les âmes une paix souveraine. Les savants, les écrivains, les artistes sont les perles et les diamants de la couronne impériale ; le règne de tout grand monarque s'en pare et en tire un plus grand éclat. »

Tandis qu'elle prononçait ces paroles, l'impératrice resplendissait, paraît-il, d'une beauté divine ; les vieillards ne pouvaient évoquer ce souvenir sans verser des larmes. Chacun prit l'affaire à cœur : soit dit à notre honneur, tout Russe se range volontiers du côté du faible. Le seigneur qui avait trompé la confiance placée en lui fut puni de façon exemplaire et destitué de sa charge ; le mépris absolu qu'il pouvait lire dans les yeux de ses compatriotes lui parut un châtiment bien plus terrible encore. Les souffrances de cette âme vaniteuse ne se peuvent exprimer : l'orgueil, l'ambition déçue, les espoirs brisés, tout s'unissait pour le torturer, et sa vie se termina dans d'effroyables accès de folie furieuse. » Un second fait, de notoriété non moins générale, vint renforcer la sinistre rumeur. Parmi les nombreuses beautés dont s'enorgueillissait alors à bon droit notre capitale, il y en avait une devant qui pâlissaient toutes les autres.

Prodige bien rare, la beauté du Nord s'unissait admirablement en elle à la beauté du Midi. Mon père avouait n'avoir plus jamais rencontré semblable merveille. Tout lui avait été donné en partage : la richesse, l'esprit, le charme moral. Parmi la foule de ses soupirants se faisait avantageusement remarquer le prince R***, le plus noble, le plus beau, le plus chevaleresque des jeunes gens, le type accompli du héros de roman, un vrai Grandisson sous tous les rapports. Follement amoureux, le prince R*** se vit payé de retour ; mais les parents de la jeune fille jugèrent le parti insuffisant. Les domaines héréditaires du prince avaient depuis longtemps cessé de lui appartenir, sa famille était mal vue à la Cour ; nul n'ignorait le mauvais état de ses affaires. Soudain, après une courte absence motivée par le désir de rétablir sa fortune, le prince s'entoura d'un luxe, d'un faste inouïs. Des bals, des fêtes magnifiques le firent connaître en haut lieu. Le père de la belle jeune fille lui devint favorable et bientôt les noces furent célébrées avec un grand éclat. D'où provenait ce brusque revirement de fortune ? Personne n'en savait rien, mais on allait chuchotant que le fiancé avait conclu un pacte avec le mystérieux usurier et obtenu de lui un emprunt. Ce mariage occupa la ville entière, les deux fiancés furent l'objet de l'envie générale. Tout le monde connaissait la constance de leur amour, les obstacles qui s'étaient mis au travers, leurs mérites réciproques. Les femmes passionnées se représentaient d'avance les délices paradisiaques dont allaient jouir les jeunes époux.

Mais il en alla tout autrement. En quelques mois le mari devint méconnaissable. La jalousie, l'intolérance, des caprices incessants empoisonnèrent son caractère jusqu'alors excellent. Il se fit le tyran, le bourreau de sa femme ; chose qu'on n'eût jamais attendue de lui, il recourut aux procédés les plus inhumains et même aux voies de fait. Au bout d'un an nul ne pouvait reconnaître la femme qui naguère brillait d'un si vif éclat et traînait après elle un cortège d'adorateurs soumis. Bientôt, incapable de supporter plus longtemps son amère destinée, elle parla la première de divorce. Le mari aussitôt d'entrer en fureur, de se précipiter un couteau à la main dans l'appartement de la malheureuse ; si on ne l'avait retenu, il l'eût certainement égorgée. Alors, fou de rage, il tourna l'arme contre lui-même et termina sa vie en proie à d'horribles souffrances. »

Outre ces deux cas, dont toute la société avait été témoin, on en contait une foule d'autres, arrivés dans les classes inférieures et presque tous plus ou moins tragiques. Ici, un brave homme, fort sobre jusqu'alors, s'était soudain adonné à l'ivrognerie ; là un intègre commis de boutique s'était mis à voler son patron ; après avoir de longues années voituré le monde de fort honnête façon, un cocher de fiacre avait tué son client pour un liard. » De pareils faits, plus ou moins amplifiés en passant de bouche en bouche, semaient évidemment la terreur parmi les paisibles habitants de Kolomna. À en croire la rumeur publique le sinistre usurier devait être possédé du démon : il posait à ses clients des conditions à faire se dresser les cheveux sur la tête ; les malheureux n'osaient les révéler à personne ; l'argent qu'il prêtait avait un pouvoir incendiaire, il s'enflammait tout seul, portait des signes cabalistiques. Bref les bruits les plus absurdes couraient sur le personnage. Et, chose digne de remarque, toute la population de Kolomna, tout cet univers de pauvres vieilles, de petits employés, de petits artistes, toute cette menuaille que j'ai fait rapidement passer sous vos yeux, aimait mieux supporter la plus grande gêne que recourir au terrible usurier ; on trouvait même des vieilles mortes de faim, qui s'étaient laissées périr plutôt que de risquer la damnation.

Quiconque le rencontrait dans la rue éprouvait un effroi involontaire ; le piéton s'écartait prudemment, pour suivre ensuite longuement des yeux cette forme gigantesque qui disparaissait au loin. Son aspect hétéroclite aurait suffi à lui faire attribuer par chacun une existence surnaturelle. Ces traits forts, creusés plus profondément que sur tout autre visage, ce teint de bronze en fusion, ces sourcils démesurément touffus, ces yeux effrayants, ce regard insoutenable, les larges plis même de son costume asiatique, tout semblait dire que devant les passions qui bouillonnaient en ce corps celles des autres hommes devaient forcément pâlir. » Chaque fois qu'il le rencontrait, mon père s'arrêtait net et ne pouvait se défendre de murmurer : « C'est le diable, le diable incarné ! »

Mais il est grand temps de vous faire connaître mon père, le véritable héros de mon récit, soit dit entre parenthèses. C'était un homme remarquable sous bien des rapports ; un artiste comme il y en a peu ; un de ces phénomènes comme seule la Russie en fait sortir de son sein encore vierge ; un autodidacte qui, animé par l'unique désir du perfectionnement, était parvenu, sans maître, en dehors de toute école, à trouver en lui-même ses règles et ses lois et suivait, pour des raisons peut-être insoupçonnées, la voie que lui traçait son cœur ; un de ces prodiges spontanés que leurs contemporains traitent souvent d'ignorants, mais qui jusque dans les échecs et les railleries savent puiser de nouvelles forces et s'élèvent rapidement au-dessus des œuvres qui leur avaient valu cette peu flatteuse épithète.

Un noble instinct lui faisait sentir dans chaque objet la présence d'une pensée. Il découvrit tout seul le sens exact de cette expression : « la peinture d'histoire ». Il devina pourquoi on peut donner ce nom à un portrait, à une simple tête de Raphaël, de Léonard, du Titien ou du Corrège, tandis qu'une immense toile au sujet tiré de l'histoire, demeure cependant un tableau de genre, malgré toutes les prétentions du peintre à un art historique. Ses convictions, son sens intime orientèrent son pinceau vers les sujets religieux, ce degré suprême du sublime. Ni ambitieux, ni irritable, à l'encontre de beaucoup d'artistes, c'était un homme ferme, intègre, droit et même fruste, recouvert d'une carapace un peu rugueuse, non dénué d'une certaine fierté intérieure, et qui parlait de ses semblables avec un mélange d'indulgence et d'âpreté. « Je me soucie bien de ces gens-là ! avait-il coutume de dire.

Ce n'est point pour eux que je travaille. Je ne porterai pas mes œuvres dans les salons. Qui me comprendra me remerciera ; qui ne me comprendra pas élèvera quand même son âme vers Dieu. On ne saurait reprocher à un homme du monde de ne pas se connaître en peinture : les cartes, les vins, les chevaux, n'ont pas de secret pour lui, cela suffit. Qu'il s'en aille goûter à ceci et à cela, il voudra faire le malin et l'on ne pourra plus vivre tranquille ! À chacun son métier. Je préfère l'homme qui avoue son ignorance à celui qui joue l'entendu et ne réussit qu'à tout gâter. » Il se contentait d'un gain minime, tout juste suffisant pour entretenir sa famille et poursuivre sa carrière.

Toujours secourable au prochain, il obligeait volontiers ses confrères malheureux. En outre, il gardait la foi ardente et naïve de ses ancêtres ; voilà pourquoi sans doute apparaissait spontanément sur les visages qu'il peignait la sublime expression que cherchaient en vain les plus brillants talents. Par son labeur patient, par sa fermeté à suivre la route qu'il s'était tracée, il acquit enfin l'estime de ceux mêmes qui l'avaient traité d'ignorant et de rustre. On lui commandait sans cesse des tableaux d'église. L'un d'eux l'absorba particulièrement ; sur cette toile, dont le sujet exact m'échappe à l'heure actuelle, devait figurer l'Esprit de ténèbres.

Désireux de personnifier en cet Esprit tout ce qui accable, oppresse l'humanité, mon père réfléchit longtemps à la forme qu'il lui donnerait. L'image du mystérieux usurier hanta plus d'une fois ses songeries. « Voilà, se disait-il, involontairement, celui que je devrais prendre pour modèle du diable ! » Jugez donc de sa stupéfaction quand, un jour qu'il travaillait dans son atelier, il entendit frapper à la porte et vit entrer l'effarant personnage. Il ne put retenir un frisson. « – Tu es peintre ? demanda l'autre tout de go. »

– Je le suis, répondit mon père, curieux du tour que prendrait l'entretien. »

– Bon, fais mon portrait. Je mourrai peut-être bientôt et je n'ai point d'enfants. Mais je ne veux pas mourir entièrement, je veux vivre. Peux-tu peindre un portrait qui paraisse absolument vivant ? » « Tout va pour le mieux, se dit mon père : il se propose lui-même pour faire le diable dans mon tableau ! » » Ils convinrent de l'heure, du prix, et dès le lendemain, mon père, emportant sa palette et ses pinceaux, se rendit chez l'usurier.

La cour aux grands murs, les chiens, les portes en fer et leurs verrous, les fenêtres cintrées, les coffres recouverts de curieux tapis, le maître du logis surtout, assis immobile devant lui, tout cela produisit sur mon père une forte impression. Masquées, encombrées comme à dessein, les fenêtres ne laissaient passer le jour que par en haut. « Diantre, se dit-il, son visage est bien éclairé en ce moment ! » Et il se mit à peindre rageusement comme s'il redoutait de voir disparaître cet heureux éclairage. « Quelle force diabolique ! se répétait mon père. Si j'arrive à la rendre, ne fût-ce qu'à moitié, tous mes saints, tous mes anges pâliront devant ce visage. Pourvu que je sois, au moins en partie, fidèle à la nature, il va tout simplement sortir de la toile. Quels traits extraordinaires ! » Il travaillait avec tant d'ardeur que déjà certains de ces traits se reproduisaient sur sa toile ; mais, à mesure qu'il les saisissait, un malaise indéfinissable s'emparait de son cœur.

Malgré cela, il s'imposa de copier scrupuleusement jusqu'aux expressions quasi imperceptibles. Il s'occupa d'abord de parfaire les yeux. Vouloir traduire le feu, l'éclat qui les animaient semblait une folle gageure. Il décida cependant d'en poursuivre les nuances les plus fugitives ; mais à peine commençait-il à pénétrer leur secret qu'une angoisse sans nom le contraignit à lâcher son pinceau. C'est en vain qu'il voulut plusieurs fois le reprendre : les yeux s'enfonçaient en son âme, y soulevaient un grand tumulte. Il dut abandonner la partie. Le lendemain, le surlendemain, l'atroce sensation se fit encore plus poignante. Finalement mon père épouvanté jeta son pinceau, déclara tout net qu'il en resterait là. Il aurait fallu voir à ces mots se transformer le terrible usurier. Il se jeta aux pieds de mon père et le supplia d'achever son portrait : son sort, son existence en dépendaient ; le peintre avait déjà saisi ses traits ; s'il les reproduisait exactement, sa vie allait être fixée à jamais sur la toile par une force surnaturelle ; grâce à cela il ne mourrait point entièrement ; il voulait coûte que coûte demeurer en ce monde…

Cet effarant discours terrifia mon père ; abandonnant et pinceaux et palette, il se précipita comme un fou hors de la pièce, et toute la journée, toute la nuit, l'inquiétante aventure obséda son esprit. » Le lendemain matin, une femme, le seul être que l'usurier eût à son service, lui apporta le portrait : son maître, déclara-t-elle, le refusait, n'en donnait pas un sou. Le soir de ce même jour, mon père apprit que son client était mort et qu'on se préparait à le porter en terre suivant les rites de sa religion. Il chercha en vain le sens de ce bizarre événement.

Cependant un grand changement se fit depuis lors dans son caractère : un grand désarroi, dont il ne parvenait pas à s'expliquer la cause, bouleversait tout son être ; et bientôt il accomplit un acte que personne n'aurait attendu de sa part. » Depuis quelque temps l'attention d'un petit groupe de connaisseurs se portait sur les œuvres d'un de ses élèves, dont mon père avait dès le premier jour deviné le talent et qu'il prisait entre tous. Soudain l'envie s'insinua dans son cœur : les éloges qu'on décernait à ce jeune homme lui devinrent insupportables. Et quand il apprit qu'on avait commandé à son élève un tableau destiné à une riche église récemment édifiée, son dépit ne connut plus de bornes. « Non, disait-il, je ne laisserai pas triompher ce blanc-bec. Ah, ah, tu songes déjà à jeter les vieux par-dessus bord ; tu t'y prends trop tôt, mon garçon !

Dieu merci, je ne suis pas encore une mazette, et nous allons voir qui de nous deux fera baisser pavillon à l'autre ! » Et cet homme droit, ce cœur pur, cet ennemi de la brigue intrigua si bien que le tableau fut mis au concours. Alors il s'enferma dans sa chambre pour y travailler avec une farouche ardeur. Il semblait vouloir se mettre tout entier dans son œuvre, et il y réussit pleinement. Quand les concurrents exposèrent leurs toiles, toutes, auprès de la sienne, furent comme la nuit devant le jour. Nul ne doutait de lui voir remporter la palme. Mais soudain un membre du jury, un ecclésiastique, si j'ai bonne mémoire, fit une remarque qui surprit tout le monde. »

– Ce tableau, dit-il, dénote à coup sûr un grand talent, mais les visages ne respirent aucune sainteté ; au contraire il y a dans les yeux je ne sais quoi de satanique ; on dirait qu'un vil sentiment a guidé la main du peintre. »

Tous les assistants s'étant tournés vers la toile, le bien-fondé de cette critique apparut évident à chacun. Mon père, qui la trouvait fort blessante, se précipita pour en vérifier la justesse et constata avec stupeur qu'il avait donné à presque toutes ses figures les yeux de l'usurier ; ces yeux luisaient d'un éclat si haineux, si diabolique qu'il en frissonna d'horreur. Son tableau fut refusé et il dut, à son inexprimable dépit, entendre décerner la palme à son élève. Je renonce à vous décrire dans quel état de fureur il rentra chez lui.

Il faillit battre ma mère, chassa tous les enfants, brisa ses pinceaux, son chevalet, s'empara du portrait de l'usurier, réclama un couteau et fit allumer du feu afin de le couper en morceaux et de le livrer aux flammes. Un de ses confrères et amis le surprit dans ces lugubres préparatifs ; c'était un bon garçon, toujours content de lui, qui ne s'embarrassait point d'aspirations trop éthérées, s'attaquait gaiement à n'importe quelle besogne et plus gaiement encore à un bon dîner.

« – Qu'y a-t-il ? Que te prépares-tu à brûler ? dit-il en s'approchant du portrait. Miséricorde, mais c'est un de tes meilleurs tableaux ! Je reconnais l'usurier récemment défunt ; tu l'as vraiment saisi sur le vif et même mieux que sur le vif, car de son vivant, jamais ses yeux n'ont regardé de la sorte. »

– Eh bien, je vais voir quel regard ils auront dans le feu, dit mon père, prêt à jeter sa toile dans la cheminée. »

– Arrête, pour l'amour de Dieu !… Donne-le-moi plutôt s'il t'offusque à ce point la vue. » » Après s'être quelque temps entêté dans son dessein, mon père finit par céder ; et, tandis que, fort satisfait de l'acquisition, son jovial ami emportait la toile, il se sentit soudain plus calme : l'angoisse qui lui pesait sur la poitrine semblait avoir disparu avec le portrait. Il s'étonna fort de ses mauvais sentiments, de son envie, du changement manifeste de son caractère.

Quand il eut examiné son acte, il en prit une profonde affliction. « C'est Dieu qui m'a puni, se dit-il avec tristesse. Mon tableau a subi un affront mérité. Je l'avais conçu dans le dessein d'humilier un frère. L'envie ayant guidé mon pinceau, ce sentiment infernal devait nécessairement apparaître sur la toile. »

Il se mit en quête de son ancien élève, le serra bien fort dans ses bras, lui demanda pardon, chercha de toutes manières à réparer sa faute. Et bientôt il reprit paisiblement le cours de ses occupations. Cependant il semblait de plus en plus rêveur, taciturne, priait davantage, jugeait les gens avec moins d'âpreté ; la rude écorce de son caractère s'adoucissait. Un événement imprévu vint encore renforcer cet état d'esprit. » Depuis un certain temps le camarade qui avait emporté le portrait ne lui donnait plus signe de vie ; mon père se disposait à l'aller voir quand l'autre entra soudain dans sa chambre et dit, après un bref échange de politesses : »

— Eh bien, mon cher, tu n'avais pas tort de vouloir brûler le portrait. Nom d'un tonnerre, j'ai beau ne pas croire aux sorcières, ce tableau-là me fait peur ! Crois-moi si tu veux, le malin doit y avoir établi sa résidence !... »

— Vraiment ? fit mon père. »

— Sans aucun doute. À peine l'avais-je accroché dans mon atelier que j'ai sombré dans le noir : pour un peu j'aurais égorgé quelqu'un ! Moi qui avais toujours ignoré l'insomnie, non seulement je l'ai connue, mais j'ai eu de ces rêves !... Étaient-ce des rêves ou autre chose, je n'en sais trop rien : un esprit essayait de m'étrangler et je croyais tout le temps voir le maudit vieillard !

Bref, je ne puis te décrire mon état ; jamais rien de pareil ne m'était arrivé. J'ai erré comme un fou pendant plusieurs jours : j'éprouvais

135

sans cesse je ne sais quelle terreur, quelle angoissante appréhension ; je ne pouvais dire à personne une parole joyeuse, sincère, je croyais toujours avoir un espion à mes côtés. Enfin lorsque sur sa demande j'eus cédé le portrait à mon neveu, j'ai senti comme une lourde pierre tomber de mes épaules. Et comme tu le vois, j'ai du même coup retrouvé ma gaieté.

Eh bien, mon vieux, tu peux te vanter d'avoir fabriqué là un beau diable ! »

– Et le portrait est toujours chez ton neveu ? demanda mon père qui l'avait écouté avec une attention soutenue. »

– Ah bien oui, chez mon neveu ! Il n'a pu y tenir ! répondit le joyeux compère. L'âme du bonhomme est passée dans le portrait, faut croire. Il sort du cadre, il se promène par la pièce ! Ce que raconte mon neveu est proprement inconcevable, et je l'aurais pris pour un fou si je n'avais pas éprouvé quelque chose de ce genre. Il a vendu ton tableau à je ne sais quel collectionneur, mais celui-ci non plus n'a pu y tenir et il s'en est défait à son tour. » » Ce récit produisit une forte impression sur mon père.

À force d'y rêver il tomba dans l'hypocondrie et se persuada que son pinceau avait servi d'arme au démon, que la vie de l'usurier avait été, tout au moins partiellement, transmise au portrait : elle jetait maintenant le trouble parmi les hommes, leur inspirant des impulsions diaboliques, les livrant aux tortures de l'envie, écartant les artistes de leur vraie voie, etc. Trois malheurs survenus après cet événement, les trois morts subites de sa femme, de sa fille, d'un fils en bas âge, lui parurent un châtiment du ciel et il se résolut à quitter le monde. À peine eus-je atteint mes neuf ans qu'il me fit entrer à l'École des Beaux-Arts, paya ses créanciers et se réfugia dans un cloître à l'écart, où il prit bientôt l'habit.

L'austérité de sa vie, son observance rigoureuse des règles édifièrent tous les religieux. Le supérieur, ayant appris quel habile artiste était mon père, lui demanda instamment de peindre le principal tableau de leur église. Mais l'humble moine déclara tout franc qu'ayant profané son pinceau, il était pour l'instant indigne d'y toucher ; avant d'entreprendre une telle œuvre il devait purifier son âme par le travail et les mortifications. On ne voulut point le contraindre. Bien qu'il s'ingéniât à augmenter les rigueurs de la règle, elle finit par lui paraître trop facile. Avec l'autorisation du supérieur, il se retira dans un lieu solitaire et s'y bâtit une cahute avec des branches d'arbres. Là, se nourrissant uniquement de racines crues, il transportait des pierres d'un endroit à l'autre ou demeurait en prières de l'aurore au coucher du soleil, immobile et les bras levés au ciel.

Bref il recherchait les pratiques les plus dures, les austérités extraordinaires dont on ne trouve guère d'exemples que dans la vie des saints. Et durant plusieurs années il macéra de la sorte son corps tout en le fortifiant par la prière. Un jour enfin il revint au monastère et dit d'un ton ferme au supérieur : « Me voici prêt : s'il plaît à Dieu, je mènerai mon œuvre à bien. » » Il choisit pour sujet la Nativité de Notre-Seigneur. Il s'enferma de longs mois dans sa cellule, ne prenant qu'une grossière nourriture, œuvrant et priant sans cesse. Au bout d'un an le tableau était terminé. Et c'était vraiment un miracle du pinceau.

Encore que ni les moines ni le supérieur ne fussent grands connaisseurs en peinture, l'extraordinaire sainteté des personnages les stupéfia. La douceur, la résignation surnaturelles empreintes sur le visage de la sainte Vierge penchée sur son divin Fils ; la sublime raison qui animait les yeux, déjà ouverts sur l'avenir, de l'Enfant-Dieu ; le silence solennel des Rois mages prosternés, confondus par le grand mystère ; la sainte, l'indescriptible paix qui enveloppait le tableau ; cette sereine beauté, cette grandiose harmonie produisaient un effet magique. Toute la communauté tomba à genoux devant la nouvelle image sainte, et, dans son attendrissement, le supérieur s'écria : « – Non, l'homme ne peut créer une pareille œuvre avec le seul secours de l'art humain ! Une force sainte a guidé ton pinceau, le Ciel a béni tes labeurs. » » Je venais précisément de terminer mes études ; la médaille d'or obtenue à l'École des Beaux-Arts m'ouvrait l'agréable perspective d'un voyage en Italie, le plus beau rêve pour un peintre de vingt ans. Il ne me restait plus qu'à prendre congé de mon père ; je ne l'avais pas revu depuis douze ans et j'avoue que son image même s'était effacée de ma mémoire. Vaguement instruit de ses austérités, je m'attendais à lui trouver le rude aspect d'un ascète, étranger à tout au monde, sauf à sa cellule et à la prière, desséché, épuisé par le jeûne et les veilles. Quelle ne fut pas ma stupéfaction quand je me trouvai en présence d'un vieillard très beau, presque divin ! Une joie céleste illuminait son visage, où l'épuisement n'avait point marqué sa flétrissure. Sa barbe de neige, sa chevelure légère, quasi aérienne, du même ton argenté, se répandaient pittoresquement sur ses épaules, sur les plis de son froc noir, et tombaient jusqu'à la corde qui ceignait son pauvre habit monastique.

Mais ce qui me surprit le plus, ce fut de l'entendre prononcer des paroles, émettre des pensées sur l'art qui se sont à jamais gravées dans ma mémoire et dont je voudrais voir chacun de mes confrères tirer profit à son tour. « – Je t'attendais, mon fils, me dit-il quand je m'inclinai pour recevoir sa bénédiction. Voici que s'ouvre devant toi la route où ta vie va désormais s'engager. C'est une noble voie, ne t'en écarte pas. Tu as du talent ; le talent est le don le plus précieux du ciel ; ne le dilapide point. Scrute, étudie tout ce que tu verras, soumets tout à ton pinceau ; mais sache trouver le sens profond des choses, essaie de pénétrer le grand secret de la création. Heureux l'élu qui le possède : pour lui il n'est plus rien de vulgaire dans la nature. L'artiste créateur est aussi grand dans les sujets infimes que dans les sujets les plus élevés ; ce qui fut vil ne l'est plus grâce à lui, car sa belle âme transparaît à travers l'objet bas, et pour avoir été purifié en passant par elle, cet objet acquiert une noble expression…

Si l'art est au-dessus de tout, c'est que l'homme trouve en lui comme un avant-goût du Paradis. La création l'emporte mille et mille fois sur la destruction, une noble sérénité sur les vaines agitations du monde ; par la seule innocence de son âme radieuse un ange domine les orgueilleuses, les incalculables légions de Satan ; de même l'œuvre d'art surpasse de beaucoup toutes les choses d'ici-bas. Sacrifie tout à l'art ; aime-le passionnément, mais d'une passion tranquille, éthérée, dégagée des concupiscences terrestres ; sans elle, en effet, l'homme ne peut s'élever au-dessus de la terre, ni faire entendre les sons merveilleux qui apportent l'apaisement.

Or c'est pour apaiser, pour pacifier, qu'une grande œuvre d'art se manifeste à l'univers ; elle ne saurait faire sourdre dans les âmes le murmure de la révolte ; c'est une prière harmonieuse qui tend toujours vers le ciel. Cependant il est des minutes, de tristes minutes… » » Il s'interrompit et je vis comme une ombre passer sur son clair visage. « – Oui, reprit-il, il y a eu dans ma vie un événement… Je me demande encore qui était celui dont j'ai peint l'image. Il semblait vraiment une incarnation du diable. Je le sais, le monde nie l'existence du démon. Je me tairai donc sur son compte. Je dirai seulement que je l'ai peint avec horreur ; mais je voulus coûte que coûte surmonter ma répulsion et, étouffant tout sentiment, me montrer fidèle à la nature.

Ce ne fut point une œuvre d'art que ce portrait : tous ceux qui le regardent éprouvent un violent saisissement, la révolte gronde en eux ; un pareil désarroi n'est point un effet de l'art, car l'art respire la paix jusque dans l'agitation. On m'a dit que le tableau passe de main en main, causant partout de cruels ravages, livrant l'artiste aux sombres fureurs de l'envie, de la haine, lui inspirant la soif cruelle d'humilier, d'opprimer son prochain. Daigne le Très-Haut te préserver de ces passions, il n'en est point de plus cruelles ! Mieux vaut souffrir mille et mille persécutions qu'infliger à autrui l'ombre d'une amertume. Sauve la pureté de ton âme. Celui en qui réside le talent doit être plus pur que les autres : à ceux-ci il sera beaucoup pardonné, mais à lui rien. Qu'une voiture lance la moindre éclaboussure sur un homme paré de clairs habits de fête, aussitôt la foule l'entoure, le montre du doigt, commente sa négligence ; cependant cette même foule ne remarque même pas les taches nombreuses des autres passants vêtus d'habits ordinaires, car sur ces vêtements sombres les taches ne sont point visibles.» » Il me bénit, m'attira sur son cœur. Je n'avais jamais connu une si noble émotion.

C'est avec une vénération plus que filiale que je me pressai contre sa poitrine, que je baisai ses cheveux argentés, librement épandus. Une larme brilla dans ses yeux. « – Exauce, mon fils, une prière que je vais t'adresser, me dit-il au moment des adieux. Peut-être découvriras-tu quelque part le portrait dont je t'ai parlé. Tu le reconnaîtras aussitôt à ses yeux extraordinaires et à leur regard surnaturel. Détruis-le aussitôt. » » Jugez vous-mêmes si je pouvais ne point m'engager par serment à exaucer un tel vœu. Depuis quinze ans il ne m'est jamais advenu de rencontrer quelque chose qui ressemblât, si peu que ce fût, à la description de mon père.

Et voici que soudain, à cette vente… » Sans achever sa phrase, le peintre se tourna vers le fatal portrait ; ses auditeurs l'imitèrent.

Quelle ne fut pas leur surprise quand ils s'aperçurent qu'il avait disparu ! Un murmure étouffé passa à travers la foule, puis on entendit clairement ce mot : « Volé ! »

Tandis que l'attention unanime était suspendue aux lèvres du narrateur, quelqu'un avait sans doute réussi à le dérober.

Les assistants demeurèrent un bon moment stupide, hébétés, ne sachant trop s'ils avaient réellement vu ces yeux extraordinaires ou si leurs propres yeux, lassés par la contemplation de tant de vieux tableaux, avaient été le jouet d'une vaine illusion.

Annotations

[1] La reine (et non princesse) Milikitrisse est un personnage du conte populaire Bova Korolévitch, dérivé, par l'entremise de l'italien et du serbe, d'une chanson de geste française, Beuves de Hanstone. Milikitrisse (déformation du nom commun italien meretrice, courtisane), mère de Bova, y incarne la ruse, l'astuce féminine (Note du traducteur.)

[2] Héros d'un autre conte populaire, emprunté à la Perse, le Roustem des légendes orientales. Les sujets mentionnés ensuite sont empruntés à des contes moraux ou satiriques importés de l'Occident (Note du traducteur.)

[3] À l'extrême ouest de Pétersbourg. Elle est percée de rues parallèles ou Lignes, désignées par des numéros (Note du traducteur.)

[4] Faubourg ouest de Pétersbourg, entre la Moïka et la Fontanka, dont le charme endormi avait été déjà chanté sur le mode léger par Pouchkine.

La perspective nevski

Il n'y a rien de plus beau que la Perspective Nevski, tout au moins à Pétersbourg ; et dans la vie de la capitale, elle joue un rôle unique !

Que manque-t-il à la splendeur de cette reine des rues de notre capitale ? Je suis certain que nul de ses habitants blêmes et titrés n'accepterait d'échanger la Perspective Nevski contre tous les biens de la terre. Tous en sont enthousiastes : non seulement ceux qui ont vingt-cinq ans, de jolies moustaches et des vêtements d'une coupe irréprochable, mais ceux aussi dont le menton s'orne de touffes grises et dont le crâne est aussi lisse qu'un plat d'argent.

Et les dames ! Oh ! quant aux dames, la Perspective Nevski leur offre encore plus d'agréments ! Mais à qui donc n'en offre-t-elle pas ? À peine se trouve-t-on dans cette rue qu'on se sent aussitôt disposé à la flânerie. Si même vous avez quelque affaire sérieuse et urgente, dès que vous mettez le pied dans la Perspective, vous oubliez immanquablement vos préoccupations. C'est le seul endroit où les gens se rendent non pas uniquement par nécessité, poussés par le besoin ou guidés par cet intérêt mercantile qui gouverne tout Pétersbourg. Il semble que les gens qu'on rencontre dans la Perspective Nevski soient des êtres moins égoïstes que ceux qu'on voit dans les rues Morskaïa, Gorokhovaïa, la Perspective Liteïny, où l'avidité et l'intérêt se reflètent sur le visage des piétons, comme aussi de ceux qui roulent en calèche ou en drojki.

La Perspective Nevski est la grande ligne de communication pétersbourgeoise. C'est ici que l'habitant des faubourgs de la rive droite, qui depuis plusieurs années n'a plus revu son ami demeurant dans le quartier de la Barrière de Moscou, peut être certain de se rencontrer avec lui. Nul journal, nul bureau de renseignements ne vous fourniront des informations aussi complètes que celles que vous recueillez dans la Perspective Nevski.

Quelle rue admirable ! Le seul lieu de promenade de l'habitant de notre capitale, si pauvre en distractions. Comme ses trottoirs sont bien tenus ! Et Dieu sait, pourtant, combien de pieds y laissent leurs traces ! La lourde botte du soldat en retraite, sous le poids de laquelle devrait se fendre, semble-t-il, le dur granit ; le soulier minuscule, aussi léger qu'une fumée, de la jeune dame qui penche la tête vers les brillantes vitrines des magasins, tel un tournesol vers l'astre du jour, et la botte éperonnée du sous-lieutenant riche en espérances et dont le sabre bruyant raye les dalles. Tout y marque son empreinte : aussi bien la force que la faiblesse.

Quelles fantasmagories s'y jouent ! Quels changements rapides s'y déroulent en l'espace d'une seule journée !

Commençons par le matin, lorsque toute la ville fleure le pain chaud à peine retiré du four, et se trouve envahie par une multitude de vieilles femmes vêtues de robes et de manteaux troués, qui font la tournée des églises et poursuivent les passants pitoyables. À cette heure matinale, la Perspective Nevski est déserte : les gros propriétaires de magasins et leurs commis dorment encore dans leurs draps de Hollande, ou bien rasent leurs nobles joues et prennent leur café. Les mendiants se pressent aux portes des pâtisseries, où un Ganymède encore tout endormi, qui hier volait, rapide, telle une mouche, et servait le chocolat, se tient aujourd'hui, un balai à la main, sans cravate, et distribue de vieux gâteaux et des rogatons. Des travailleurs passent de leur démarche traînante, des moujiks russes dont les bottes sont recouvertes d'une telle couche de plâtre que même les eaux du canal Catherine, célèbres pour leur pureté, ne pourraient les nettoyer.

À cette heure du jour, il serait gênant pour une dame de se trouver dans la rue, car le peuple russe affectionne les expressions fortes, et les dames n'en entendent jamais de semblables, même au théâtre. Parfois, son portefeuille sous le bras, un fonctionnaire endormi suit d'un pas dolent la Perspective Nevski, si celle-ci se trouve sur le chemin qui le conduit au ministère. On peut affirmer qu'à cet instant du jour avant midi, la Perspective Nevski n'est un but pour personne, mais un lieu de passage : elle se peuple peu à peu de gens qui ont leurs occupations, leurs soucis, leurs ennuis, et qui ne songent nullement à elle.

Les moujiks discutent de quelques kopeks ; les vieux et les vieilles se démènent et se parlent à eux-mêmes, parfois avec des gestes extrêmement expressifs ; mais personne ne leur prête attention et ne se moque d'eux, excepté peut-être quelque gamin en tablier de coton, qui court à toutes jambes à travers la Perspective en portant des bouteilles vides ou une paire de bottes. À cette heure, personne ne remarquera vos vêtements, quels qu'ils soient : vous pouvez porter une casquette au lieu de chapeau, votre col peut dépasser votre cravate – cela n'a aucune importance.

À midi, la Perspective Nevski est envahie par des précepteurs appartenant à toutes les nations, et leurs pupilles aux cols de batiste rabattus. Les John anglais et les Jean et Pierre français se promènent bras dessus bras dessous avec les jeunes gens confiés à leurs soins et leur expliquent avec un grand sérieux que les enseignes se placent au-dessus des devantures des magasins, afin que l'on sache ce qui se vend dans ces mêmes magasins.

Les gouvernantes, pâles misses et Françaises roses, suivent d'une démarche majestueuse des fillettes délurées et fluettes, en leur recommandant de lever l'épaule gauche et de se tenir plus droites. Bref, à cette heure de la journée, la Perspective Nevski est un lieu de promenade pédagogique.

Puis, à mesure qu'on approche de deux heures, les gouvernantes, les précepteurs et leurs élèves se dispersent et cèdent la place aux tendres pères de ces derniers, qui se promènent en donnant le bras à leurs épouses, pâles et nerveuses, vêtues de robes multicolores et brillantes.

Peu à peu viennent se joindre à eux tous ceux qui ont terminé leurs occupations domestiques, plus ou moins sérieuses : les uns ont causé avec leur docteur du temps qu'il faisait ou d'un petit bouton apparu sur leur nez ; les autres ont pris des nouvelles de la santé de leurs chevaux, ainsi que de celle de leurs enfants qui font montre de très grandes aptitudes. Ceux-ci ont lu attentivement l'affiche des spectacles et un important article de journal sur les personnages de marque de passage à Pétersbourg ; ceux-là se sont contentés de prendre leur café ou leur thé.

Ensuite, l'on voit apparaître ceux qu'un sort enviable a élevés au rang béni de secrétaire particulier ou de fonctionnaire en mission spéciale. Puis, ce sont les fonctionnaires du ministère des Affaires étrangères, lesquels se distinguent par la noblesse de leurs goûts et de leurs occupations.

Mon Dieu ! que de belles fonctions, que de beaux emplois il existe de par le monde ! Et comme ils ennoblissent et ravissent l'âme ! Mais moi, je ne suis pas fonctionnaire, hélas ! Je suis privé du plaisir de connaître l'amabilité de mes chefs.

Tous ceux que vous rencontrez alors Perspective Nevski vous enchantent par leur élégance : les hommes portent de longues redingotes et se promènent les mains dans les poches... Les femmes sont vêtues de manteaux de satin rose, blanc ou bleu pâle, et portent de splendides chapeaux.

C'est ici que vous pourrez admirer des favoris extraordinaires, des favoris uniques au monde qu'avec un art étonnant on fait passer par-dessous la cravate, des favoris noirs et brillants comme le charbon ou la martre zibeline. Mais ceux-ci, hélas ! n'appartiennent qu'aux seuls fonctionnaires du ministère des Affaires étrangères. Quant aux fonctionnaires des autres administrations, la Providence ne leur a accordé, à leur grand dépit, que des favoris roux. Vous pourrez rencontrer ici d'admirables moustaches que nulle plume, nul pinceau ne sont capables de reproduire, des moustaches auxquelles leur propriétaire consacre la meilleure partie de son existence et qui sont l'objet de tous ses soins au cours de longues séances, des moustaches arrosées de parfum exquis et enduites de rares pommades, des moustaches qu'on enveloppe pour la nuit de papier de soie, des moustaches qui manifestent les tendres soucis de leurs possesseurs et que jalousent les passants.

La multitude des chapeaux, des fichus, des robes – auxquels les dames demeurent fidèles parfois même deux jours de suite – est capable d'éblouir qui que ce soit Perspective Nevski : il semble que toute une nuée de papillons s'élève de terre et volette autour de la foule des noirs scarabées du sexe fort. Vous admirerez ici des tailles d'une finesse exquise, comme vous n'en avez jamais rêvé, des tailles minces, déliées, des tailles plus étroites que le col d'une bouteille, et dont vous vous écarterez respectueusement dans la crainte de les frôler d'un coude brutal, votre cœur se serrant de terreur à la pensée qu'il suffirait d'un souffle pour briser ce produit admirable de la nature et de l'art.

Et quelles manches vous verrez Perspective Nevski ! Dieu, quelles manches ! Elles ressemblent fort à des ballons, et l'on s'imagine parfois que la dame pourrait brusquement s'élever dans les airs, si elle n'était pas maintenue par son cavalier ; soulever une dame dans les airs est aussi facile et agréable, en effet, que de porter à sa bouche une coupe de champagne.

Nulle part, lorsqu'on se rencontre, on ne se salue avec autant d'élégance et de noblesse qu'à la Perspective Nevski. Ici, vous admirerez des sourires exquis, des sourires uniques, véritables œuvres d'art, des sourires capables de vous ravir complètement ; vous en verrez qui vous courberont et vous feront baisser la tête jusqu'à terre ; d'autres, parfois, qui vous feront dresser le front plus haut que la flèche de l'Amirauté. Ici, vous croiserez des gens qui causent des concerts et du temps qu'il fait, sur un ton d'une noblesse extraordinaire et avec un grand sentiment de leur propre dignité. Ici, vous rencontrerez des types étonnants et des caractères très étranges. Seigneur ! que de personnages originaux on rencontre Perspective Nevski !

Il y a des gens qui ne manquent jamais, en vous croisant, d'examiner vos bottines ; puis, quand vous serez passé, ils se retourneront encore pour voir les pans de votre habit. Je ne parviens pas encore à comprendre le manège de ces gens : je m'imaginais d'abord que c'étaient des cordonniers ; mais pas du tout ! La plupart occupent un poste dans différentes administrations, et quelques-uns d'entre eux sont parfaitement capables de rédiger de très beaux rapports. Les autres passent leur temps à se promener et à parcourir les journaux chez les pâtissiers ; bref, ce sont des personnes très convenables.
À ce moment de la journée, entre deux et trois heures, lorsque la Perspective Nevski est le plus animée, on peut y admirer une véritable exposition des plus belles productions humaines.

L'un exhibe une élégante redingote à parements de castor ; l'autre, un beau nez grec ; le troisième, de larges favoris ; celle-ci, une paire d'yeux charmants et un chapeau merveilleux ; telle autre porte à son petit doigt fuselé une bague ornée d'un talisman ; celle-là fait admirer un petit pied dans un soulier délicieux ; ce jeune homme, une cravate étonnante ; cet officier, des moustaches stupéfiantes.

Mais trois heures sonnent. L'exposition est terminée ; la foule se disperse.

À trois heures, changement complet. On dirait une floraison printanière : la Perspective Nevski se trouve soudain envahie par une multitude de fonctionnaires en habit vert. Les conseillers titulaires, auliques et autres, très affamés, se précipitent de toute la vitesse de leurs jambes vers leur logis. Les jeunes enregistreurs de collège, les secrétaires provinciaux et de collège se hâtent de mettre à profit les quelques instants dont ils disposent et arpentent la Perspective Nevski d'une démarche nonchalante, comme s'ils n'étaient pas restés enfermés six heures de suite dans un bureau. Mais les vieux conseillers titulaires et auliques marchent rapidement, la tête basse : ils ont autre chose à faire que de dévisager les passants ; ils ne se sont pas encore débarrassés de leurs préoccupations : c'est le gâchis complet dans leur cerveau ; on dirait des archives remplies de dossiers en désordre. Et longtemps encore ils ne voient partout que des cartons remplis de paperasses, ou bien le visage rond du directeur de la chancellerie.

À partir de quatre heures, la Perspective Nevski se vide, et il est peu probable que vous puissiez y rencontrer ne fût-ce qu'un seul fonctionnaire. Quelque couturière traverse la chaussée, en courant d'un magasin à l'autre, une boîte de carton au bras ; ou bien c'est quelque pitoyable victime d'un légiste habile à dévaliser ses clients ; quelque Anglaise, longue et maigre, munie d'un réticule et d'un petit livre ; quelque garçon de recette à la maigre barbiche, en redingote de cotonnade pincée haut, personnage à l'existence instable et hasardeuse, et dont tout le corps paraît en mouvement, – le dos, les bras, les jambes, la tête, – lorsqu'il suit le trottoir dans une attitude pleine de prévenance. C'est aussi, parfois, un vulgaire artisan… Vous ne verrez personne d'autre à cette heure de la journée dans la Perspective Nevski.

Mais aussitôt que le crépuscule descend sur les rues et sur les maisons, aussitôt que le veilleur de nuit monte à son échelle pour allumer les réverbères et qu'aux fenêtres basses des magasins apparaissent les estampes qu'on n'ose exposer à la lumière du jour, la Perspective Nevski se ranime et s'emplit de nouveau de mouvement et de bruit.

C'est l'heure mystérieuse où les lampes versent sur toutes choses une lumière merveilleuse et attirante. Vous rencontrerez alors nombre de jeunes gens, célibataires pour la plupart, vêtus de redingotes et de manteaux bien chauds. On devine que ces promeneurs ont un but, ou plutôt qu'ils subissent une sorte d'impulsion vague. Leurs pas sont rapides mais incertains ; de minces ombres glissent le long des murs des maisons, sur la chaussée, et effleurent presque de leur tête le pont de la Police.

Les jeunes enregistreurs de collège, les jeunes secrétaires de collège et secrétaires provinciaux se promènent longuement ; mais les vieux fonctionnaires restent chez eux pour la plupart : ou bien parce que ce sont des hommes mariés, ou bien parce que leurs cuisinières allemandes leur font de la bonne cuisine. Vous rencontrerez pourtant à cette heure maints de ces respectables vieillards qui parcouraient à deux heures la Perspective Nevski d'un air si important, si noble ; vous les verrez maintenant courir, tout comme les jeunes gens, et essayer de glisser un regard sous le chapeau d'une dame entrevue de loin, et dont les lèvres charnues et les joues plâtrées de rouge et de blanc plaisent à tant de promeneurs, et tout particulièrement aux commis, aux garçons de recette, aux marchands qui circulent en bandes, en se donnant le bras.

« Arrête ! s'écria le lieutenant Pirogov, en tirant brusquement par la manche le jeune homme en habit et en pèlerine qui marchait à ses côtés. L'as-tu vue ?
– Oui, elle est admirable ! on dirait la Bianca du Pérugin.

– De laquelle parles-tu donc ?

– Mais d'elle ! de celle qui a des cheveux bruns ! Quels yeux ! mon Dieu ! Quels yeux ! Ses traits, l'ovale du visage, le port de tête, quel rêve !

– Je te parle de la blonde qui venait derrière elle et s'est tournée de ce côté… Pourquoi donc ne la suis-tu pas, puisqu'elle te plaît tant ?

– Comment oserais-je ! s'exclama, tout rougissant, le jeune homme en habit. Elle n'est pas de ces femmes qui circulent le soir dans la Perspective Nevski. C'est probablement une dame de la haute société, continua-t-il en soupirant. Son manteau à lui seul vaut plus de quatre-vingts roubles !

– Comme tu es naïf ! s'écria Pirogov en le poussant de force dans la direction où se déployait le brillant manteau de la dame. Cours vite, sot ! Elle va te passer sous le nez ! Quant à moi, je vais suivre la blonde ! »

« Je sais bien ce que vous valez toutes ! » songeait à part lui Pirogov avec un sourire de satisfaction, car il était certain que nulle beauté au monde ne pouvait lui résister.

Le jeune homme en habit s'engagea d'un pas timide et incertain dans la direction où se déployait au loin le manteau multicolore, dont les teintes s'illuminaient et s'assombrissaient tour à tour chaque fois que l'inconnue passait sous un réverbère ou s'en éloignait. Le cœur du jeune homme se mit à battre lourdement, et il ne put s'empêcher de précipiter ses pas. Il n'osait même songer à attirer sur sa personne l'attention de la dame dont les pieds effleuraient à peine le sol devant lui, et il pouvait d'autant moins admettre la noire pensée qu'avait tenté de lui suggérer le lieutenant Pirogov. Il désirait seulement voir la maison qu'habitait la délicieuse créature qui lui paraissait être descendue directement du ciel sur le trottoir de la Perspective Nevski, et qui allait certainement prendre de nouveau son vol. Il se mit à courir si vite qu'il bouscula à plusieurs reprises des messieurs importants à favoris gris.

Ce jeune homme faisait partie de cette catégorie de gens qui produisent chez nous un effet très étrange et qui appartiennent à la population pétersbourgeoise au même titre, pourrait-on dire, qu'un visage entrevu en rêve fait partie du monde réel. Cette classe constitue une exception dans notre ville, où les habitants sont pour la plupart des fonctionnaires, des commerçants ou des artisans allemands.

Le jeune homme était un peintre. Un peintre pétersbourgeois ! Quel être étrange ! n'est-il pas vrai ? Un peintre dans la contrée des neiges ! Dans le pays des Finnois, où tout est humide, plat, pâle, gris, brumeux !...

Ces peintres ne ressemblent en rien, d'ailleurs, aux peintres italiens, ardents et fiers comme leur patrie et son ciel bleu. Au contraire, ce sont pour la plupart des êtres doux, timides, insouciants, aimant pieusement leur art, et qui se réunissent entre eux dans quelque chambrette, autour de verres de thé, pour discuter de ce qui leur tient le plus à cœur, sans se soucier du superflu. Ils amènent volontiers chez eux quelque vieille mendiante qu'ils font poser six heures de suite en essayant de reproduire sur la toile ses traits tristes et effacés. Ils aiment également à peindre leur intérieur : une chambre remplie de débris artistiques, jambes et bras en plâtre, que la poussière et les années ont recouverts d'une teinte brune, des chevalets cassés, des palettes ; ou bien, devant un mur taché de couleurs, quelque camarade en train de jouer de la guitare, tandis qu'à travers la fenêtre ouverte on entrevoit au loin la pâle Néva et quelques misérables pêcheurs vêtus de chemises rouges.

Le coloris de ces peintres est toujours gris, voilé, et porte ainsi la marque ineffaçable de notre ciel nordique. Et pourtant, c'est avec une réelle ferveur qu'ils s'adonnent à leur art. Beaucoup d'entre eux ont du talent, et s'ils pouvaient respirer l'air vivifiant de l'Italie, ils se développeraient certainement et fleuriraient aussi librement, aussi abondamment qu'une plante qu'on aurait transportée d'une chambre close à l'air libre.
Ils sont fort timides en général : les décorations, les grosses épaulettes les troublent à tel point que, bien malgré eux, ils abaissent leurs prix. Ils aiment parfois à s'habiller avec quelque recherche et une certaine élégance ; mais cette élégance est toujours trop soulignée et produit l'effet d'une pièce neuve sur un vieil habit. Vous

les verrez, par exemple, porter un frac d'une coupe parfaite et, par-dessus, un manteau sale, ou bien un gilet de velours richement brodé et un veston taché de couleurs. De même que vous pourrez facilement distinguer sur leurs études de paysage quelque nymphe dessinée la tête en bas et que, n'ayant pas trouvé d'endroit plus propice, ils ont jetée là, sur une de leurs anciennes toiles, à laquelle ils avaient pourtant travaillé jadis avec une ardeur joyeuse...

Jamais ces jeunes gens ne vous regarderont droit dans les yeux ; et s'ils vous fixent, c'est d'un regard trouble, incertain, qui ne vous pénètre pas comme les yeux aigus de l'observateur ou les yeux d'aigle de l'officier de cavalerie. Cela provient de ce que le peintre, tout en vous dévisageant, distingue sous vos traits ceux de quelque Hercule en plâtre qu'il a chez lui, ou bien entrevoit déjà le tableau auquel il compte prochainement travailler. C'est à cause de cela qu'il répond souvent tout de travers, sans suite, et les visions qui le poursuivent augmentent encore sa timidité.

C'est précisément à cette catégorie d'artistes qu'appartenait le jeune homme dont nous venons de parler, le peintre Piskariov, timide et timoré, mais qui portait en lui un feu ardent, capable, sous l'action favorable des circonstances, d'embraser son âme.

Plein d'un trouble mystérieux, il se hâtait derrière la jeune femme, dont les traits l'avaient frappé, tout en s'étonnant lui-même de sa propre audace. Soudain, l'inconnue qui ravissait ses yeux, ses pensées, ses sentiments, tourna la tête de son côté et lui lança un bref regard.

Dieu ! quels traits divins ! Une chevelure aussi brillante que l'agate couronnait un front d'une blancheur éblouissante. Ces cheveux s'épandaient en boucles, dont quelques-unes, s'échappant de dessous le chapeau, effleuraient les joues que rosissait légèrement la fraîcheur du soir. Ses lèvres closes semblaient receler le secret de tout un essaim de rêves exquis. Tous les enchantements de notre enfance, toutes les richesses que nous versent la rêverie et la douce inspiration sous une lampe, tout cela semblait contenu dans les contours harmonieux de ses lèvres.

Elle regarda Piskariov, et le cœur du jeune homme frémit. Ce regard était sévère ; ce visage reflétait la colère soulevée par cette poursuite insolente, mais sur ce divin visage l'expression de la colère même acquérait un charme particulier.

Frappé de confusion et de crainte, Piskariov s'arrêta, baissa les yeux. Mais comment risquer de perdre cet être exquis sans même essayer de connaître le temple où elle daignait habiter. La crainte de la perdre décida le jeune rêveur, et il reprit sa poursuite ; mais, afin de la rendre moins importune, moins apparente, il s'écarta quelque peu et se mit à examiner d'un air détaché les enseignes, tout en ne perdant de vue aucun des mouvements de l'inconnue.

Les passants se faisaient plus rares, les rues devenaient moins animées. La jeune femme se retourna de nouveau, et il parut qu'un léger sourire brilla un instant sur ses lèvres. Il tressaillit, n'osant pourtant pas en croire ses yeux. Non ! c'était probablement la lueur incertaine des réverbères qui avait créé cette illusion en glissant sur son visage. Non ! c'étaient ses propres rêves qui le trompaient et le narguaient ! Mais la respiration s'arrêta dans sa poitrine, tout son être frémit, comme sous l'action d'une flamme mystérieuse, et tous les objets autour de lui se recouvrirent soudain d'une sorte de brume ; le trottoir se soulevait et fuyait sous ses pas, tandis que les chevaux et les calèches s'immobilisaient brusquement ; le pont sous ses yeux s'étirait, se gondolait et son arc se rompait ; les maisons se retournaient et se dressaient sur leurs toits ; la guérite du factionnaire tombait à la renverse, tandis que sa hallebarde, ainsi que les lettres dorées et les ciseaux peints d'une enseigne paraissaient à Piskariov suspendus à ses propres cils. Et toutes ces transformations n'avaient été causées que par un seul regard, que par la seule inclinaison d'une jolie tête ! Sans rien voir, sans rien entendre, ne se rendant même pas compte de ce qu'il faisait, il glissait rapidement sur les traces des petits pieds, ne songeant qu'à modérer ses pas qui tendaient à s'accorder au rythme des battements de son cœur.
Parfois, il se prenait à douter : avait-il bien compris l'expression favorable de son visage ? Et alors il suspendait sa course pour un instant ; mais les battements de son cœur, une force irrésistible et le trouble de toutes ses sensations le projetaient en avant.

Il ne remarqua même pas la maison à quatre étages qui se dressa brusquement devant lui et lui lança au visage le regard de ses fenêtres brillamment éclairées ; il ne sentit même pas la balustrade du perron, qui opposa à son élan le choc de ses barreaux de fer. Il vit seulement que l'inconnue montait rapidement l'escalier, se retournait, mettait un doigt sur ses lèvres et lui faisait signe de la suivre.

Ses genoux tremblèrent, ses sensations, ses pensées s'illuminèrent soudain ; une joie aiguë, pareille aux traits de la foudre, transperça douloureusement son cœur. Non ! ce n'est pas un rêve ! Mon Dieu ! quelle joie ! quelle vie radieuse en un instant !

Mais tout cela n'est-il pas un songe ? Se pouvait-il que cette femme pour un regard céleste de laquelle il était prêt à donner sa vie et dont connaître la demeure lui paraissait un bonheur inouï, se pouvait-il qu'elle fût si bienveillante pour lui et lui accordât une telle faveur ?

Il monta rapidement l'escalier.

Nulle image terrestre ne venait ternir sa pensée. L'ardeur qui le consumait n'était pas une passion sensuelle. Non ! il était aussi pur en cet instant que l'adolescent vierge qui ne ressent encore qu'une aspiration indéfinie, toute spirituelle, vers l'amour. Et ce qui chez un débauché n'aurait éveillé que des désirs audacieux, éleva en lui, au contraire, et sanctifia encore davantage ses sentiments. Cette confiance que lui témoignait un être si faible et si beau, cette confiance lui imposait l'obligation d'une réserve chevaleresque, l'obligation d'exécuter fidèlement tous ses ordres. Et il ne désirait qu'une chose maintenant : que ces ordres fussent aussi difficiles, aussi inexécutables que possible, afin de mettre d'autant plus d'ardeur à les accomplir. Il ne doutait pas que si l'inconnue lui avait manifesté une telle confiance, c'était que des circonstances importantes et mystérieuses l'y avaient obligée, et qu'elle allait exiger de lui des services difficiles ; mais il se sentait la force et le courage d'accomplir tout.

L'escalier montait en tournant, entraînant ses rêves exaltés dans ce mouvement circulaire. « Marchez prudemment ! » résonna, semblable à une harpe, une voix qui le remplit d'un trouble nouveau.

L'inconnue s'arrêta dans la pénombre d'un quatrième étage et frappa à une porte qui s'ouvrit aussitôt. Ils entrèrent ensemble.

Une femme assez jolie les accueillit, une bougie à la main ; mais elle regarda Piskariov d'une façon si étrange, si insolente, qu'il baissa involontairement les yeux. Ils pénétrèrent dans une chambre où le jeune homme aperçut trois femmes : l'une battait les cartes et faisait une réussite ; l'autre, assise au piano, jouait avec deux doigts quelque chose qui ressemblait vaguement à une polonaise ; la troisième, se tenant devant une glace un peigne à la main, démêlait ses longs cheveux ; et elle ne parut nullement songer à interrompre son occupation à la vue d'un visage étranger.

Il régnait tout autour un désordre déplaisant, pareil à celui qu'on observe dans la chambre d'un célibataire insouciant. Les meubles, assez convenables, étaient couverts de poussière ; des toiles d'araignée tapissaient les lambris ; dans l'entrebâillement de la porte menant à la chambre voisine brillait une botte à éperon et scintillaient les parements d'un manteau d'officier ; une voix d'homme se faisait entendre, accompagnée du rire d'une femme, qui résonnait sans gêne aucune.

Seigneur ! où était-il donc tombé ?

Il ne voulut pas croire d'abord à ce qu'il voyait et se mit à examiner attentivement les objets qui remplissaient la chambre ; mais les murs nus et les fenêtres sans rideaux témoignaient de l'absence d'une maîtresse de maison soigneuse. Les visages fatigués et usés de ces malheureuses créatures, dont l'une s'assit juste en face de lui et se mit à le dévisager avec autant d'indifférence que si elle avait fixé une tache sur un vêtement – tout lui disait clairement qu'il avait pénétré dans l'antre ignoble où se terre la triste débauche, fruit d'une instruction factice et de l'effroyable cohue des grandes villes, dans cet antre où l'homme étouffe sacrilègement tout ce qu'il y a en lui de pur et de sacré, tout ce qui fait la beauté de la vie, et s'en rit brutalement ; où la femme qui réunit en elle toutes les perfections de la nature et en est le couronnement, se transforme en un personnage étrange, équivoque, qui, en perdant sa pureté, s'est trouvé privé de tous ses caractères féminins, a acquis les manières et l'impudence masculines et ne ressemble plus à l'être fragile qu'elle était, si délicieux, si différent de nous.

Piskariov fixait des regards stupéfaits sur la belle inconnue, comme pour se convaincre que c'était bien celle qui l'avait ensorcelé dans la Perspective Nevski. Oui, elle était toujours aussi belle ! Ses cheveux étaient aussi splendides, ses yeux avaient encore leur expression céleste. Elle était fraîche et semblait ne pas avoir plus de dix-sept ans. On voyait que la débauche ne s'était emparée d'elle que depuis peu et n'avait pas encore effleuré ses joues, qu'ombrait légèrement un doux incarnat. Oui, elle était belle !

Il se tenait immobile, debout devant elle, et perdait déjà peu à peu la conscience de ce qui l'entourait, comme il l'avait perdue tantôt, dans la rue. Ce long silence fatigua l'inconnue, et elle sourit d'une façon significative en le regardant droit dans les yeux. Mais ce sourire, empreint d'une pitoyable impudence, paraissait aussi étrange sur son visage, lui convenait aussi peu que le masque de la piété sur la face d'un filou ou un livre de comptabilité aux mains d'un poète.

Il tressaillit. Elle ouvrit ses lèvres charmantes et se mit à parler ; mais ce qu'elle disait était si bête, si plat ! On pourrait croire qu'en perdant sa pureté, l'être humain perd en même temps son intelligence.

Il ne voulait plus rien entendre ; il était vraiment ridicule et aussi naïf qu'un enfant : au lieu de mettre à profit les dispositions favorables de la belle, au lieu de se réjouir du hasard heureux qui se présentait brusquement, comme l'aurait fait certainement tout autre à sa place, il se précipita à toutes jambes vers la sortie, comme un sauvage, et prit la fuite à travers l'escalier.

Il se retrouva assis dans sa chambre, la tête baissée, tout le corps affaissé, semblable à un pauvre qui aurait ramassé une perle et l'aurait aussitôt laissée choir dans la mer.

« Si belle ! des traits si divins ! tombée si bas ! Dans quel lieu atroce !... » Il ne pouvait prononcer d'autres paroles.

En effet, jamais nous ne ressentons une pitié aussi douloureuse qu'à la vue de la beauté flétrie par le souffle pernicieux de la débauche. On conçoit encore que celle-ci s'allie à la laideur... Mais la beauté !... Elle ne s'accorde dans nos pensées qu'avec la seule pureté.

La jeune fille qui avait ensorcelé Piskariov était en effet merveilleusement belle, et sa présence dans ce milieu méprisable paraissait d'autant plus extraordinaire, d'autant plus incompréhensible. Tous ses traits étaient si parfaitement sculptés, l'expression de son visage était empreinte d'une si grande noblesse, qu'il était impossible de se représenter que la débauche eût déjà étendu ses griffes sur elle.

Elle aurait pu être la femme adorée d'un époux passionné, son paradis sur la terre, son trésor ; elle aurait pu briller, telle une douce étoile, au centre d'un cercle familial joyeux d'obéir au moindre commandement tombé de ses lèvres exquises ; elle aurait pu être la déesse d'une brillante société et trôner dans une salle de bal au parquet étincelant, sous la lumière des bougies, entourée du respect et de l'amour de ses adorateurs prosternés à ses pieds ! Mais, hélas ! de par la volonté de je ne sais quel esprit démoniaque aspirant à détruire l'harmonie de l'univers, elle avait été jetée avec d'affreux ricanements dans ce gouffre atroce !

Pénétré d'une pitié torturante, Piskariov demeurait assis devant sa bougie. Minuit avait déjà sonné depuis longtemps ; l'horloge de la tour sonna ensuite la demie, mais il restait là, immobile, sans dormir et pourtant inactif. Cette inaction l'engourdit peu à peu, et il allait déjà s'assoupir, les murs de la chambre s'évanouissaient déjà, et seule la clarté de la bougie persistait encore à travers les visions du sommeil qui s'appesantissait sur ses paupières, lorsque des coups frappés à la porte le firent sursauter, et il revint brusquement à lui.
La porte s'ouvrit, livrant passage à un laquais vêtu d'une riche livrée. Jamais encore la chambrette de Piskariov n'avait accueilli semblable visite et, de plus, à une heure aussi tardive. Le jeune homme tout

interdit dévisagea son visiteur avec une stupéfaction mêlée d'impatience.

« La demoiselle chez laquelle vous vous êtes rendu il y a quelques heures, prononça très poliment le laquais, m'a ordonné de vous demander de venir chez elle et vous envoie sa calèche. »

Piskariov demeurait debout, tout étourdi : une calèche ! un laquais en livrée !… Non, il y a certainement quelque malentendu…

« Écoutez, mon garçon, prononça-t-il avec une certaine gêne. Vous vous trompez de porte, certainement. Votre maîtresse vous a envoyé chez un autre. Ce n'est pas pour moi.

— Non, monsieur ! Je ne me suis pas trompé. C'est bien vous, n'est-ce pas, qui avez reconduit à pied une demoiselle jusqu'à la Perspective Liteïny, au quatrième étage ?

— Oui, c'est moi.

— Eh bien ! venez vite ! Mademoiselle veut absolument vous voir et vous prie de vous rendre directement chez elle, dans son hôtel. »

Piskariov descendit en courant l'escalier. Il y avait en effet une calèche dans la cour. Il y monta, la portière se referma, les pavés résonnèrent sous les sabots des chevaux et les rangées de maisons éclairées, les réverbères, les enseignes s'ébranlèrent et se mirent à glisser rapidement en arrière, des deux côtés de la calèche.

Piskariov essayait de réfléchir, mais il ne parvenait pas à comprendre ce qui se passait : une calèche ! un laquais en livrée ! un hôtel !… Il ne pouvait établir un rapprochement entre ce luxe et la chambre au quatrième, les fenêtres poussiéreuses et le piano discord.

La calèche s'arrêta net devant un perron splendidement illuminé, et Piskariov se sentit tout étourdi par le mouvement des voitures, les cris des cochers et la musique qui se déversait des fenêtres brillamment éclairées.

Le laquais à la riche livrée l'aida respectueusement à descendre et le fit entrer dans un vaste vestibule à colonnes de marbre, où se tenait un suisse tout doré et où l'on distinguait sous une grosse lampe des tas de pelisses et de manteaux.

Un escalier ajouré à la rampe polie se dressait devant le jeune homme dans une atmosphère parfumée. Il monta rapidement et pénétra dans une salle, mais aussitôt recula, épouvanté, à la vue de la multitude qui s'y pressait. La diversité des visages et des costumes le confondit complètement : on aurait dit que quelque démon avait brisé l'univers en morceaux pour les mélanger ensuite sans aucun ordre. Les habits noirs, les brillantes épaules féminines, les lustres et les lampes, les écharpes de gaze, les rubans légers, les contrebasses massives qu'on apercevait à travers la balustrade des chœurs, – tout l'émerveillait.

Il y avait là, dans cette salle, tant de respectables vieillards et d'importants personnages couverts de décorations, tant de dames qui glissaient avec une grâce légère et fière sur le parquet reluisant ou bien se tenaient assises en rang, on parlait avec tant de désinvolture français et anglais, le maintien des jeunes gens en habit était si noble, ils causaient et se taisaient avec tant de dignité, sans un mot inutile, ils plaisantaient si discrètement, ils souriaient si respectueusement, leurs favoris étaient si bien soignés et ils exposaient leurs belles mains avec une telle élégance en corrigeant le nœud de leurs cravates, les jeunes filles paraissaient si aériennes, et, baissant leurs yeux adorables, semblaient plongées dans un ravissement tel, que notre héros...

Mais l'aspect intimidé de Piskariov qui se tenait adossé à l'une des colonnes, montrait suffisamment son désarroi.

Il remarqua que la foule entourait un groupe de danseurs et de danseuses. Celles-ci tournaient, enveloppées de ces étoffes transparentes qui nous viennent de Paris, vêtues de robes tissées d'air pur, semblait-il. Leurs petits pieds effleuraient dédaigneusement le parquet et paraissaient ne s'y poser que par condescendance. L'une d'elles les dépassait toutes en beauté et était vêtue avec encore plus d'élégance que les autres ; sa toilette révélait un goût raffiné et d'autant plus exquis que la jeune fille ne paraissait nullement s'en préoccuper. Elle regardait sans la voir, aurait-on dit, la foule des spectateurs qui l'entouraient ; ses longs cils s'abaissaient et se relevaient avec indifférence, et la blancheur éclatante de son visage apparut encore plus éblouissante lorsque, à une inclinaison de sa tête, une légère ombre glissa sur son front charmant.

Piskariov tenta de fendre la foule de ses admirateurs, afin de la voir de plus près ; mais, à son grand dépit, une grosse tête garnie d'une épaisse chevelure crêpée la lui cachait constamment. De plus, la foule l'enserrait à tel point qu'il n'osait plus ni reculer ni avancer, de crainte de pousser quelque conseiller secret. Il réussit pourtant, après maints efforts, à se glisser au premier rang ; mais arrivé là, et ayant jeté un regard sur ses vêtements pour s'assurer qu'ils étaient en ordre, que vit-il, mon Dieu ! Il était en redingote, une redingote toute tachée de couleurs ! dans sa hâte à suivre le laquais, il avait oublié de changer de vêtements. Il rougit jusqu'aux oreilles ; il aurait voulu se terrer quelque part ; mais où et comment ? La muraille de brillants jeunes gens qui l'entouraient s'était déjà refermée derrière lui. Il n'avait maintenant plus qu'un désir : s'éloigner au plus vite de la belle jeune fille au front éclatant, aux cils soyeux. Il leva les yeux sur elle, tout honteux : ne le regardait-elle pas ? mon Dieu ! Elle est juste devant lui ! Mais qu'est-ce donc ? Comment cela est-il possible ?... « C'est elle ! » faillit-il s'écrier de toute la puissance de sa voix.

C'était elle en effet, celle-là même qu'il avait rencontrée dans la Perspective Nevski et accompagnée jusqu'à sa demeure.

Elle releva ses cils et enveloppa la foule de son clair regard. « Seigneur ! qu'elle est belle ! » fut-il seulement capable de murmurer, la respiration coupée. Ses yeux parcoururent le cercle entier, où chaque homme essayait d'attirer son attention. Mais avec quelle fatigue, avec quelle expression distraite elle détourna bientôt ses regards qui se croisèrent alors soudain avec ceux de Piskariov. Ciel ! quel paradis s'entrouvre subitement devant lui !... « Seigneur ! donne-moi la force de supporter ce bonheur ! Ma vie ne peut le contenir ! Il brisera mon corps et ravira mon âme !... »

Elle lui fit signe ; non de la main, non d'une inclinaison de la tête. C'est dans ses yeux expressifs qu'il put lire ce signe à peine perceptible et que personne ne remarqua. Mais lui, il le vit et le comprit.

Les danses durèrent longtemps ; comme fatiguée, la musique s'éteignait tantôt, se mourait complètement, et tantôt éclatait soudain, bruyante. Mais enfin les danses prirent fin. Elle s'assit ; sa poitrine palpitait faiblement sous le fin voile de gaze ; sa main (quelle main admirable !) tomba sur ses genoux, et il sembla que la robe sous cette main palpitait aussi, comme vivante, et sa teinte mauve soulignait encore davantage la blancheur lumineuse des doigts.

L'effleurer ! Rien de plus ! Tout autre désir lui aurait paru trop téméraire. Il se tenait debout derrière sa chaise, n'osant même pas respirer.

« Vous vous êtes ennuyé, prononça-t-elle. Je me suis bien ennuyée aussi. Je remarque que vous me haïssez », ajouta-t-elle en abaissant ses longs cils.

« Vous haïr ! moi ! » faillit dire Piskariov, complètement éperdu. Et il allait certainement prononcer des paroles incohérentes, lorsque s'approcha d'eux un chambellan qui lança quelques traits spirituels et aimables. Son crâne s'ornait d'un élégant toupet bien frisé, et il montrait en parlant une rangée d'assez belles dents. Chacune de ses plaisanteries perçait le cœur de Piskariov d'un trait aigu. Enfin, par bonheur, quelqu'un s'adressa au chambellan qui se détourna pour répondre.

« Comme c'est insupportable ! dit-elle en levant sur le jeune homme ses yeux célestes. Je vais m'asseoir à l'autre bout de la salle. Rejoignez-moi ! »

Elle pénétra dans la foule et disparut. Il se précipita comme un fou, fendit la cohue et parvint à l'endroit qu'elle lui avait désigné.

« Oui, c'est bien elle. Elle est assise là… On dirait une reine, la plus belle de toutes… Elle le cherche des yeux. »

« Vous voilà, dit-elle tout bas. Je serai franche avec vous. Les circonstances de notre première rencontre vous paraissent certainement bien étranges. Mais pouvez-vous vraiment croire que j'appartienne à la méprisable catégorie de ces créatures parmi lesquelles vous m'avez trouvée ? Mes actes peuvent vous sembler étranges. Mais je vais vous dévoiler un secret ; serez-vous capable de ne jamais le trahir ? » prononça-t-elle en le regardant droit dans les yeux.

« Oh oui. Je vous serai fidèle. »

Mais juste à cet instant un homme assez âgé s'approcha d'eux et, s'adressant à la jeune fille en une langue que Piskariov ne connaissait pas, il lui offrit son bras. Elle jeta à Piskariov un regard suppliant en lui faisant signe de rester là et de l'attendre. Mais, brûlant d'impatience, il était incapable d'obéir à un tel ordre, bien qu'il vînt d'elle. Il se leva pour la suivre, mais la foule les sépara. Il ne distinguait plus la robe mauve. Il allait d'une salle à l'autre, très agité, jouant des coudes, sans se gêner. Mais il ne voyait partout que des tables de jeu autour desquelles se tenaient assis, au milieu d'un silence de tombe, d'importants personnages. Dans un coin de la chambre, quelques messieurs mûrs discutaient des avantages que présentait la carrière militaire. Dans un autre groupe, des jeunes gens arborant des fracs d'une coupe irréprochable, causaient d'un ton léger de la vaste production d'un poète, travailleur acharné. Piskariov sentit qu'un monsieur d'allure respectable le saisissait par le bouton de son habit pour lui exposer ses idées, extrêmement judicieuses, d'ailleurs. Mais il le repoussa brutalement, sans faire même attention à la décoration qu'il portait au cou. Il réussit à s'introduire dans la pièce voisine : l'inconnue n'y était pas plus que dans la suivante...

« Où est-elle ? Rendez-la-moi ! Je ne puis continuer à vivre sans l'avoir vue, au moins une fois encore ! Je dois savoir ce qu'elle voulait me dire ! »

Mais toutes ses recherches demeuraient vaines. Inquiet, épuisé, il se blottit dans un coin, et se mit à dévisager les gens autour de lui. Mais, sous ces regards tendus et fixes, les objets perdirent peu à peu leurs contours, leurs couleurs, et il vit tout à coup apparaître les murs gris de sa chambre. Il leva machinalement les yeux : oui, voilà le chandelier, au fond duquel une mèche consumée jette ses dernières lueurs ; la chandelle est complètement fondue, et sur la table se voit une large tache de graisse.

Il avait dormi ! Ce n'était donc qu'un rêve !

Quel beau rêve ! Pourquoi fallait-il qu'il se réveillât ! Pourquoi n'avoir pas attendu, ne fût-ce qu'une minute encore ? Elle lui serait certainement apparue de nouveau. L'aube irritante, pénétrant dans la chambre, l'emplissait d'une lueur trouble et pénible. Tout était en désordre, tout était morne et triste. Que la réalité est donc affreuse ! Peut-on la comparer au rêve ! Il se déshabilla promptement, se coucha, s'enroula dans sa couverture, voulant à toute force évoquer son rêve interrompu. Le sommeil engourdit aussitôt son corps, en effet ; mais il ne lui accorda pas ce que Piskariov espérait : c'était tantôt le lieutenant Pirogov et sa pipe, tantôt le concierge de l'Académie, tantôt la tête de la vieille Finnoise dont il avait fait le portrait quelque temps auparavant, ou d'autres images aussi vaines.

Il resta au lit jusqu'à midi, espérant la voir encore une fois ; mais la belle inconnue ne revint plus. « Oh ! la revoir, ne fût-ce qu'un instant seulement ! Revoir ses traits divins, son bras d'une blancheur aussi éblouissante que la neige des cimes inviolées ! Entendre encore son pas léger !... »

Incapable de réfléchir, il demeurait assis, désemparé, ébloui par sa vision, sans force pour s'occuper de quoi que ce fût, ses regards vagues tournés vers la fenêtre donnant sur la cour, où un porteur d'eau à l'aspect misérable remplissait des brocs, tandis que résonnait la voix chevrotante du marchand d'habits : « Vieux habits !... à vendre !... »

La réalité banale blessait douloureusement ses sens.

Il demeura dans cet état jusqu'au soir, et lorsque vint la nuit, il retourna avec joie dans son lit. Il fut obligé de lutter longtemps contre l'insomnie, mais finalement le sommeil vint clore ses paupières.

Un rêve encore !… Mais un rêve plat, stupide !… « Mon Dieu ! aie pitié de moi ! Fais-la apparaître à mes yeux, ne fût-ce que pour un instant !… »

La journée qui suivit se passa dans l'attente inquiète de la nuit. Il s'endormit, mais rêva encore une fois de je ne sais quel fonctionnaire, qui prenait parfois l'aspect d'un basson. « Oh ! c'est insupportable !… Mais la voilà ! C'est bien son visage ! Ce sont ses longues boucles ! Mais elle s'évanouit presque aussitôt ; un voile grisâtre la cache… »

Toutes les puissances de son être finirent par se concentrer autour de ses rêves, et sa vie acquit alors un caractère étrange ; on aurait dit qu'il dormait étant éveillé, et veillait au contraire dans son sommeil. Si quelqu'un l'avait vu, tandis qu'il se tenait assis devant une table vide ou marchait dans la rue, l'air absent, celui-là l'eût certainement pris pour un lunatique ou pour un ivrogne hébété par l'alcool. Son regard était vide de toute expression ; sa distraction naturelle, se développant sans entrave, effaçait impérieusement de son visage toute pensée, tout sentiment. Il ne recommençait à vivre qu'à la tombée de la nuit.

Cet état d'esprit ruinait ses forces. Mais ce fut pis encore lorsque le sommeil, n'obéissant plus à ses désirs, l'abandonna complètement. Voulant sauvegarder son unique trésor, il essaya de tous les moyens pour combattre l'insomnie. Il avait entendu dire qu'il existait un remède excellent contre celle-ci, et qu'il suffisait pour dormir de prendre quelques gouttes d'opium. Il se souvint alors d'un marchand persan qui avait une boutique d'étoffes orientales et qui, chaque fois qu'il rencontrait Piskariov, lui demandait de lui peindre une jolie femme.

Piskariov résolut de s'adresser au Persan qui devait certainement avoir de l'opium.

Le marchand le reçut, assis sur son divan, les jambes ramenées sous lui.

« Qu'as-tu besoin d'opium ? » lui demanda-t-il.

Piskariov lui confia son insomnie.

« Bien, je t'en donnerai ; mais toi, tu me dessineras une belle femme. Il faut qu'elle soit vraiment belle, entends-tu ? Ses sourcils doivent être noirs et ses yeux aussi larges que des olives. Et tu me dessineras, assis à ses côtés et fumant ma pipe. Comprends-tu ? il faut qu'elle soit très belle. »

Piskariov promit tout ce qu'il voulut. Le Persan quitta la chambre pour un instant et rentra portant un petit pot rempli d'une liqueur brune ; il en versa prudemment la moitié dans un autre pot, qu'il remit à Piskariov en lui recommandant de ne pas en prendre plus de sept gouttes dans un verre d'eau. Piskariov se saisit avidement du petit récipient, qu'il n'aurait pas échangé contre un monceau d'or, et courut aussitôt à la maison.

Rentré chez lui, il versa quelques gouttes du liquide dans un verre et ayant bu, il se coucha.

« Dieu ! quel bonheur ! C'est elle ! c'est bien elle ! mais sous un aspect tout différent. Comme elle est jolie, assise à la fenêtre de cette maison de campagne, claire et propre ! Sa robe est d'une simplicité aussi parfaite que celle que revêt la pensée du poète. Sa coiffure... comme elle est modeste, cette coiffure, et comme elle lui va bien ! Un fichu léger recouvre son cou gracieux... Tout en elle respire la pudeur et tout en elle est harmonieux. Comme elle est souple, sa démarche gracieuse ! Quelle musique évoquent ses pas et le bruissement de sa robe ! Quelle douceur dans ce bras qu'enserre un bracelet formé de cheveux tressés ! »

Les larmes aux yeux, elle lui dit : « Ne me méprisez pas. Je ne suis pas ce que vous croyez. Regardez-moi ! regardez-moi bien : suis-je capable de faire ce dont vous m'accusez ? » Oh ! non ! non ! Que celui qui ose l'accuser...
Il se réveilla, très ému, bouleversé, les yeux pleins de larmes.

« Mieux eût valu pour toi ne pas exister du tout, rester étrangère à ce monde, n'être que l'œuvre d'un artiste inspiré ! Il n'aurait pas quitté sa toile, il t'aurait admirée sans cesse et t'aurait couverte de baisers

!… Je n'aurais vécu, je n'aurais respiré que pour toi ! J'aurais été heureux et n'aurais pas eu d'autres désirs ! Je t'aurais invoquée comme mon ange gardien à mon réveil et avant de m'endormir ! Et je me serais adressé à toi en me mettant au travail, chaque fois que j'aurais eu à exprimer quelque sentiment saint et sublime… Mais aujourd'hui ! quelle situation affreuse ! Que me donne son existence réelle ? En persistant à vivre, un fou peut-il faire le bonheur de ceux-là mêmes qui l'aimaient jadis, de ses amis, de ses parents ?… Quelle horreur que notre vie, et ses contrastes entre le rêve et la réalité !… »

Telles étaient à peu près les pensées qui occupaient continuellement son esprit. Il ne songeait à rien d'autre. Il ne mangeait presque pas et attendait chaque soir, avec toute l'impatience, avec toute l'ardeur d'un amoureux passionné, la visite de la vision adorée.

Grâce à la concentration de toutes ses pensées sur un objet unique, celui-ci acquit un tel pouvoir sur son imagination que l'image de la belle inconnue finit par le visiter presque chaque nuit, revêtant toujours un aspect complètement différent de celui sous lequel la jeune femme lui était apparue dans la réalité, car ses pensées étaient aussi pures que celles d'un enfant et dans ses rêves, l'image de la femme aimée se transfigurait entièrement.

Sous l'action de l'opium, son imagination s'enflamma encore davantage, et s'il y eut jamais un amant fou d'amour, malade de passion, torturé et malheureux, ce fut certainement lui.

Un de ces rêves l'emplit d'une joie particulièrement intense : il était dans son atelier, travaillant gaiement, sa palette à la main. Elle est là, auprès de lui ; ils sont déjà mariés. Assise à ses côtés, elle suit son travail, son charmant coude posé sur le dossier de la chaise. Ses regards fatigués et dolents reflètent le doux fardeau du bonheur. La chambre, claire et propre, paraît un paradis… Mon Dieu ! elle incline la tête et la pose sur sa poitrine à lui !… Jamais il ne fit de plus beau rêve.

Quand il s'éveilla le lendemain, il se sentit plus frais, plus dispos, moins distrait, et il conçut un projet étrange.

Il se peut, songea-t-il, qu'elle ait été entraînée dans la débauche involontairement, par suite de quelque circonstance mystérieuse ; il se peut que son âme soit déjà disposée au repentir et qu'elle aspire déjà à échapper à son atroce esclavage. Va-t-il assister indifférent à sa perte définitive, lorsqu'il suffit, peut-être, de lui tendre une main secourable pour lui éviter la mort ?

Ses pensées allèrent encore plus loin dans cette voie : « Personne ne me connaît, se disait-il ; personne ne s'occupe de ce que je fais, et je n'ai cure de personne. Si elle manifeste un repentir sincère et consent à changer d'existence, je l'épouserai. Oui, je dois l'épouser ; et je suis certain qu'en faisant cela, j'agis mieux que tant d'autres qui épousent leur cuisinière ou quelque créature tout à fait méprisable. Mon action est désintéressée et peut être même utile, si je parviens à rendre au monde son plus bel ornement. »

Ayant bien examiné ce plan, il sentit le sang affluer à ses joues. Il s'approcha de son miroir et fut lui-même épouvanté à la vue de son visage hâve et décharné. Il fit une toilette soignée, se lava, peigna ses cheveux, revêtit un nouveau frac et un gilet élégant, jeta un manteau sur ses épaules et sortit. Il aspira l'air frais et se sentit tout ragaillardi, comme un convalescent sorti pour la première fois après une longue maladie.

Son cœur battait fortement lorsqu'il s'engagea dans la rue, où il n'avait plus mis le pied depuis la fatale rencontre. Il chercha longtemps la maison : ses souvenirs n'étaient plus suffisamment précis ; il parcourut deux fois la longue rangée de bâtisses, sans parvenir à reconnaître celle qu'il cherchait. Enfin il la retrouva.

Il monta rapidement l'escalier et frappa à la porte. Ce fut elle qui la lui ouvrit. Oui ! c'est bien elle ! la vision mystérieuse ! la belle inconnue de ses rêves, pour laquelle il vivait, si douloureusement, si voluptueusement. Elle est là, devant lui.

Il frémit, et sa faiblesse soudaine fut telle, qu'il faillit tomber et s'évanouir de bonheur. Elle se tenait devant lui, toujours aussi belle, bien que ses yeux fussent gonflés de sommeil, bien que ses joues, moins fraîches, eussent pâli. Elle était belle pourtant.

« Ah ! s'exclama-t-elle à la vue de Piskariov en se frottant les yeux (bien qu'il fût déjà deux heures de l'après-midi). Pourquoi vous êtes-vous enfui si brusquement la fois passée ? »

Il se laissa tomber sur une chaise, défaillant, mais sans la quitter des yeux.

« Je viens seulement de m'éveiller. On m'a ramenée à sept heures du matin ; j'étais complètement ivre », ajouta-t-elle en souriant.

« Oh ! tais-toi ! Il vaudrait mieux que tu fusses muette que de prononcer de telles paroles ! » Elle venait de révéler aux yeux de Piskariov l'image complète de son existence. Il résolut pourtant d'essayer de la convaincre. Rassemblant ses idées, d'une voix tremblante mais ardente, il se mit à lui dépeindre toute l'horreur de la vie qu'elle menait.

Elle l'écoutait, l'air attentif, mais avec cette expression étonnée que provoque en nous la vue de quelque objet étrange ou inattendu. Elle regardait en souriant sa compagne qui, ayant déposé le peigne qu'elle tenait à la main, écoutait attentivement le jeune prédicateur.

« Je suis pauvre, il est vrai, dit Piskariov en terminant sa longue harangue ; mais nous travaillerons. Nous nous efforcerons, en joignant nos labeurs, d'améliorer notre vie. Il n'y a rien de plus agréable que de dépendre de soi seul. Je peindrai, et toi, assise auprès de moi et m'encourageant, tu t'occuperas de quelque ouvrage de couture ; je suis certain que nous n'aurons à endurer nulle privation.

– Que je me mette à travailler, moi ? prononça la jeune fille d'un ton méprisant. Je ne suis pas une couturière ou une blanchisseuse pour travailler de mes mains ! »

Mon Dieu ! Ces quelques mots reflétaient toute sa misérable existence, et exprimaient l'oisiveté et l'inertie, compagnes inséparables de la débauche.

« Épousez-moi ! lança tout à coup d'un ton impudent la seconde femme qui jusque-là n'avait encore rien dit. Si je me mariais, je me tiendrais toujours ainsi. » Et ce disant, elle prêta à son pitoyable visage une expression stupide qui fit beaucoup rire la belle inconnue.

Non ! c'en était trop ! Il n'avait plus la force d'en supporter davantage. Il s'enfuit, éperdu.

L'esprit bouleversé, il erra tout le jour sans but, n'entendant rien, ne voyant rien. Personne ne sut jamais où et comment il avait passé la nuit. Le lendemain seulement, guidé par un instinct irraisonné, il rentra chez lui, le visage hagard, les cheveux en désordre, pareil à un insensé.

Il s'enferma dans sa chambre, n'y laissant pénétrer personne. Quelques jours se passèrent ainsi, puis une semaine, pendant laquelle la porte de son atelier ne s'ouvrit pas une seule fois. On s'inquiéta enfin, on l'appela, on frappa sans obtenir nulle réponse. On fit alors sauter la serrure de sa porte et l'on découvrit par terre son cadavre étendu, la gorge ouverte et tenant encore à la main un rasoir ensanglanté. D'après ses traits convulsés et la position des bras violemment déjetés, l'on comprit que sa main avait tremblé et qu'il avait souffert longtemps avant que son âme pécheresse eût enfin quitté son corps.

Ainsi périt, victime de sa passion insensée, le pauvre Piskariov, si doux, si modeste, si naïf et qui possédait certainement les germes d'un talent qui aurait pu brillamment se développer par la suite. Personne ne le pleura, personne ne fit à son corps l'aumône d'un regard, sauf l'inspecteur de police et le médecin municipal aux yeux indifférents.
Son cercueil fut transporté au cimetière d'Okhta sans pompe religieuse, et il ne fut accompagné que par le gardien du cimetière, lequel versa quelques larmes, parce qu'il avait précisément bu un coup de trop ce jour-là.

Même le lieutenant Pirogov ne se dérangea pas pour dire adieu à la dépouille de son ami, qu'il avait honoré pourtant de sa haute protection. D'ailleurs, le lieutenant Pirogov avait bien autre chose à faire : il était en effet engagé dans une aventure assez extraordinaire.

Occupons-nous donc de lui maintenant.

Je n'aime pas beaucoup les morts et les cadavres, et je suis toujours très agacé lorsqu'une procession funèbre vient traverser ma route et que je vois un invalide, vêtu comme un capucin, porter à son nez une prise de tabac de sa main gauche, la droite tenant un flambeau. J'éprouve un sentiment de dépit à la vue d'un riche catafalque et d'un cercueil capitonné de velours. Mais mon dépit s'allie à la tristesse lorsque je vois un cocher conduire à sa dernière demeure le cercueil rouge[1] d'un pauvre, qu'accompagne parfois, n'ayant rien de mieux à faire, quelque mendiante rencontrée au coin d'une rue.

Nous avons quitté, je crois, le lieutenant Pirogov au moment où ayant abandonné Piskariov, il s'était précipité sur les pas d'une jolie blonde.

Cette blonde était une créature mignonne et piquante. Elle s'arrêtait devant chaque magasin et se plongeait dans la contemplation des ceintures, boucles d'oreilles, fichus et autres colifichets exposés, tout en ne cessant de jeter des regards à droite et à gauche et de tourner la tête en arrière. « Je te tiens, ma chérie ! » se dit, très satisfait, Pirogov ; et relevant le collet de son manteau, afin de ne pas risquer d'être reconnu par quelque ami, il continua sa poursuite.

Mais il serait bon de présenter au préalable à mes lecteurs le lieutenant Pirogov.

Pourtant, avant de vous dire ce qu'était ce lieutenant Pirogov, je crois qu'il faudrait donner quelques explications sur la société à laquelle il appartenait.
Certains officiers forment à Pétersbourg une sorte de classe moyenne. Vous rencontrerez immanquablement l'un de ces jeunes gens aux soirées et aux dîners des Conseillers d'État et des Conseillers d'État actuels, qui ont acquis ces titres par quarante années de service ; quelques demoiselles, souvent montées en graine, aussi

pâles et effacées que le ciel de Pétersbourg, une table à thé, un piano, une sauterie, constituent les éléments obligatoires de ces réunions, où sous la lampe vous verrez aussi scintiller quelque épaulette dorée, entre la robe de tulle d'une douce blonde et l'habit noir d'un frère ou d'un ami. Il est extrêmement difficile d'animer ces placides jeunes filles et de les faire rire ; il faut beaucoup d'art pour y atteindre, ou, pour mieux dire, une absence totale de tout art ; il faut dire des choses qui ne soient ni trop intelligentes ni trop spirituelles et qui n'exigent pas pour être comprises de trop grands efforts intellectuels. Mais on doit rendre en cela justice à ces messieurs : ils possèdent un talent spécial pour attirer l'attention de ces beautés et les faire rire ; et la meilleure récompense de leurs efforts sont ces exclamations entrecoupées de rires que provoquent leurs plaisanteries : « Mais cessez donc ! N'avez-vous pas honte de nous faire rire ainsi ? »

On rencontre rarement ces messieurs dans les sphères supérieures de la société, dont ils ont été éliminés par ceux qu'on nomme aristocrates. Ils sont considérés pourtant comme des jeunes gens instruits et bien élevés ; ils aiment à discuter littérature ; ils louent Boulgarine, Gretch et Pouchkine et raillent spirituellement et sur un ton méprisant les œuvres d'Orlov. Ils ne laissent jamais passer une conférence, fût-ce sur les méthodes de comptabilité ou sur l'agriculture. Au théâtre, on les voit à tous les spectacles, à moins qu'on n'y joue quelque pièce trop vulgaire pour leurs goûts raffinés ; et les entreprises théâtrales ont en eux d'excellents clients. Ils aiment tout particulièrement les vers bien sonores et prennent plaisir à rappeler les acteurs en faisant grand tapage. Ceux d'entre eux qui professent dans des écoles militaires ou qui préparent aux examens militaires, finissent par avoir chevaux et voitures. Leurs relations s'étendent alors, et ils parviennent finalement à épouser quelque fille de marchand, bien dotée, sachant jouer du piano et pourvue d'une bande de parents à longues barbes. Mais cet honneur n'échoit à nos officiers que lorsqu'ils ont atteint au moins le grade de colonel, car, bien qu'elles fleurent encore souvent les choux aigres, nos barbes russes ne veulent avoir pour gendres que des Excellences ou, tout au moins, des colonels.

Tels sont donc les traits distinctifs de cette catégorie de jeunes gens, à laquelle appartenait le lieutenant Pirogov ; mais celui-ci possédait encore de nombreuses qualités en propre. Il déclamait parfaitement les vers de la comédie le Malheur d'avoir trop d'esprit et ceux de la tragédie Dimitri Donskoï, et était passé maître dans l'art de lancer des ronds de fumée qu'il enchaînait par douzaines. Il savait aussi raconter de jolies anecdotes. Mais je crois qu'il est assez difficile de dénombrer tous les talents dont le destin avait doté Pirogov. Il parlait volontiers des actrices et des danseuses, mais sur un ton moins dégagé que celui qu'emploient généralement les tout jeunes sous-lieutenants.

Il était très satisfait de son grade, obtenu depuis peu, et, bien qu'il répétât souvent, étendu tout de son long sur son divan : « Tout n'est que vanité ! Me voilà lieutenant ; mais quelle importance cela a-t-il ? » son amour-propre en était secrètement flatté pourtant, et dans le cours de la conversation il faisait volontiers allusion à son grade. Ayant même rencontré une fois dans la rue un scribe, dont le salut ne lui sembla pas suffisamment respectueux, il l'arrêta aussitôt et lui fit observer en quelques mots brefs, mais bien sentis, qu'il avait devant lui un lieutenant et non pas quelque officier subalterne. Il fut d'autant plus éloquent en ce cas que deux dames assez jolies passaient justement devant lui.

Pirogov manifestait en général une grande admiration pour la beauté et l'élégance, et protégeait volontiers les débuts de son ami Piskariov ; il se peut d'ailleurs qu'il fût guidé en cela par le désir de voir son mâle visage reproduit par le peintre sur une toile.

Mais assez parlé des qualités du lieutenant Pirogov !

L'homme est un être si merveilleux qu'il est impossible de dénombrer en une fois toutes ses vertus, car à mesure qu'on les examine de plus près on y découvre de nouveaux détails, dont la description serait interminable.

Pirogov continuait donc de poursuivre la jolie inconnue, en lui posant de temps à autre des questions, auxquelles elle ne répondait qu'en émettant des sons brefs et inintelligibles.

Ils passèrent sous le porche humide de la porte de Kazan et pénétrèrent dans la grande rue des Bourgeois, la rue des boutiques de tabac, des petites épiceries, des artisans allemands et des « nymphes » finnoises. La dame blonde, se hâtant, entra en coup de vent dans une maison d'aspect plutôt minable, Pirogov la suivit. Ils montèrent rapidement, l'un derrière l'autre, un escalier de fer étroit et sombre. Elle poussa une porte dont Pirogov passa audacieusement le seuil sur ses traces.

Il se vit dans une vaste chambre aux murs noircis, au plafond enfumé. Le plancher était recouvert de tas de limaille de cuivre et de fer ; une grande table supportait des cafetières, des chandeliers, des vis, des instruments. Pirogov devina aussitôt qu'il se trouvait chez un ferblantier. Traversant la chambre, l'inconnue disparut par une autre porte. Après un instant d'hésitation, Pirogov, selon l'habitude russe, résolut d'aller audacieusement de l'avant. Il suivit donc la jeune femme et entra dans une autre chambre qui ne ressemblait en rien à la première : la propreté et l'ordre qui y régnaient disaient que le maître de la maison était un Allemand.

Pirogov s'arrêta tout interdit : il vit devant lui Schiller, non pas le Schiller qui écrivit Guillaume Tell et l'Histoire de la Guerre de Trente Ans, mais Schiller, le ferblantier bien connu de la grande rue des Bourgeois. Auprès de Schiller se tenait Hofmann, non pas l'écrivain Hofmann, mais le cordonnier qui a un atelier dans la rue des Officiers, un vieux camarade de Schiller. Celui-ci était complètement ivre. Assis sur une chaise, il frappait le plancher du pied et racontait je ne sais quelle histoire, en y mettant beaucoup de passion. Tout cela n'aurait pas trop étonné Pirogov, n'eût été la position respective des deux personnages.

Schiller était assis, la tête relevée, son gros nez en l'air, tandis que Hofmann pinçait ce nez entre les deux doigts de la main gauche et brandissait de la droite son tranchet de cordonnier. Les deux personnages parlaient allemand, et comme Pirogov n'était pas fort en allemand et ne savait dire que « gut Morgen », il ne pouvait comprendre ce qui se passait.

Or voici ce que disait Schiller :

« Je ne veux pas ! Je n'ai pas besoin de nez, criait-il en gesticulant. Je dépense pour ce nez trois livres de tabac par mois et je le paye à ce vilain marchand russe – car les boutiques allemandes ne vendent pas de tabac russe – quarante kopeks la livre, ce qui fait un rouble et vingt kopeks. Or, douze fois un rouble vingt, cela fait quatorze roubles et quarante kopeks. Tu entends, ami Hofmann ? Rien que mon nez me coûte quatorze roubles et quarante kopeks ; mais les jours de fête je prise encore du Râpé, car je ne veux pas priser aux fêtes de ce détestable tabac russe. Je prise par an deux livres de Râpé, à trois roubles la livre. Six et quatorze, cela fait vingt roubles et quarante kopeks, que je dépense pour mon tabac chaque année. C'est un vol, n'est-il pas vrai, ami Hofmann ? (Hofmann qui était ivre aussi, répondit affirmativement.) Je suis un Allemand de la Souabe ; j'ai un roi en Allemagne ! Je ne veux pas de nez ! Coupe-le-moi ! Je te le donne ! »

Si le lieutenant Pirogov n'était brusquement apparu, Hofmann aurait certainement coupé le nez de Schiller, car il avait déjà saisi son tranchet comme pour tailler une semelle.

Schiller fut évidemment très dépité qu'un inconnu eût interrompu ainsi l'opération et, bien qu'il fût plongé dans la bienheureuse ivresse que procurent la bière et le vin, il comprit qu'il ne convenait pas d'être surpris dans cette situation. Mais Pirogov s'inclina légèrement et prononça avec la noblesse qui lui était coutumière :

« Excusez-moi !

– Va-t'en ! » fit d'une voix pâteuse Schiller.

Pirogov demeura tout interdit. Un tel accueil était nouveau pour lui. Le sourire qui s'épanouissait sur son visage disparut soudain, et il dit d'un ton blessé mais digne :

« Je suis étonné, monsieur ! Vous n'avez probablement pas remarqué que je suis un officier ?

– Qu'est-ce que cela me fait ! Je suis un Allemand de Souabe ! Je pourrais être moi-même officier : un an et demi aspirant, deux ans sous-officier, et demain je serai officier. Mais je ne veux pas servir dans l'armée. Voilà ce que je ferai avec les officiers, moi : pfuit !... Et c'est tout ! » Schiller étendit la main et souffla dessus.

Le lieutenant Pirogov vit qu'il n'avait autre chose à faire qu'à se retirer. Mais cette manière d'agir, peu compatible avec la dignité de son grade, lui produisit une impression fort pénible. En descendant l'escalier, il s'arrêta plusieurs fois comme pour rassembler ses idées et réfléchir au moyen de faire sentir à Schiller l'inconvenance de sa conduite.

Il se dit enfin qu'on pouvait excuser Schiller, les fumées du vin appesantissant son cerveau. De plus, il songea à la jolie blonde et résolut de ne pas faire attention aux paroles de Schiller.

Le lendemain matin, de très bonne heure, Pirogov se rendit à l'atelier du ferblantier ; il fut reçu dans la première chambre par la jolie blonde qui d'une voix sévère (elle allait d'ailleurs fort bien à son visage) lui demanda :

« Que désirez-vous ?

— Ah ! bonjour, ma chérie ! Vous ne me reconnaissez pas ? Ah ! la coquine ! quels beaux yeux ! »

Sur ces mots Pirogov tenta de saisir gentiment le menton de la jeune femme ; mais celle-ci eut une exclamation craintive et répéta d'un ton aussi sévère :

« Que désirez-vous ?

— Vous voir. Je ne désire rien de plus ! » fit le lieutenant Pirogov, souriant agréablement et se rapprochant de la dame ; mais, remarquant que celle-ci se disposait à s'enfuir, il ajouta : « Je voudrais, ma chérie, commander des éperons. Pouvez-vous me faire des éperons ? Bien que pour vous aimer, les éperons ne soient nullement nécessaires ; c'est une bride au contraire qu'il faudrait. Oh ! quelles mains délicieuses ! »

Le lieutenant Pirogov se montrait toujours extrêmement galant dans de semblables situations.

« Je vais appeler mon mari ! » s'écria la jeune femme, et elle sortit.

Au bout de quelques minutes, Pirogov vit entrer Schiller, les yeux bouffis de sommeil et qui n'avait pas encore repris complètement ses esprits après sa beuverie. À la vue de l'officier, il revit comme en rêve les événements de la veille : il ne se souvenait pas exactement de ce qui s'était passé, mais sentant qu'il avait commis une bêtise, il accueillit l'officier d'un ton très rogue.

« Je ne peux pas prendre moins de quinze roubles pour des éperons », dit-il, voulant se débarrasser de Pirogov, car, en sa qualité d'honnête Allemand, il lui était pénible de regarder en face celui qui l'avait vu dans un état si peu correct.

Schiller aimait boire sans témoin, en compagnie de quelques camarades, et se cachait alors de ses propres ouvriers.

« C'est bien cher, dit d'une voix douce Pirogov.

— Ce sera du travail allemand, prononça fermement Schiller, en se caressant le menton. Un Russe ne prendrait, il est vrai, que deux roubles.

— Je suis prêt à payer, pour vous prouver mon estime et afin de vous connaître de plus près. Je vous donnerai quinze roubles. »

Schiller demeura un instant songeur et son cœur d'honnête artisan allemand ressentit une certaine honte ; désireux d'éviter la commande de l'officier, il lui déclara qu'il ne pouvait terminer son travail avant deux semaines ; mais, sans discuter, Pirogov lui dit qu'il était prêt à attendre.
Le consciencieux Schiller se mit à réfléchir au moyen d'exécuter le travail de telle sorte qu'il pût réellement valoir quinze roubles.

À cet instant, la jolie blonde entra dans l'atelier et se mit à ranger les cafetières sur la table. Le lieutenant Pirogov profita de la songerie de

Schiller pour s'approcher de sa femme et lui serrer le bras qui était nu jusqu'à l'épaule.

Cela déplut fort à Schiller.

« Meine Frau ! s'écria-t-il.

– Was wollen Sie doch ? répondit la jolie blonde.

– Gehen Sie à la cuisine. »

La jeune femme sortit.

« Ainsi donc, dans deux semaines, dit Pirogov.

– Oui, dans deux semaines, fit Schiller, tout songeur. J'ai beaucoup de travail en ce moment.

– Au revoir ! Je repasserai.

– Au revoir ! », fit Schiller, en fermant la porte derrière l'officier.

Le lieutenant Pirogov résolut de ne pas s'arrêter en si beau chemin, bien qu'il fût évident que la jeune femme ne lui céderait pas facilement ; mais Pirogov ne pouvait comprendre qu'on lui résistât, d'autant plus que sa belle prestance et son grade lui donnaient droit à quelque attention. Mais il faut dire que la femme de Schiller tout en étant fort jolie, était aussi très sotte. D'ailleurs, la bêtise ajoute un charme de plus à une jolie femme. Je connaissais, en effet, de nombreux maris qui étaient extrêmement satisfaits de la bêtise de leur épouse : ils y voyaient l'indice d'une sorte d'innocence enfantine. La beauté produit de vrais miracles : tous les défauts moraux et intellectuels d'une jolie femme nous attirent vers elle, au lieu de nous en écarter, et le vice même, en ce cas, acquiert un charme particulier ; mais dès que sa beauté disparaît, la femme est obligée d'être beaucoup plus intelligente que l'homme pour inspirer non pas l'amour, mais simplement le respect.

Pourtant, la femme de Schiller, bien que fort sotte, était fidèle à son devoir, aussi l'entreprise audacieuse de Pirogov avait-elle très peu de chance de réussir. Mais il y a toujours une sorte de volupté à vaincre les obstacles, et la conquête de la jolie Allemande présentait un très grand intérêt aux yeux du lieutenant. Il vint souvent se renseigner au sujet des éperons qu'il avait commandés ; si bien que Schiller, fort ennuyé, fit tout son possible pour terminer ce travail au plus tôt. Les éperons furent enfin prêts.

« Oh ! quel beau travail ! s'écria le lieutenant Pirogov à la vue des éperons. Comme ils sont bien taillés ! Notre général n'en a certainement pas d'aussi beaux. »

L'amour-propre de Schiller s'épanouit. Ses regards s'animèrent et il se réconcilia intérieurement avec Pirogov. « L'officier russe est un homme intelligent », se dit-il.

« Pouvez-vous me faire une gaine pour un poignard que j'ai chez moi ?

— Mais certainement, dit Schiller, en souriant aimablement.

— En ce cas, faites-moi donc une gaine ; je vous apporterai le poignard ; un beau poignard turc. Mais je désirerais que la gaine fût d'un autre style. »

Schiller crut recevoir une bombe sur le crâne. Son front se fronça. « En voilà une histoire ! » se dit-il, en se reprochant amèrement d'avoir provoqué cette commande. Refuser eût été malhonnête, d'autant plus que l'officier russe avait loué son travail. Il accepta donc la nouvelle commande en hochant la tête, très dépité. Mais le baiser qu'en sortant Pirogov planta audacieusement en plein sur les lèvres de la jolie blonde le plongea dans de fort désagréables réflexions.

Je crois bon de faire faire ici au lecteur plus ample connaissance avec Schiller.

Schiller était un parfait Allemand, dans le sens le plus complet de ce terme. Dès l'âge de vingt ans, dès ce temps heureux où le Russe mène une existence instable et facile, Schiller avait fixé les moindres détails de sa vie, et jamais il n'admit, sous aucun prétexte, la moindre dérogation à l'ordre qu'il avait établi. Il avait résolu de se lever à sept heures, de dîner à deux heures, d'être exact en son travail et de s'enivrer tous les dimanches. Il s'était également promis d'amasser en dix ans cinquante mille roubles, et cette décision était tout aussi irrévocable qu'un arrêt du destin, car il arriverait plutôt à un fonctionnaire d'oublier de saluer son chef qu'à un Allemand de ne pas exécuter sa parole. Il ne variait jamais ses dépenses, et si le prix des pommes de terre montait, il ne dépensait pas un kopek de plus, mais réduisait simplement ses achats ; son estomac ne s'en montrait pas toujours satisfait, mais il s'y habituait vite. L'ordre qui réglait son existence était si sévère qu'il avait décidé de ne pas embrasser sa femme plus de deux fois par jour, et afin de ne pas être tenté de l'embrasser plus souvent, il ne mettait jamais qu'une petite cuillerée de poivre dans sa soupe.

Le dimanche, pourtant, cet ordre était moins rigoureusement observé, parce que Schiller buvait alors deux bouteilles de bière et une bouteille d'anisette, contre laquelle il pestait toujours d'ailleurs. Il buvait tout autrement que les Anglais qui, immédiatement après le dîner, s'enferment chez eux à clef et se saoulent dans la solitude. Non ! en bon Allemand, il s'enivrait avec passion, pourrait-on dire, en compagnie du cordonnier Hofmann ou du menuisier Kuntz, allemand lui aussi, et grand ivrogne de surcroît.

Tel était donc le brave Schiller, que la conduite du lieutenant Pirogov plaçait dans une situation très difficile. Bien que Schiller fût Allemand et possédât un caractère placide, les agissements du lieutenant Pirogov excitaient en lui une certaine jalousie. Il se cassait la tête pour trouver le moyen de se débarrasser de l'officier russe. Pirogov, de son côté, tout en fumant la pipe avec ses camarades, – car la Providence a décrété que là où il y aurait des officiers, il y aurait aussi des pipes, – Pirogov laissait entendre avec un sourire significatif qu'il avait une intrigue en train avec une charmante blonde qui n'avait déjà plus rien à lui refuser, bien qu'il faillît un moment perdre tout espoir de réussite.

Un jour, en flânant dans la grande rue des Bourgeois et en examinant la maison qu'ornait l'enseigne de Schiller, où l'on avait dessiné des cafetières et des bouilloires, il vit à sa grande joie la tête de la jeune femme qui se penchait à la fenêtre et regardait les passants. Il s'arrêta, lui fit signe de la main et lui dit : « Gut Morgen ! » La femme de Schiller le salua comme une connaissance.

« Votre mari est-il là ? lui demanda-t-il.

— Oui, dit-elle.

— Mais quand donc n'y est-il pas ?

— Il sort chaque dimanche », répondit la petite sotte.

« Cela est bon à savoir, se dit Pirogov. Il faut en profiter. »

Le dimanche suivant, il se présenta inopinément. Schiller était absent, en effet. Sa femme manifesta une certaine frayeur au premier instant ; mais Pirogov se montra cette fois très prudent et la salua respectueusement, en faisant valoir sa taille fine et souple. Il plaisanta d'une façon fort agréable et pleine de discrétion ; mais la petite sotte ne répondait à ses jolies phrases que par des monosyllabes.

Ayant tout tenté et voyant qu'il ne parvenait pas à l'égayer, le lieutenant lui proposa de danser. Elle accepta aussitôt, car les Allemandes n'aiment rien tant que la danse.

Pirogov fondait là-dessus les plus grands espoirs : tout d'abord, il lui faisait plaisir ; puis il avait ainsi l'occasion de montrer l'élégance de ses manières ; ensuite, au cours des danses, on pouvait se rapprocher, embrasser la gentille Allemande et mener l'aventure à bonne fin. Bref, il escomptait un prompt succès.

Il se mit à chantonner je ne sais quelle gavotte, sachant bien qu'avec les Allemandes il fallait agir progressivement. La jolie blonde se plaça au milieu de la chambre et leva un petit pied délicieux. Ceci suscita à tel point l'enthousiasme de Pirogov qu'il se précipita sur elle pour l'embrasser. La jeune femme poussa des cris aigus, ce qui ne fit qu'ajouter à son charme aux yeux de Pirogov. Il couvrait déjà son visage de baisers, lorsque la porte s'ouvrit brusquement, livrant passage à Schiller et à ses deux amis, Hofmann et Kuntz. Ces respectables artisans étaient tous trois ivres comme toute la Pologne.

Je laisse au lecteur à juger de la rage et de la stupéfaction de Schiller.

« Animal ! s'écria-t-il, furibond. Comment oses-tu embrasser ma femme ? Tu n'es pas un officier russe, tu es un misérable ! que le diable t'emporte ! Je suis un Allemand, moi, et non pas un cochon russe. N'est-ce pas, ami Hofmann ? (Hofmann opina de la tête.) Oh ! mais je ne veux pas porter de cornes, moi ! Tiens-le au collet, ami ! Je ne veux pas ! criait-il en gesticulant, tandis que son visage avait pris la teinte rouge vif de son gilet. Je demeure à Pétersbourg depuis huit ans. J'ai une mère en Souabe et mon oncle est à Nuremberg. Je suis un Allemand et non pas une bête à cornes ! Déshabillons-le, ami Hofmann ! Tiens-le par les jambes, Kuntz ! »

Les Allemands saisirent le lieutenant Pirogov aux jambes et aux bras. En vain essaya-t-il de se débattre : ces trois honnêtes artisans auraient pu figurer parmi les plus solides Allemands que comptait Pétersbourg et ils agirent avec le lieutenant si brutalement que je ne trouve pas, je l'avoue, les mots nécessaires pour décrire cette triste aventure.

Je suis certain que le lendemain Schiller eut une fièvre violente et qu'il trembla comme une feuille dans l'attente de la police ; il aurait donné Dieu sait quoi pour que les événements de la veille ne se fussent pas produits. Mais on ne peut rien changer à ce qui est arrivé.

Rien n'aurait pu se comparer à la rage de Pirogov. Le souvenir de ce qu'on lui avait fait endurer le rendait presque fou. La Sibérie, le fouet, lui semblaient une vengeance insuffisante. Il se précipita chez lui pour s'habiller et se rendre aussitôt chez le général, et lui décrire sous les couleurs les plus sombres la conduite révoltante des artisans allemands. Il résolut de déposer en même temps une plainte par écrit à l'État-Major ; et s'il ne parvenait pas à tirer de cet affront une vengeance suffisamment éclatante, il irait encore plus loin…

Mais tout cela se termina d'une façon bien étrange et inattendue. En route, il entra pour se restaurer dans une pâtisserie et mangea deux gâteaux feuilletés, en parcourant l'Abeille du Nord ; il sortit de là quelque peu calmé. La soirée, de plus, était délicieusement douce, et cela lui donna l'envie de flâner un peu dans la Perspective Nevski. Vers neuf heures, il se sentit plus calme et se dit qu'il n'était pas convenable d'aller déranger le général un dimanche, et que d'ailleurs ce personnage n'était probablement pas chez lui. Il alla donc finir sa soirée chez un ami, inspecteur d'une commission de contrôle, où il retrouva avec plaisir plusieurs officiers de son régiment. Il passa là quelques heures fort agréables et dansa la mazurka avec tant de brio qu'il recueillit les applaudissements des dames et des messieurs !

Le monde est organisé bien étrangement, pensais-je, en flânant il y a trois jours dans la Perspective Nevski et en songeant aux deux événements que je viens de relater. Comme le destin se joue mystérieusement de nous ! N'obtenons-nous jamais ce que nous désirons ? Arrivons-nous à réaliser ce à quoi nos facultés paraissent nous prédisposer ? Non ! C'est tout le contraire qui se produit constamment.

La destinée octroie à celui-ci des chevaux admirables, mais il roule en calèche, profondément indifférent et sans prêter nulle attention à la beauté de son attelage ; tandis que cet autre, qui est possédé d'une passion ardente pour la race chevaline, doit se promener à pied et se contenter de claquer de la langue à la vue des trotteurs des autres. Celui-là possède un excellent cuisinier, mais une bouche si petite, par malheur, qu'il est incapable d'avaler plus de deux bouchées. Cet autre a une bouche plus large que l'Arc de Triomphe de l'État-Major, mais il doit se contenter, hélas ! de pommes de terre. Le destin se joue de nous bien étrangement !

Mais les aventures les plus extraordinaires sont celles qui se déroulent dans la Perspective Nevski.
Oh ! n'ayez jamais nulle confiance en ce que vous y voyez ! Je m'enveloppe toujours bien soigneusement dans mon manteau, lorsque je traverse la Perspective Nevski, et tâche de ne pas regarder de trop près ceux que j'y rencontre. Tout n'est que mensonge ici, tout

n'est que rêve, et la réalité est complètement différente des apparences qu'elle revêt.

Vous vous imaginez que ce monsieur qui se promène dans des habits si élégants est fort riche ? Pas du tout : il ne possède que ces vêtements. Vous croyez que ces deux personnages obèses, arrêtés devant cette église, discutent de son architecture ? Détrompez-vous : ils admirent ces deux corbeaux qui se tiennent si étrangement l'un en face de l'autre. Vous pouvez croire que cet homme qui agite ses bras, très excité, raconte comment sa femme a jeté par la fenêtre un billet doux à un officier inconnu. Mais non ! il parle de La Fayette. Vous croyez que ces dames… Mais ayez encore moins confiance en ces dames qu'en qui que ce soit.

Ne regardez pas tant les vitrines des magasins ! Les objets qu'on y voit exposés sont très jolis, mais ils coûtent un trop grand nombre d'assignats. Mais surtout, que Dieu vous garde bien de glisser vos regards sous le chapeau des dames ! Si bel effet que produise, le soir, en se déployant au loin, le manteau d'une jolie femme, je ne le suivrai point. Éloignez-vous autant que possible des réverbères et passez votre chemin aussi vite que vous le pouvez. Tenez-vous pour heureux s'ils se contentent d'arroser vos vêtements d'une huile puante. Tout, d'ailleurs, respire ici le mensonge ; elle ment à chaque heure du jour et de la nuit, cette Perspective Nevski ; mais surtout lorsque les lourdes ténèbres descendent sur ses pavés et recouvrent les murs jaune paille et blancs des maisons, lorsque la ville s'emplit de lumières et de tonnerres et que des myriades de calèches passent en trombe au milieu des cris des postillons penchés sur le col de leurs chevaux, tandis que le démon lui-même allume les lampes et éclaire hommes et choses, pour les montrer sous un aspect illusoire et trompeur.

[1] En bois de pin.

Mentions légales

Code ISBN

798859897357 Independently published

SOURCES

Ouvrages du domaine public.

Auteur : Nicolas Gogol (1809 -1852). Russe.
https://fr.wikipedia.org/wiki/Nicolas_Gogol

Parution des ouvrages :
https://fr.wikipedia.org/wiki/Nicolas_Gogol#%C5%92uvres

- Le journal d'un fou : 1835
- La perspective Nevski : 1835
- Le nez : 1836
- Le manteau : 1842
- Le portrait : 1843

CRÉDIT PHOTO

Illustration du domaine public.

Page 2 : portrait de l'auteur
https://upload.wikimedia.org/wikipedia/commons/b/b2/N.Gogol_by_F.Moller_%281840%2C_Tretyakov_gallery%29.jpg

Page 87 : Couverture d'Igor Grabar pour une édition des années 1890.
https://fr.wikipedia.org/wiki/Le_Manteau#/media/Fichier:Gogol_Palto.jpg

Made in United States
North Haven, CT
24 August 2023

40704251R00102